시골
극장

시골 극장
– 글 쓰며 농사짓는 작가 원재길의 산마을 정착기

1판 1쇄 발행 2015년 6월 25일

지은이	원재길
펴낸이	이영희
펴낸곳	도서출판 이랑
주소	서울시 마포구 독막로 10 (합정동 373-4 성지빌딩) 608호
전화	02-326-5535
팩스	02-326-5536
이메일	yirang55@naver.com
블로그	http://blog.naver.com/yirang55
등록	2009년 8월 4일 제313-2010-354호

ISBN 978-89-98746-11-7 (03810)

「이 도서의 국립중앙도서관 출판시도서목록(CIP)은 서지정보유통지원시스템 홈페이지(http://seoji.nl.go.kr)와 국가자료공동목록시스템(http://www.nl.go.kr/kolisnet)에서 이용하실 수 있습니다. (CIP제어번호: CIP2015014628)」

글 쓰며 농사짓는 작가 원재길의 산마을 정착기

시골
극장

글·그림 원재길

이랑
BOOKS

시골에선 일 년 내내 흥미로운 드라마가 잇달아 펼쳐진다. 이 드라마는 도시에서 볼 수 있는 드라마와 다르다.

도시 드라마가 세련되고 눈부시며 활력이 넘친다면, 시골 드라마는 순수하고 투박하며 잔잔하다. 그리고 사람 못지않게 동물과 식물이 주인공으로 나서는 일이 많다.

우리 가족은 지금껏 십여 년 시골에서 살아왔다. 산과 들판과 냇물로 이루어진 야외무대에서 공연되는 온갖 드라마를 몸소 보고 겪었다. 때로는 우리 가족이 주인공이 되기도 했다.

이 책은 가장 인상 깊었던 시골 드라마들을 추려서 옮긴 기록이다. 시골에서 태어나 도시에서 살며 향수를 달래려는 사람들, 도시를 떠나 시골로 옮겨 가려는 사람들, 시골살이가 궁금한 사람들에게 이 책을 권한다.

우리가 서울을 떠나 시골에 터를 잡기까지 몇 해 사이에 벌어진 일은 1부에서 시간 흐름대로 다루었다. 2부부터는 그 뒤로 십여 년 겪은 일들을 작은 주제를 중심으로 가르고 뭉뚱그렸다.

시골에서 사는 내내 우리를 바깥세상과 이어 준 고리는 책과 영화였다. 만일 책과 영화가 없었다면, 고립과 단절을 어쩔 수 없는 일로 받아들이며 우물 안 개구리로 살았으리라. 세 식구 모두 도시에서 살 때보다 책을 자주 읽었고, 영화 보는 시간을 많이 늘렸다.

우리가 시골에서 주말마다 본 영화가 오백 편쯤 된다. 시골 드라마를 이해하는 데 도움이 됨직한 영화를 스무 편 남짓 골라 이 책에 넣었다. 도시에 살 때 본 영화 가운데 이번에 다시 본 영화가 여러 편 섞였다.

모두 즐겁게 감상하시길!

차례

1부

집 짓고 땅 일구기

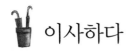# 이사하다

서울을 떠나다

집을 옮기면 생활이 크게 바뀐다. 아침에 일어나 창을 열고 내다보는 풍경이 바뀌며, 코로 스며드는 공기가 바뀐다. 들리는 소리가 바뀌고 이웃이 바뀌며, 언제든지 만나서 차 한 잔 나눌 사람들이 바뀐다.

가까운 동네가 아니라 먼 지방으로 옮겨 갈수록, 새로 겪는 일과 적응해야 할 일이 늘어난다. 기후와 풍습이 다르고 살아가는 방식이 달라서다. 그곳이 바닷가 마을이냐, 아니면 산골짜기 마을이냐에 따라 늘 먹는 음식 재료도 달라진다.

나 혼자만이 아니라 가족 모두가 멀리 떠나갈 때는 온 가족이 뜻을 모아야 한다. 한 식구라도 반대한다면 아예 이사하지 않는 쪽이 낫다. 이사한 뒤에 가족 사이에 나날이 다투고 부딪히는 일이 더해 갈 터이기 때문이다.

그래서 모든 이사에는 준비 과정이 필요하다. 이사와 관련된 모든 일을 논의하고 조율하고 서로 설득하다 보면, 생각했던 것보다 시간이 많이 걸릴 수도 있다.

그 과정에서 한 가지 꼭 해야 할 일이 있다. 새로 이사할 곳으로 함께 미리 가 보는 일이다. 누구한테나 앞으로 벌어질 일에 대한 예감과 직감이 있다. 이런 감각은 현장에서 한층 생생하게 살아 움직인다. 백 마디 듣는 일보다 한 번 보는 일이 낫다고 했다.

어느 해 여름, 딸아이가 방학에 들어간 지 일주일쯤 되었을 때였다. 우리 가족은 경북 영주를 지나 불영계곡을 거쳐 울진에 있는 외딴 마을로 갔다. 뜻밖에 단 한 사람도 보이지 않는 텅 빈 바닷가에서 헤엄치고 모래성을 쌓으며 하루를 보냈다.

이튿날 해안도로를 따라 올라갔다. 강릉 대기리 산마을과 그 아래쪽 개천에서 사흘을 더 쉬었다. 그리고 서울로 돌아가는 길에 원주에 들렀다.

그때껏 서울에서 사는 동안 딱 두 번 원주에 와 보았다. 한 번은 이곳이 고향인 대학 동창이 결혼식을 올렸을 때였다. 또 한 번은 다른 친구와 함께 와서 치악산에 올랐다. 두 번 모두 시내를 찬찬히 둘러볼 겨를이 없었다.

원주 시내를 자동차로 한 바퀴 돌며 아내와 딸과 주고받았다.

"어때요?"

"좋아요."

"꼭 우리 동네 같아요!"

딸아이 말이 옳았다. 우리가 서울에서 살던 동네와 아주 비슷해 보였다. 여느 서울 변두리처럼 낡은 모습과 새로운 모습이 뒤섞여 있었다. 거리를 오가는 사람들이 옷을 입은 차림새도 무척 낯익었다.

오후로 들어선 뒤라서 숨 막힐 만큼 날이 더웠다. 우리는 어느 아파트 단지로 들어가 차를 세웠다. 꽃밭 가까이 나무 그늘에서 아이스크림을 먹으며 땀을 식혔다.

아내와 딸아이 얼굴이 참 밝고 편안해 보였다. 이 고장에 와서 산 지 꽤 오래된 느낌을 주었다. 전화를 걸면 가까운 사람 여럿을 금세 불러낼 수 있을 듯했다. 속으로 적잖이 걱정했는데, 한여름 땡볕에 아이스크림 녹듯이 마음이 누그러졌다.

나는 서울이라는 우리나라에서 가장 큰 도시에서 태어나 마흔 살이 넘도록 토박이로 살아왔다. 부산에서 태어난 아내는 대학을 마친 뒤에 서울에 와서 스무 해 가까이 살았다. 딸내미는 서울에서 태어나 어느덧 초등학교 오학년생이 되었다.

우리가 새로운 정착지로 강원도 원주를 고른 까닭은 서울에서 두 시간이면 너끈히 갈 수 있기 때문이었다. 어른들께서 서울에서 살고 계셨기에 아주 멀리 떠나가긴 어려웠다.

"자, 한번 찾아보자고요."

어느 날 아내와 함께 지도를 펼쳐 놓고 컴퍼스로 동그라미를 그렸다. 서울에서 백 킬로미터 떨어진 거리에 있는 고장들이 동그라미 안에 갇혔다.

서울 북쪽에 있는 고장들엔 그다지 마음이 가 닿지 않았다. 차를 몰고 군부대가 많은 고장을 여행하다 보면, 어찌나 자주 검문을 하던지 신경이 많이 쓰였다. 그즈음에 나는 머리를 짧게 자르고 지냈다. 어떤 검문소에선 군인들이 내가 장교인 줄 알고, 양쪽 구두를 딱 소리 나게 붙이며 거수경례를 올렸다.

서울 서쪽과 남쪽도 선뜻 마음에 와 닿지 않았다. 공장이 많고 인구도 많아 번잡스러울 듯했다. 지도 오른쪽으로 눈길을 옮기는데, 이천과 여주를 지나 원주가 보였다. 그 순간 우리 둘은 서로 마주보고 웃었다.

원주는 내 선향이다. 우리나라에 원 씨는 원주 원 씨밖에 없다. 어려서부터 줄곧 이런 사실을 마음속에 두고 살아왔다. 때때로 지금 사는 곳이 아니라 그곳이 고향으로 여겨졌다. 여느 때 혈연이나 지연을 대단하지 않게 여기면서도 원주를 떠올리면 금세 가슴이 훈훈해졌다. 그곳은 언제든지 어머니처럼 나를 따뜻이 품어 줄 듯했다.

이런 마음을 아내가 깊이 헤아려 주었다. 그래서 어렵지 않게 서울을 떠나 이사 갈 곳을 고를 수 있었다. 마지막 정착지는 사람이 많이 살지 않는 시골이었다. 원주 시내에서 살며 틈날 때마다 시골 땅을 알아보기로 했다.

가을로 접어들 때 우리가 살던 아파트를 내놓았다. 이사철이라 곧 아파트가 나갔다. 두 번에 걸쳐 원주를 다시 찾았다. 부동산중개소라는 곳은 다 들러 보고 벼룩시장을 이 잡듯이 뒤졌다. 그래서 가격과 너비가 우리에게 알맞은 아파트를 얻었다.

베란다 창으로 저 멀리 치악산에서 가장 높은 비로봉이 보였고, 모든 능선이 한눈에 들어왔다. 맑은 날 아침엔 산 위로 해가 떠오르는 모습을 볼 수 있는 집이었다. 게다가 순전한 우연이었지만 아파트 호수가 '1004'였다. 우리 가족에게 행운을 가져다 줄 숫자로 비쳤다.

이삿짐을 꾸리고 뒷정리하는 사이에 이사 날짜가 다가왔다. 지금부터 열네 해 전 늦가을 날이었다. 서울 강동구 고덕동 아파트에선 며칠 추적추적 비가 내렸다. 나무마다 단풍 진 잎을 모두 떨어뜨리고 앙상한 가지를 드러냈다.

우리 가족은 승용차를 타고 오 톤 트럭 두 대를 따라 서울을 떠났다. 트럭 한 대엔 살림살이가 실렸고, 다른 트럭엔 나머지 살림살이와 책이 실려 있었다.

고속도로에서 그만 트럭들을 놓쳤다.

"어디로 갔지?"

"금방 앞에 있었는데 이상하네!"

별일 아닌데도 큰일 난 느낌이 들었다. 멀리 이사하는 일이 눈앞에서 벌어지는 현실이 되면서 적잖이 긴장했던 탓이었다.

한 시간 남짓 지나, 원주 명륜동 아파트 주차장에서 트럭들을 다시 만났다. 짐을 부린 트럭이 떠나갔을 땐 날이 컴컴해져 있었다. 그렇게 해서 우리 세 식구는 전혀 아는 사람이 없는 낯선 땅에서 어둠 속에 남겨졌다.

몇 가지 이유

서울 광진구 아차산에 오르면, 한강 건너로 너른 들판에 자리한 천호동과 암사동, 명일동과 고덕동이 내려다보인다. 내가 태어난 곳은 왼쪽으로 강 가까이에 있는 암사동이다.

선사시대 유적지가 그곳에 있다. 지금부터 육천 년 전에 신석기 시대 사람들이 살았던 마을이니, 역사가 무척 오랜 곳이다. 이십대 때 시인이 된 뒤에 성씨 때문에 '원시인'으로 불린 적이 있다. 내가 태어난 곳을 생각하면 썩 잘 어울리는 별명으로 여겨진다.

우리 집에선 대문을 나서자마자 사방으로 들판과 논밭이 시원스럽게 펼쳐졌다. 윗마을엔 붉은 흙이 무척 고와서 기와공장과 벽돌공장, 화분공장이 많았다. 아버지는 날마다 차를 몰고 멀리 나가 일하고 저녁 늦게 돌아오셨다. 어머니는 텃밭에서 야채를 가꾸면서, 때마다 할아버지가 운영하던 화분공장 일꾼들에게 밥을 지어 주셨다.

어린 시절을 돌아보면 모든 풍경이 비 오는 날 유리창처럼 희뿌옇다. 먼 기억이어서 그렇기도 하고, 태어날 때부터 워낙 몸이 약해 그렇기도 하다. 누구나 몸이 많이 아프면 어지럼으로 눈앞이 흐려진다. 일 년 열두 달 언제나 빼빼 마른 몸에 허옇게 버짐 먹은 얼굴로 비실거렸다.

"얘가 어딜 가려고 그래? 잠자코 집에 있어."

바람만 좀 세게 불어도 엎어지고 자빠졌다. 그래서 어른들은 내가 밖에 나가지 못하게 말렸다. 홍역을 앓을 땐 옴짝달싹 못해서, 모두 이제 그만 나를 놓게 되는 줄 아셨다고 한다.

대자연은 나를 그대로 붙잡아 놓았을 뿐 아니라 갈수록 튼튼해지게 만들었다. 학교에 들어간 뒤로 날마다 수업을 마친 뒤부터 해가 질 때까지 산과 들과 강에서 뛰어놀았다. 봄날엔 땅이 얼었다 녹아 질척대는 언덕에서 진흙이 달라붙어 잔뜩 무거워진 발을 겨우 옮기며 연을 날렸다. 연줄에 유리 가루를 묻혀 연싸움할 때는 아이들이 외치는 소리가 하늘 높이 솟구쳤다.

여름철엔 한강에 나가 미역을 감으며 살을 까맣게 태웠다. 돌아오는 길에 개울과 논에서 고무신으로 미꾸라지와 송사리를 잡거나, 웅덩이와 저수지를 돌며 낚시를 했다. 기다란 나뭇가지 끝에 실을 묶고 바늘을 달아 지렁이를 꿰어 물속에 내렸다. 곧바로 팔뚝만한 붕어가 미끼를 덥석 물었다. 낚시찌뿐 아니라 고기를 낚는 기술이 없어도 괜찮았다. 아이들도 순진했고 물고기들도 순진하던 시절이었다.

가을날엔 빈 병을 들고 논에 나가 메뚜기를 잡았다. 대충 손으로 벼를 훑어도 몇 마리씩 잡힐 만큼 메뚜기가 많았다. 어린 마음에도 사람이 먹을 쌀이 남아날지 걱정되었다. 메뚜기들은 달아나다가 얼굴에 부딪히고 옷깃 속으로 들어와 겨드랑이를 간질였다. 집에 돌아오면 어머니가 프라이팬에 기름을 두르고 메뚜기를 튀겨 주셨다.

한겨울에도 온종일 털모자를 쓰고 목도리를 두르고 밖에 나가 놀았다. 모든 아이들이 콧물을 주르륵 흘리다간 단번에 쭉 빨아들이는 묘기를 부렸다. 하나같이 손등이 얼어붙어 가뭄에 시달린 논바닥처럼 갈라 터졌다. 함박눈이 내릴 때는 입김을 뿜고 옷소매를 흠뻑 적시며 눈사람을 만들어 숯과 솔가지로 꾸몄다. 꽁꽁 언 웅덩이와 강에서 썰매와 스케이트로 얼음을 지치다 보면 어느 결에 날이 저물었다.

중학교에 들어갈 무렵부터 온 세상이 바뀌었다. 먼저 우리 집에서 이십 리 떨어진 잠실에서 변화가 이루어졌다. '잠실'은 이름 그대로 '누에를 치는 방'이라는 뜻이다. 누에를 많이 치는 곳엔 뽕나무가 많기 마련이다. 누에는 뽕잎을 먹고 자라기 때문이다.

상전벽해가 따로 없었다. 상전, 곧 뽕나무 밭이 푸른 바다로 바뀌듯이, 잠실이 온통 개발 열풍에 휩싸여 아침저녁으로 몰라보게 달라졌다. 어제 갔던 곳을 오늘 못 찾아갔다.

개발 열풍은 동북쪽으로 사납게 불어와 우리 마을을 덮쳤다. 논밭이 택지로 바뀌고 언덕이 송두리째 사라졌다. 초가집과 기와집이 허물어지고 양옥집이 세워졌다. 아름드리나무들이 쿵 쓰러져 동강 나서 트럭에 실려 사라졌고, 모든 길이 아스팔트와 시멘트로 덮였다.

결혼한 직후에 딱 한 해 이 동네를 떠나서 지냈다. 나머지 세월 내내 내가 태어난 동네와 이웃 동네에서 붙박이장처럼 살았다. 이제 더는 어디에서도 어렸을 때 풍경을 찾을 수 없었다. 낯익은 골목과 나무 한 그루까지 깨끗이 사라졌다.

어느덧 내 나이가 마흔 줄에 들어서자, 고향이면서도 고향이 아닌 곳에서 사는 일이 갈수록 견디기 어려워졌다. 어린 시절 풍경 속으로, 대자연이 펼쳐 보이는 너른 품속으로 돌아가고 싶은 꿈이 나날이 더해 갔다.

아내 또한 전원에서 보낸 아름다운 시간을 가슴속에 오롯이 담고 살아왔다. 부산이라는 대도시에서 태어나 자랐지만, 현업에서 물러난 아버지께서 세상을 뜨시기 전까지 농사짓던 시골에 놀러 갔던 일을 자주 입에 올렸다.

배추와 열무와 무, 오이와 토마토는 아내에게 그저 그런 야채가 아니었다. 어린 시절과 아버지에 대한 애틋한 그리움이 듬뿍 담긴 상징물이었다.

어느 날부터 우리는 시골로 옮겨 가는 일을 자주 입에 올리게 되었다. 둘 다 글 쓰는 사람으로서, 하루라도 빨리 도시를 떠나 공기 맑고 조용한 곳에서 일하며 느긋하게 살고 싶었다. 인터넷이 발달해 온 나라 어디서나 작가와 편집자들이 곧바로 글을 주고받게 된 현실은 이런 꿈을 한껏 부풀렸다.

딸아이도 어린 시절엔 도시보다는 시골에서 사는 쪽이 한결 나아 보였다. 걸음마를 할 때부터 그림 그리기를 좋아하던 아이였다. 몸이 아파 학교에 못 간 날도 오후에는 어떻게든 일어나 미술학원에 갔다.

이런 아이에게 자연을 눈으로 보고 온몸으로 겪는 일만큼 값진 일은 없지 않을까 싶었다. 자연은 아이가 지닌 품성과 마음씨를 한결 부드럽게 다듬어 주고, 상상하는 힘을 더욱 키워 줄 수 있으리라 믿었다.

소도시가 지닌 매력

이삿짐을 풀고 집을 잘 치운 뒤부터 서울에서 잃어버린 건강을 되찾는 일에 힘썼다. 잦은 폭음과 스트레스로 몸과 마음이 망가져 있었다. 날마다 많이 걷고 많이 달리고 많이 탔다. 앞쪽 두 가지는 두 발로 한 일이고, 맨 뒤는 자전거로 한 일이었다.

서울에서도 틈틈이 헬스클럽에 다니며 기구 위에서 달렸다. 하지만 바깥바람을 쐬며 달리는 일은 전혀 느낌이 달랐다. 겨울로 접어들 때라 아침 여섯 시에 집을 나서면 아직 온 세상이 깜깜했다. 언덕바지 아파트에서 큰길까지 내려가 건널목을 지난 곳에 종합운동장이 있었다.

여기저기서 등불이 눈부시게 빛나는 운동장으로 들어갔다. 가볍게 어깨뼈를 돌리고 몸을 풀며 트랙을 종종걸음으로 걸었다. 이미 많은 사람들이 주먹을 꼭 쥐고 걷거나 통통 튀듯이 달리고 있었다. 모두 입을 다물고 열심히 운동하는 모습을 바라보고 있으면 저절로 온몸에서 기운이 솟았다.

상지여고 육상부 아이들은 하나같이 군살 없이 날씬했다. 누군가 작고 짧게 숫자를 셌다.

"하나, 둘, 하나, 둘."

그 소리에 모두 같은 속도로 조금도 흐트러지지 않고 달렸다. 키가 작고 다부진 사내 하나가 육상부를 따라 달렸다. 마치 꼬마 기관차 같았다. 나이 예순이 넘어 보였으나 얼굴에 좀처럼 지치는 빛이 없었다.

건강하고 튼튼한 사람들과 함께하는 새벽은 늘 아름답고 싱그러웠다. 온몸이 달구어지고 콧등에 땀방울이 맺힐 즈음부터 걸음을 빨리하다가 힘차게 달렸다. 사백 미터 트랙을 열 바퀴 돌 즈음에, 저 멀리 시커먼 치악산 위로 붉은 해가 떠올랐다.

이 도시에선 누구를 만날 일이 없고, 얼굴을 아는 사람과 부딪칠 일도 없었다. 나에게 주어진 모든 시간을 마음껏 누릴 수 있었다.

책을 읽고 글 쓰다가 좀이 쑤시면 집을 나섰다. 슬렁슬렁 걷거나 자전거를 타고 시내를 돌았다. 자동차가 없어도 웬만한 곳엔 다 갈 수 있었다. 오래된 시장에서 장을 보고 관공서에서 서류를 떼고, 서점에 들러서 보고 싶은 책을 다 골라 보아도 얼마 시간이 지나지 않았다.

온 도시가 두 발이나 자전거로 돌아다니는 사람들로 넘쳐났다. 어디를 가든지 고개를 들면 치악산이 보였다. 소나무와 참나무들이 뿜어낸 산소가 산 아래로 내려와 도시를 맑고 넉넉하게 감쌌다. 안드레 듀아니 같은 도시 설계자들이 주장하는 권리를 누리기에 꼭 알맞은 도시였다.

'기본 시민권은 쉬엄쉬엄 걸어서 이를 수 있는 거리 안쪽에서 생활필수품을 손에 넣을 권리다.'

이런 도시에선 달걀 한 꾸러미가 필요할 때마다 자동차에 시동을 거는 일이 줄어든다. 자연히 주민들 사이에서 나날이 공동체 의식이 더욱 굳건해진다. 자동차 유리를 통해 이웃사람들을 멍하니 바라보는 대신, 거리나 커피숍에서 우연히 서로 만나 즐겁게 이야기를 나눈다.

2015 - 3
원재길

서울에선 내가 살던 동네에서 구청까지 자동차로 삼사십 분 넘게 걸렸다. 가고 오는 길에 차들이 서로 뒤얽힌 어지러운 풍경과 온갖 시끄러운 소리에 시달려야 했다. 가장 가까이에 있는 대형 상점도 두 발로 걷거나 자전거를 타고 다녀오기엔 멀었다.

일을 보러 차를 끌고 나갔다가 집에 돌아오면, 차를 세워 둘 곳이 없어 동네를 몇 바퀴 빙빙 돌았다. 겨우 자리를 찾아내기까지 한 시간 넘게 걸린 날이 많았다. 아예 다른 동네에 차를 버려두고, 무거운 짐을 들고 발을 질질 끌며 집에 오기도 했다.

날마다 차를 세워 두는 일로 이웃들끼리 목소리를 높이며 다투었다. 집 앞 골목에서 차를 세우다가, 어둠 속 어딘가에서 날아오는 반말과 욕설에 움찔했던 일이 한두 번이 아니었다.

"꼭 거기에 세워야겠어? 보자보자 하니까 영 못 쓰겠네!"

그러나 원주엔 어디를 가더라도 차를 세워 둘 자리가 넘쳐났다. 오가는 차가 가장 많은 시내 한복판에도 곳곳에 주차장이 있었다. 상점이나 병원에 들르면 그곳에서 요금을 내주는 주차장이었다.

보도 한쪽엔 자전거 도로가 따로 있었다. 그래서 자전거를 타는 일이 별로 위험하지 않았다. 원주에 온 뒤로 거의 차를 타지 않고 시내를 돌아다녔다. 어떤 곳엔 자전거로 차보다 빨리 갈 수 있었다.

나날이 자전거로 가는 거리를 늘렸다. 나중엔 십 킬로미터가 훌쩍 넘는 곳도 자전거로 갔다. 내가 살던 아파트에서 아직 박경리 선생님께서 살고 계시던 토지문화관까지 가는 거리가 그랬다. 자전거로 한 시간 반쯤 걸렸다.

원주로 옮겨 간 이듬해 봄에 토지문화관 창작실에서 지냈다. 어느 날 집으로 돌아가려고 자전거를 몰고 막 떠나려 할 때였다. 그곳에서 같이 지내던 이가 엄지를 세워 보이며 외쳤다.

"작가님, 정말 멋있어요!"

자전거 타는 일로 그런 칭찬을 듣기는 머리털 나고 처음이었다.

센과 치히로의 행방불명

미야자키 하야오, 2001, 일본

치히로는 초등학교에 다니는 여자 아이다. 엄마 아빠와 함께 새로 이사하게 된 집을 찾아가던 길에, 이미 문을 닫은 지 오래된 놀이공원으로 들어선다. 치히로는 잔뜩 겁먹고 긴장한 얼굴이다.

하지만 엄마 아빠는 아주 명랑할 뿐 아니라 몹시 들떠 있다. 주인 없는 식당에서 게걸스럽게 음식을 먹더니 온몸이 돼지로 바뀐다.

치히로는 엄마 아빠 곁을 떠나 길을 잃고 헤매다가 온천장으로 들어간다. 이곳에서 온천장 주인인 마녀 유바바를 만난다. 유바바는 치히로한테서 이름을 빼앗고, 센이라는 새로운 이름을 준다.

그 뒤로 치히로는 밤마다 온갖 정령과 귀신들이 몰려드는 온천장에서 종업원으로 일한다. 유바바가 내는 모든 시험을 통과하면서 부쩍 성숙해 간다. 마침내 부모님을 구해서 놀이공원을 탈출한다.

애니메이션 〈센과 치히로의 행방불명〉은 우리 가족이 서울을 떠나던 해에 만들어졌다. 주인공 치히로는 그즈음 우리 딸아이와 같은 또래다. 덩치가 비슷하고 얼굴 생김새도 닮았다. 그래서 내 눈엔 두 아이가 서로 겹쳐 보인다.

이 영화에 대해 온갖 해석이 다 있다. 어떤 이는 어린아이가 독립심을 키우게 도와주려는 뜻을 지닌 영화로 본다. 나날이 저속하고 천박하게 바뀌어 가는 세상을 비판하는 영화라고 말하는 이들도 있다. 백 사람이 내리는 평이 모두 다르다.

나는 이 영화를 어린아이들이 정든 고장과 오랜 친구들을 떠나 낯선 고장으로 이사할 때 느끼는 불안을 다룬 영화로 본다. 영화 앞부분에서 치히로는 줄곧 두 눈을 동그랗게 뜨고 두리번거린다. 끝이 보이지 않는 어두컴컴한 터널 앞에서 잔뜩 겁먹은 목소리로 외친다.

"엄마 아빠, 이제 그만 돌아가요!"

마치 오늘 떠나온 옛집으로 돌아가자는 말처럼 들린다.

엄마 아빠가 식당에서 마구 음식을 먹을 땐 폴짝폴짝 뛴다.

"주인이 와서 화를 내면 어떡해요!"

치히로가 짓는 얼굴 표정과 안절부절못하는 몸짓을 보라. 두려움과 무서움에 사로잡혀 정신이 하나도 없다.

그 시절에 우리 딸아이도 공포에 가까운 불안에 떨었다. 엄마 아빠한테서 시골로 이사를 가자는 말을 듣고 펄쩍 뛰었다. 눈물을 쏟고 자기 방으로 달려 들어가며 외쳤다.

"엄마 아빠, 미워! 나는 이사 안 갈래!"

여러 날 아이는 엄마 아빠와 이야기를 나누지 않으려 했다. 아이를 달래도 보고, 앞으로 펼쳐질 일들을 재미나게 그려 보기도 했다. 그러나 아이는 꿈쩍도 하지 않았다.

어느 날 딸아이가 마음을 가라앉히고 차분해진 얼굴로 방에서 나왔다.

"엄마 아빠가 하자는 대로 할게요."

며칠 만에 표정과 말투 모두 부쩍 성숙해져 있었다. 얼굴 한쪽에 드리워진 그늘이 몇 살 더 나이 먹은 아이처럼 보이게 했다. 그 동안 아이는 줄곧 악몽에 시달린 듯했다. 치히로가 온천장에서 만난 온갖 괴물이 딸아이가 꾼 악몽 속에도 나왔을지 몰랐다.

그날 딸아이가 한 가지를 잘못 알고 있었다는 사실을 깨달았다. 딸아이는 우리가 아무도 살지 않고 학교도 없는 두메산골로 이사 하는 줄 알고 있었다.

아이가 굳게 마음먹은 얼굴로 또박또박 힘주어 말했다.

"교과서는 사 줘야 해요. 혼자서라도 공부해야 하니까요."

별들과 함께

호젓한 마을에서

이 세상 모든 일은 미리 겪어 볼 수만 있다면 크게 그르치거나 망치는 잘못을 줄일 수 있다. 이 점에서 나는 운이 좋았다. 시골살이를 연습해 볼 수 있었기 때문이다.

토지문화관 창작실에서 석 달 열흘을 지내고, 짐을 쌀 날이 코앞으로 다가왔을 때였다. 함께 지내던 문인들이 내게 일러 주었다.

"작가님한테 딱 맞는 작업실이 있어요. 얘기해 놓을 테니까 한번 가 보세요."

그 분들은 이따금 차 한 대로 바람을 쐬러 남한강 쪽을 돌아다녔다. 충주 어느 시골 마을에 들렀다가 빈 집이 있다는 사실을 알게 되었다.

그런데 저마다 이런저런 사정으로 그 집을 쓰기 어려웠다.

"우리 집이 서울에 있잖아요. 자주 오가기엔 너무 멀어요."

"이제 돌아가면 한동안 밀린 일을 돌봐야 해요."

더위가 한풀 꺾인 여름날, 차를 몰고 길을 나섰다. 원주를 벗어난 뒤부터 줄곧 시골 풍경이 시원스럽게 펼쳐졌다. 한 시간 반이 지나 그 마을에 이르렀다.

마을 어귀로 들어서니 회관이 나왔다. 회관 둘레에 교회와 집 대여섯 채가 있었다. 그곳을 지나자 길이 좁아지며 논밭과 과수원이 나왔다. 과수원을 지나자마자 왼쪽으로 개울이 나타났다. 다리 건너에 꽤 많은 집이 모여 있었다. 이른바 원주민들이 사는 곳이었다.

다리를 건너지 않고 오른쪽 길을 따라 올라갔다. 논 너머에 바윗돌로 둑을 쌓고 터를 높여 지은 작은 벽돌집이 보였다. 그 위쪽으로도 집이 세 채 더 있었다. 길 쪽에선 성처럼 웅장한 집을 빼고는 나머지 두 채가 나무에 가려 잘 보이지 않았다.

다른 문인들한테서 들은 얘기를 떠올려 보았다. 바로 맨 앞쪽에 있는 암적색 벽돌집이 앞으로 내가 지낼 집이었다. 아담하면서 꾸밈이 없고 깨끗해 보였다.

벽돌집 위로 언덕길을 돌아 올라간 곳에서 노부부가 살고 있었다. 두 분이 사는 집도 암적색 벽돌집이었다.

야구 모자를 쓴 바깥 분이 마당에서 나를 맞았다.

"어서 오세요. 반가워요."

털로 덮인 두툼한 손이 내 손을 덥석 잡았다. 손목이 통나무처럼 굵고 단단해 보였다. 그 분은 미리 들어서 알고 있던 나이보다 훨씬 젊었다. 허리가 꼿꼿했고 혈색이 아주 좋았다.

노부부는 가까운 사람이 별장 삼아 집 한 채 짓겠다고 해서 땅을 내주었다. 그런데 집을 지은 뒤로 얼마간 오가더니 발길이 뜸해졌다. 경기도 포천 어딘가에 새로 별장을 짓고 옮겨 갔다고 했다.

예전에 해군 장성이었던 바깥 분은 내게 아랫집을 거저 쓰라며 한 가지 일을 부탁했다.

"앞마당 잔디를 잘 돌봐 주세요. 가끔 잡풀을 뽑아 주고 잔디를 깎아 주면 돼요."

그리고 덧붙였다.

"어떤 집이든 오래 비워 두면 좋지 않잖아요. 그래서 내주니까 좋은 글 많이 쓰시며 잘 지내세요."

며칠 뒤에 벽돌집으로 자전거와 책상과 컴퓨터와 책을 옮겼다. 집 평수는 열일고여덟 평쯤 돼 보였다. 그 집엔 방이 하나뿐이었다. 널찍한 거실과 주방이 서로 트여 있었고, 주방에서 문을 열면 보일러실이 나왔다. 보일러실은 뒤뜰로 이어져 있었다.

뒤뜰은 서너 평 남짓한 텃밭이었다. 그때는 무얼 심어 가꿀 철이 아니었다. 이따금 잔디밭에 난 토끼풀을 뽑을 뿐, 집 밖에서 할 일이 없었다. 온종일 거실에서 책 읽고 글 쓰고 밥을 지어 먹었다. 밤엔 음악을 들으며 책장을 넘기다가 방에 들어가 잤다.

새벽에 눈을 뜨면 자전거를 타고 마을을 빠져 나갔다. 오른쪽으로 강을 따라 곧게 난 길을 안개를 헤치며 달렸다. 그 길엔 거의 날마다 안개가 꼈다. 이따금 자전거를 세워 두고 길 아래로 내려갔다. 물에 절반쯤 잠긴 강버들 사이로 몽글몽글 안개가 피어오르는 강을 바라보다 아침 해를 맞았다.

"제독님, 잘 지내시지요? 수담을 나눌까 하고 올라왔습니다."

일주일에 한 번쯤 어떻게 지내시나 궁금해서 제독님 댁에 들렀다. 부인께서 그 분을 제독님으로 불렀기에 나도 그렇게 불렀다.

"그거 좋지요!"

제독님이 밝게 웃으며 바둑판이 있는 방으로 나를 데리고 들어갔다. 잠깐 세상 돌아가는 이야기를 주고받다가 바둑돌을 집었다. 그 분은 늘 진지하면서도 즐겁게 바둑을 두었다.

저녁 때 나란히 앉아 차를 마시며 티브이로 축구를 보기도 했다. 성격이 참 부드럽고 차분한 분이었다. 예비역 장성보다는 학자처럼 보였다.

"십여 년 전에 은퇴하고 이 마을로 들어왔지요. 그때 뒷동산에 밤나무를 심었어요. 여러 해 정성껏 돌보았더니 무럭무럭 자라서, 이제 꽤 많은 밤이 열려요."

제독님은 가을에 밤을 주워서 팔아 생활비에 보태고 손주들에게 용돈도 준다고 했다.

어느 날 제독님은 내게 밤 한 자루를 주셨다.

"얼마 안 되지만 집에 가져가 식구들하고 드세요."

토종밤보다 서너 곱절 큰 밤이었다. 그때껏 그렇게 큰 밤은 처음 보았다. 과일이건 열매건 너무 크면 맛이 떨어지기 마련이었다. 그런데 쪄 먹거나 구워먹거나 날로 먹거나 아주 맛있었다.

또 다른 별들

제독님 댁에서 오른쪽으로 길을 돌아간 곳에도 노부부가 살고 있었다. 그 댁 바깥 분도 퇴역 장성이었다. 제독님은 별 하나를 달고 군에서 물러났지만, 그 분은 별 세 개로 물러났다.

어느 날 낮에 산책하다가 그 분 댁에 들렀다.

"안녕하세요."

"어서 오세요. 커피 한 잔 드릴까요?"

"예, 주세요."

잔디밭에 놓인 원탁 앞에 앉아 풍경을 둘러보았다. 어쩌나 잔디를 잘 가꾸었던지 잡풀 하나 보이지 않았다. 잔디밭 아래쪽 비탈에 일군 텃밭이 보였다.

잔디밭에서 앞쪽으로 돌계단을 올라간 곳에 집이 있었다. 널찍한 유리창과 테두리 금속에 되비치는 햇살에 눈이 부셨다. 전원주택을 다루는 잡지에 나옴직한 멋진 현대식 주택이었다.

그 집을 지나서 저 멀리 또 다른 집이 우뚝 서 있었다. 처음 마을로 들어설 때 보았던 성처럼 웅장한 집이었다. 건물 평수가 백 평은 넘어 보였다. 열댓 명이 함께 살아도 공간이 남아돌 듯했다. 그 집 주인은 별 네 개로 군에서 물러났다. 다른 장성들은 참모총장을 지낸 그 분을 총장님이라고 불렀다.

총장님은 셋 가운데 나이가 가장 많아서 일흔 살이 훨씬 넘었다. 보통 사람보다 키가 한 뼘쯤 작았지만 몸이 무척 다부져 보였다. 아직 젊은이처럼 튼튼했으며, 기분 좋을 때는 물구나무서서 술을 마시는 묘기를 부린다고 했다.

별 셋짜리와 별 넷짜리 은퇴자는 밤나무를 키우는 제독님과 달리 집에서 하는 일이 별로 없었다. 며칠에 한 번씩 부부동반으로 차를 몰고 골프를 치러 갔다. 가끔 제독님이 따라갈 때도 있었다. 하지만 대부분 그 분들과 서울에서 온 손님들이 서너 대 차를 나눠 타고 갔다.

제독님한테서 몇 해 앞서 벌어진 일에 대해 들었다.

"여럿이 골프를 치러 가려고 차를 몰고 집을 나섰는데요. 얼마 못 가고 멈추어 서서 옴짝달싹 못하게 되었지요."

차 한 대가 겨우 지나가는 길을 경운기가 떡하니 막고 서 있었다. 여러 번 경적을 울리고 기다렸지만, 좀처럼 경운기 주인이 나타나지 않았다.

결국 골프장에 예약해 놓은 때를 넘겼다. 모두 진땀을 흘리며 차를 뒤쪽으로 한참 나아가게 해서 집으로 돌아갔다.

제독님이 씁쓸한 얼굴로 덧붙였다.

"일부러 거기에 경운기를 세워 두었던 모양이에요."

그 마을에서 일 년하고도 한 계절을 지냈다. 그 동안 별들이 다른 마을 사람들과 어울리는 모습을 보지 못했다. 별들은 별들끼리 지냈고, 마을 사람들은 저들끼리 따로 살았다.

모두가 이런 생각을 가슴 깊이 아로새긴 듯했다.

'서로 같은 터에 살지만 아는 척하지 말자. 너는 네 방식대로 살고, 나는 내 방식대로 살자. 그게 모두에게 편하다.'

서울에서 보낸 마지막 두 해가 떠올랐다. 우리 가족이 살았던 아파트는 현관문을 열면 맞은쪽 집 현관문이 보였다. 오른쪽으로 계단이 있고 왼쪽에 승강기 문이 있었다. 맞은쪽 집엔 내 또래 부부와 열서너 살짜리 아들 둘이 살았다.

여러 번 그 집 아이들과 함께 승강기를 타고 오르내렸다. 그때마다 아이들에게 인사를 건넸다.

"안녕."

아이들은 나를 돌아보지 않았고 아무런 대꾸를 하지 않았다. 그저 승강기 문을 똑바로 바라보고 꼼짝 않고 서 있었다. 내 말을 못 들었나 싶어 다시 물었다.

"어디 학교에 다녀?"

아이들은 여전히 꿀 먹은 벙어리였다. 아이들을 낳아 기르는 부부와 마주쳤을 때도 마찬가지였다. 승강기에 나란히 서 있는 동안 찬바람이 불었다.

우리 가족이 그 곳을 떠나 이사할 때였다. 이틀에 걸쳐 이삿짐센터 사람들이 드나들며 짐을 쌌다. 마지막 날엔 짐을 내리느라 더욱 시끄러웠을 텐데, 그 집에선 밖을 내다보는 사람이 없었다.

트럭에 짐을 다 실어 갈 즈음이었다. 그 집 아이가 아주 빠른 걸음으로 내 곁을 지나쳐 갔다. 어, 하고 쳐다보는 사이에 휙, 하고 사라졌다. 그리 짧지 않은 세월을 이웃해서 살았건만 서로 전혀 모르는 사람들이나 다름없었다.

대포 소리

충주 시골 마을에서 여름과 가을을 두 번씩 겪었다. 여름에서 가을로 넘어가는 때에, 그 마을은 고요와 평화 같은 단어와 거리가 멀었다. 아침부터 저녁까지 대포 소리가 몇 분 사이를 두고 줄기차게 울렸다. 사과 과수원에서 울리는 대포 소리였다.

사과가 익어 단물이 듬뿍 배면, 산비둘기 같은 새들이 달려들어 쪼아 먹었다. 그래서 사과밭 주인은 새들을 쫓고자 대포 소리를 내는 기계를 밭에 갖다 놓았다.

어찌나 대포 소리가 큰지, 내가 살던 벽돌집 창문이 통째로 떨렸다.

"쾅, 쾅! 덜덜덜, 덜덜덜."

창문을 열면 대포 소리가 몇 곱절 크게 들렸다. 아무리 더운 날씨에도 창문을 열 엄두를 내지 못했다. 선풍기를 세게 틀고 더위를 견뎠더니 숨이 가빠 오고 머리가 어질해졌다.

어느 날 후배 하나가 놀러와 하룻밤 묵게 되었다. 어떻게 사람 사는 동네에서 온종일 대포를 울릴 수 있느냐며 혀를 내둘렀다.

"다른 사람들을 눈곱만큼도 생각하지 않나 봐요."

날이 어두워지자 산책을 나가자고 했다.

"바람 쏘이며 동네 한 바퀴 돌자고요."

돌아오는 길에 후배는 선뜻 과수원으로 들어갔다.

"이만큼이면 실컷 먹겠지요?"

잠바를 벗어 소매를 묶은 뒤에, 그 속에 사과를 가득 담아 품에 안고 나왔다. 나를 대신해서 과수원 주인에게 앙갚음하려고 그랬던 듯했다.

여러 날 지나서 아침 일찍 강가에 다녀오던 길이었다. 손으로 귀를 막고 조심조심 사과밭에 들어가 보았다. 사과밭 한쪽에 빨간색 상자가 놓여 있었다. 요란한 소리를 내던 대포였다. 대포는 별들이 사는 언덕 쪽으로 포문을 겨누고 있었다.

바로 그때 대포가 울렸다.

"쾅, 쾅! 쾅, 쾅!"

너무 놀라 뒤로 자빠질 뻔했다. 서둘러 과수원 밖으로 나갔다.

그때 머릿속에 퍼뜩 떠올랐다.

'그래, 맞아. 저 소리는 마을 사람들이 별들을 공격하는 소리였어!'

별들은 저마다 한때 지휘관으로 대군을 이끌었다. 그러나 작은 상자만 한 대포 한 대한테 손도 못 쓰고 당해야 했다. 이웃마을 사람들이 그들을 '떨어진 별'이라고 부르는 까닭을 알 듯했다.

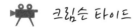 크림슨 타이드

토니 스콧, 1995, 미국

미군 핵 잠수정 앨라배마 호는 미국과 일본으로 핵미사일을 쏘려는 러시아 반군에 맞서, 먼저 공격하려고 태평양 건너 오호츠크

해로 간다. 잠수정이 바다 속으로 들어갈 때, 선홍빛 노을이 온 하늘과 바다를 아름답게 물들인다.

'크림슨 타이드'는 그런 핏빛 바다를 뜻하는 한편, 미 해군에서 1급 위기 상황을 이르는 말이다. 잠수정이 이름을 따온 앨라배마에 있는 주립대학 스포츠 팀을 그렇게 부르기도 한다.

어느 날 갑자기 러시아 잠수정이 나타나 어뢰를 쏜다. 앨라배마 호는 허둥대며 바다 밑바닥으로 내려간다. 그러자 지상과 주고받던 무전이 끊어진다. 얼마 뒤에 앨라배마 호는 다시 조심스럽게 수면 가까이 올라간다. 상부에서 보낸 전문 앞부분만 받은 채 통신 장비가 망가진다.

부함장 헌터(덴젤 워싱턴)가 램지 함장(진 해크만)에게 힘주어 말한다.

"전문 뒷부분까지 받기 전엔 러시아로 핵미사일을 쏘면 안 됩니다."

그러나 램지 함장은 헌터 말을 듣는 척하지도 않으며 부하들에게 이른다.

"우리는 처음에 지시 받은 대로 정해진 때 핵미사일을 쏜다."

헌터 부함장은 쉽게 물러서지 않는다.

"어떻게든 전쟁을 피해야 합니다. 핵전쟁이 벌어지면 온 인류가 망합니다."

램지 함장이 눈을 부라리며 부함장에게 얼굴을 들이댄다.

"군대는 전쟁에서 이기기 위한 수단이다. 불가피한 전쟁을 피하려는 군인은 비겁자일 뿐이다."

급기야 모든 군인들이 두 패로 갈라져 서로에게 총을 겨눈다.

아슬아슬한 순간에 통신병이 망가졌던 통신 장비를 고친다. 이미 러시아 정부군이 반군을 물리쳤음을 알리는 전문이 날아온다. 그렇게 해서 하마터면 핵전쟁이 벌어질 위기를 넘긴다.

영화 끝부분에서 램지 함장은 때를 앞당겨 은퇴한다. 원수처럼 낯을 붉히고 싸우며 뺨까지 연거푸 후려쳤던 헌터 부함장을 새로운 함장으로 추천한다. 그리고 빙긋 웃는 얼굴로 헌터와 악수를 나누고 떠나간다.

램지 함장 스스로 말했듯이 매우 곧고 단순한 사람임을 알 수 있다. 선으로 치면 직선이다. 이런 사람은 언제 어디서도 머뭇대거나 쭈뼛거리지 않는다. 길을 돌아가지 않고 서슴없이 질러간다. 그래서 다른 사람들과 잘 부딪친다.

램지 함장은 앞으로도 늘 데리고 다니던 얼룩강아지와 꾸준히 잘 지내리라 여겨진다. 하지만 그가 발을 들여 놓을 세계는 군대보다 곡선과 굴곡이 많은 곳이다. 이런 세계 속에서 살아갈 앞날이 그다지 순탄하진 않을 듯하다.

터를 잡다

눈먼 땅

충주 시골에서 지내는 동안, 짬짬이 우리 가족이 다시 옮겨 갈 땅을 찾아 돌아다녔다. 원주에서 안 가 본 시골 마을이 드물었다. 마을로 들어가는 길에 '카페'나 '펜션' 표지판이 있는 곳만 발을 들이지 않았다. 낯선 사람들이 많이 드나들어 시끄럽고 어수선하리라는 생각에서였다.

한동안 주택단지를 여러 곳 둘러보았다. 시골 주택단지는 개발업자들이 널찍한 땅을 사서 터를 닦고, 먹을 물과 버릴 물이 다니는 길을 만들고 전기를 끌어들여 여러 사람에게 나눠 파는 곳이다. 이런 곳에선 땅을 사자마자 곧바로 집을 지을 수 있다.

하루는 어느 산 중턱에 있는 주택단지까지 차를 몰고 올라갔다. 차에서 내려 돌아서니, 앞쪽이 훤히 트여 이십 킬로미터쯤 떨어진 곳까지 한눈에 내려다보았다. 곧게 뻗은 고속도로와 굴도 보였다.

그 너머로 여러 산이 서로 겹치며 멀어져 갔다.

주택단지 뒤쪽으로도 우뚝한 산이 있었다. 나무가 빽빽이 우거진 숲길이 보였고, 숲길로 들어가는 비탈에 오랜 마을이 있었다.

나를 그리로 데려간 부동산 중개인은 이보다 더 좋은 주택단지는 없다며 목소리를 높였다.

"글을 쓰신다고 했지요? 이렇게 공기 좋고 경치 좋은 곳에선 저절로 좋은 글이 써질 거예요!"

마치 '좋다'는 단어를 많이 넣어 문장을 만드는 대회에 나온 듯했다.

"숲도 좋고 바위도 좋고 그늘도 좋고 물도 좋고, 참 좋은 곳이에요."

십여 채 집을 지을 수 있는 땅을 천천히 밟고 빙 돌며 잘 살펴보았다. 아래쪽보다는 위쪽에 집을 지으면 좋을 듯했다. 그런데 터를 닦은 지 꽤 오래 돼 보였다.

내가 중개인에게 말했다.

"여기저기 무더기로 풀이 자라네요. 배수로에 흙이 두텁게 쌓여 있고요."

중개인은 눈을 끔벅거리고 고개를 갸웃대며 배수로를 내려다보았다. 도대체 이게 어떻게 된 일이람, 하고 스스로에게 묻는 얼굴이었다.

내가 그에게 처음이자 마지막 물음을 던졌다.

"이렇게 좋은 곳에 집이 한 채도 들어서지 않은 까닭이 무얼까요?"

중개인이 허리를 바로 펴고 나를 돌아보았다. 씩 웃으며 엉터리 우스개 솜씨를 보여주었다.

"글쎄요, 너무 좋아서일까요?"

원주 동남쪽 신림면에 있는 주택단지엔 이미 집이 많이 들어서 있었다. 모두 열 채가 넘어 보였다.

아직 남아 있는 집터가 서너 군데였다. 신림과 영월을 잇는 찻길에서 멀리 떨어지지 않았는데도 아주 조용했다. 게다가 둘레 숲엔 아름드리나무가 많아서 무척 공기가 맑고 시원했다.

이곳에서 한 시간쯤 머무는 동안, 집 밖으로 나와 보는 사람이 한 명도 없었다. 여기저기서 주민들이 창문으로 두 눈만 내놓고 나를 훔쳐보았다. 모두 노인들이었다.

서울에서 온 다른 친구 둘과 함께 이곳을 찾았는데, 친구 하나가 내 팔을 잡아끌었다.

"그만 가자고."

차를 타고 돌아가는 길에 친구가 덧붙였다.

"똑똑히 보았잖아. 노인들만 사는 곳이야. 이런 데선 자기 일은 하나도 못하고, 봉사활동만 하다가 세월 다 보내게 돼 있어."

다른 친구가 고개를 끄덕이며 끼어들었다.

"한밤중에 노인들이 갑자기 현관문을 두드리며, 시내 병원에 태워다 줄 수 있겠냐고 하면 어쩔래? 쌀쌀맞게 물리칠 수 있겠어? 그런 일이 날마다 벌어질지도 몰라. 천장 등을 갈거나 벽에 못 하나 박더라도 도와 달라고 찾아올걸."

좀처럼 마음에 드는 땅을 찾지 못하고 해를 넘겼다. 어느 날 몇 사람을 거쳐 원주 서쪽 산골에 땅이 나왔다는 소식이 날아왔다. 이른 봄날인데 날이 꽤 쌀쌀했다. 차를 몰고 꼬불꼬불한 길을 올라갔다.

낡은 집들이 모여 있는 마을이 나타났다. 실개천 물이 바짝 말라 있었고, 풀이 모두 죽은 들판이 누랬다. 차에서 내려 아주 너른 터에 자리한 흙집 마당으로 들어갔다.

"어서 오세요."

직업이 화가인 사내가 마당에서 나를 맞아 집 안으로 들였다. 방충망을 씌운 나무문이 현관문에 덧붙어 있었다. 번거롭게 나무문을 열고 다시 현관문을 열어야 했다.

화가가 커피를 한 잔 타 주며 말했다.

"가까운 사람이 자기 땅에 집을 짓고 살라잖아요. 그래서 이리로 오게 되었지요."

내가 작업실로 쓰던 벽돌집과 비슷했다. 세상에 마음씨가 넉넉한 땅 주인이 적지 않은 듯했다.

화가가 빙긋 웃었다.

"글 쓰는 일을 하신다니까 이웃해서 지내면 참 좋겠네요."

커피를 마저 마시고, 화가를 따라 집을 절반쯤 돌아 비탈을 올랐다. 오백 평 남짓한 펀펀한 땅을 밟고 한 바퀴 돌았다.

뒤쪽으로 그다지 높지 않은 산이 병풍을 둘렀다. 앞쪽은 저 멀리까지 훤히 보였다. 아무리 속이 답답할 때도 둘레를 바라보면 금세 가라앉을 듯했다.

"좋네요. 땅 주인은 어디 사는 누구인가요?"

"아래쪽 땅 주인과 같아요. 경기도에서 병원을 하는 의사예요."

주인이 말했다는 땅값을 들어보니 우리 집 살림에 알맞았다. 이제 남은 일은 주인을 만나 계약서를 쓰고 돈을 주고받는 일뿐이었다.

한 가지 걸림돌이 발부리에 차였다. 지적도를 떼어 보니, 언덕 위 땅은 이른바 '맹지'였다. 맹지는 '눈 먼 땅'이라는 뜻으로 흔히 쓰이는 말이다. 그런데 어찌 된 일인지 사전에 안 나온다. 표준국어대사전엔 '망아지'를 이르는 평안북도 사투리로 돼 있다.

이런 땅은 다른 땅에 에워싸여 있고, 사람과 차가 다니는 도로가 없다. 맹지 주인은 민법상으로는 그 땅에 드나들 권리를 지니고 있다. 다른 땅을 밟고 그 땅으로 들어갈 수 있고, 그 땅이 농지일 때는 농사를 지을 수도 있다. 하지만 건축법상으로는 그곳에 건물을 짓지 못한다.

세상엔 이런 일을 전혀 모르고 맹지를 사는 사람들이 꽤 있다. 내가 잘 아는 어른도 그렇다. 그 분은 오래 전에 서울 변두리에서 밭 한 뙈기를 샀다. 이다음에 집을 짓고 옮겨 가서 텃밭을 가꾸며 살 생각이었다.

은퇴할 때가 다가와서 그곳에 다시 가 보니, 둘레에 집이 많이 들어서 있었다. 땅값은 처음에 살 때보다 수십 곱절 올라 있었다.

그런데 그 분은 그제야 그 땅이 맹지라는 사실을 알게 되었다.

"집을 지으려면 도로에서 그리로 들어가는 땅을 사서 길을 내야 한다네."

길을 낼 땅을 사는 데 드는 돈이 맹지를 몽땅 팔았을 때 받는 돈보다 많았다. 배꼽이 배보다 컸다.

화가에게 전화를 걸어 말했다.

"그 땅에 드나드는 길을 내게 해 주세요. 토지사용승락서를 받게 해 주시거나요."

화가는 땅 주인에게 내 얘기를 알리겠다고 했다.

"틀림없이 그렇게 해 줄 테니까 걱정하지 말아요."

며칠 지나서 친구와 함께 그곳을 다시 찾았다. 지리산에서 약초를 캐며 시를 쓰는 친구였다. 그 사이에 날이 풀려 무척 따뜻했다. 차에서 땅으로 발을 내딛는데 파리 떼가 온몸으로 달려들었다.

"어휴, 이게 뭐야?"

"아직 파리가 돌아다닐 철은 아니지 않나?"

손을 내저어 파리를 쫓으며 고개를 돌리니 개울이 보였다.

친구가 개울로 다가가더니 낯을 찌푸렸다.

"바닥을 잘 들여다봐."

"물이 없네. 바짝 말랐어."

"그 얘기가 아니고, 유난히 시커멓지 않아?"

다시 보니까 개울 양쪽은 마른 풀 때문에 누런데 바닥만 검은 빛깔이었다. 친구가 나뭇가지로 바닥을 뒤적였다. 콜타르처럼 검고 끈끈한 진흙이 나뭇가지에 달라붙었다. 진흙에서 시궁창 냄새가 풍겼다.

"좀 더 올라가 보자고."

친구와 나란히 개울을 따라 비탈길을 올랐다. 왼쪽으로 화가가 사는 집이 지나갔다. 그 너머로 앞서 보았던 땅 테두리가 눈에 잡혔다. 백여 발짝 더 나아갔을 때, 나무와 메마른 수풀 사이로 목장이 나타났다.

이곳에서 생전 처음 야크라는 동물을 직접 보았다. 시커먼 털로 뒤덮인 어마어마하게 큰 동물 수십 마리가 살고 있었다. 온통 시커멓고 질퍽거리는 똥이 바닥을 뒤덮었다. 바닷가 모래알처럼 많은 파리들이 붕붕대고 윙윙대며 눈앞을 어지럽혔다.

아까 차에서 내릴 때부터 달려들던 파리들은 모두 이곳이 고향이었다. 며칠 전에 화가가 사는 집에서 본 현관문에 덧댄 나무문은 파리를 막는 문이었다. 그리고 개울 바닥에 엉겨 붙은 시커먼 진흙은 야크들이 싼 똥이었다.

'화가는 왜 처음부터 이런 일들을 일러 주지 않았을까? 너무 외로워 어떻게든 이웃을 만들려고 그랬을까?'

더는 고개를 갸웃대며 머뭇거릴 수 없었다. 얼굴에 달라붙는 파리를 쫓으며 종종걸음 쳐서 자동차로 돌아갔다. 바람을 타고 야크 똥 냄새가 휙 날아와 얼굴을 덮쳤다.

친구가 얼떨결에 내 어깨를 손바닥으로 철썩 때리며 외쳤다.

"어서 가자고!"

차가 달리는 속도를 한껏 높여 그곳을 떠났다.

논에 집을 짓겠다고?

제독님 댁과 별 셋이 사는 집 사이엔 숲으로 오르는 오솔길 곁에 작은 연못이 있었다. 이따금 한밤중에 연못에 가서 둑에 앉아 쉬었다. 수많은 개구리들이 사는 연못이었다. 개구리들은 아주 귀가 밝았다. 개구리들이 부르는 합창을 듣고 싶으면, 벽돌집을 나설 때부터 키를 낮추고 뒤꿈치로 걸어야 했다.

모든 개구리들이 부르는 노랫소리가 똑같진 않았다. 어떤 개구리들은 고음을 맡았고, 또 어떤 개구리들은 유난히 목을 떠는 소리를 맡았다. 낮고 굵은 소리를 빠른 박자로 내는 개구리들도 있었다. 그 박자보다 한결 느리고 더욱 굵게 소리를 내는 개구리는 딱 한 마리였다. 대장 개구리인 듯했다.

내가 발을 헛디뎌 돌멩이를 굴리거나 재채기하면, 개구리들은 노래를 뚝 그쳤다. 한참 지나서 대장 개구리가 다시 느리고 굵게 소리를 냈다. 갈수록 그 소리가 점점 커졌다. 그러면 여기저기서 각 음역을 이끄는 개구리들이 소리를 냈고, 나머지 개구리들이 목청껏 합창을 불렀다.

어느 날 아침 오솔길로 발을 들여놓았다. 밤새 합창을 부른 개구리들은 목이 아파서 쉬고 있었다. 바람이 잔잔한 날이어서 연못은 더없이 고요했다. 연못을 지나 양쪽으로 나무들이 바짝 붙어 자라는 길을 올라갔다. 갑자기 눈앞이 훤히 트이며 사오백 평쯤 되는 네모진 밭이 나타났다. 그곳에 그런 밭이 있으리라고는 꿈에도 생각지 못했다.

숲이 에워싼 밭은 아랫밭과 윗밭으로 나뉘어 있었다. 두근거리는 가슴을 달래며 오른쪽 실개천을 따라 올라갔다. 아침 햇살이 나무 사이로 날아와 밭을 밝게 비추었다. 한 번에 밭을 다 바라보기가 아까웠다. 몇 발짝 걷다가 밭 한쪽을 바라보고, 또 몇 발짝 걷다가 다른 쪽 밭을 바라보았다.

밭 꼭대기에 올라 천천히 뒤돌아섰다. 내가 올라온 오솔길이 보였다. 그 너머 연못은 나무에 가려 보이지 않았다. 사람이 만든 어떤 물체도 없는 순수한 자연 앞에서 입이 다물어지지 않았다. 밭에선 담배가 자라고 있었다. 콩이나 깨나 배추 같은 작물이 자라고 있었더라면 한결 기분이 나았겠지만, 널찍하면서 푸른 담뱃잎이 뒤덮은 밭도 더없이 멋졌다.

'와, 이런 곳이 꼭꼭 숨어 있었네!'

밭 위쪽 숲속으로 들어가 보았다. 칙칙하면서 어둑한 숲이었다. 어딘가에 샘이 있는지 온 땅이 축축이 젖어 있었다. 까닥 잘못했다간 깊이 빠질 수도 있어 조심조심 발을 옮겼다. 이곳에서 나온 물이 실개천을 따라 저 아래 연못으로 흘러드는가 보았다.

마치 원시림 속에 발을 들여 놓은 느낌이었다. 아무렇게나 쓰러진 나무들과 축축 늘어진 칡넝쿨과 다래넝쿨은 내가 숲속으로 더 들어가지 못하게 막았다. 어디선가 들려오는 높고 날카로운 새소리는 이렇게 꾸짖는 듯했다.

"여긴 우리밖엔 못 들어와. 어서 안 나가면 혼날 줄 알아."

다시 밝은 세상으로 돌아 나와 오른쪽으로 밭을 돌아 내려갔다. 윗밭과 아랫밭을 가르는 둑길을 걸어 실개천 곁 오솔길로 돌아갔다. 이곳에 집이 들어선 풍경을 머릿속에 그리며 중얼거렸다.

"이쯤에 집을 짓고 저쪽에 앞마당을 내고, 장독대는 저기쯤에 만들고, 요쪽엔 잔디를 심고 관목으로 울타리를 만들면 딱 좋겠어!"

그날 뒤로 아침에 눈을 뜨면 강가가 아니라 연못 위쪽 밭으로 산책을 나갔다. 밭주인은 한 번도 보지 못했다. 마치 담배 스스로 싹을 틔워 자라는 듯했다.

제독님께 이 밭을 사고 싶다고 말씀드렸더니 고개를 끄덕거리셨다.

"내가 주인한테 잘 얘기해 보리다."

누구나 상상 세계에 깊이 빠져들면 현실 감각이 무뎌진다. 그렇게 정신 못 차리고 지내다가 큰 실수를 저지르기도 한다.

땅 주인과 흥정을 벌이기에 앞서, 다시 나를 구하려고 지리산 친구가 불쑥 찾아왔다. 이 친구에게 밭을 보여주었다. 친구는 나를 따라 밭길을 걷고 위쪽 숲에도 들어가 보았다.

친구가 고개를 갸웃하며 물었다.

"모르겠어?"

"무얼?"

"여긴 물이 나는 땅이야. 예전에 틀림없이 논이었을걸."

친구는 습한 땅에 집을 지으면 무슨 일이 생기는지 들려주었다.

첫째, 벌레가 많이 꾄다. 둘째, 남자보다 몸이 차가운 여자들에게 병이 많이 생긴다. 셋째, 땅이 물러서 집에 금이 가기 쉽다. 넷째, 습기가 바닥과 벽을 타고 들어와 집 안이 곰팡이로 뒤덮인다.

"무슨 말인지 알겠지? 이런 땅엔 집을 지으면 안 돼."

마음을 가라앉히기까지 여러 날 걸렸다. 가끔 산책하는 길에 들러, 숲이 에워싼 밭이 주는 아늑하고 고요한 느낌을 즐기는 일로 만족했다.

좀 더 시간이 흐르자 다시는 그 밭을 찾지 않게 되었다.

제독님과 바둑 한 판 두고 이런저런 이야기를 나눌 때였다. 예전에 틀림없이 그 밭이 논이었을 거라는 친구 말이 떠올랐다. 그래서 넌지시 여쭈어 보았다.

"저 밭에 담배를 심은 지 얼마나 되었나요?"

"사오 년 되었지요."

"그 전엔 무얼 가꾸었나요?"

"벼를 가꾸었어요. 오랜 옛날부터 논이었다네요."

비 맞는 소년들

오래도록 암을 앓아 오신 제독님 부인께서 서울에 있는 병원에서 세상을 뜨셨다. 나 홀로 문상을 다녀왔다. 한동안 시내 아파트에서 지냈다.

어느 날 차를 몰고 충주 시골 마을로 갔다. 제독님은 작은 벽돌집 옆쪽 길가에서 밭일하는 사람들을 바라보고 있었다. 가까이 다가가는 나를 돌아보고 말했다.

"잠깐 자리를 비운 사이에 다녀가셨더군요."

"예, 그랬습니다. 많이 힘드시겠어요."

제독님이 눈길을 밭 쪽으로 돌리며 힘없이 대꾸했다.

"짝 잃은 기러기가 그렇지요, 뭐."

얼마 뒤에 그 집에 사람 하나가 새로 왔다. 예순 살이 넘은 남자였다. 밥을 짓고 청소도 하고 말벗도 되어 주며 혼자 남은 제독님을 돌보았다. 제독님은 성이 고 씨인 그 분을 고 집사라고 불렀다.

고 집사는 저녁때마다 내게 와서 커피를 마시며 쉬었다. 한때 서울 충무로에서 어마어마하게 큰 술집을 열었다며, 그 시절에 함께 술을 마시며 가까이 지냈다는 영화배우들에 얽힌 이야기를 들려주었다. 하나같이 인기가 하늘을 찌르던 배우들이었다.

고 집사는 이따금 그 배우들과 여자 문제로 주먹을 주고받았다며, 날쌔게 주먹을 날리는 몸짓을 해 보였다. 그리고 고개를 뒤로 젖히며 큰소리로 웃었다.

"하하하하! 그때가 참 좋았지!"

여러 번 비슷한 이야기들을 듣다 보니, 앞뒤가 들어맞지 않는 이야기가 많았다. 자연스레 그 분이 허풍이 세고 거짓말을 잘한다는 사실을 알게 되었다.

한번은 눈에서 불꽃을 번득이고 상소리를 섞으며, 한참 제독님을 헐뜯는 말을 늘어놓았다.

"감자를 물에 오래 담가 놓지 말라잖아요. 영양분이 다 빠져 나간다나? 나 참, 어이가 없어서! 그리고 먼지 좀 먹으면 어때. 기껏 청소하고 나면, 여기저기 먼지가 너무 많다며 투덜거린단 말이오."

잔소리가 너무 심해 못 견디겠다는 얘기였다.

더는 고 집사가 웃음 짓거나 차분하게 말하는 모습을 볼 수 없었다. 늘 낯을 붉히고 식식거렸다.

"두 분이 서로 잘 지내면 참 좋겠어요."

내가 이렇게 한마디 했더니, 오히려 더욱 화를 내며 펄쩍펄쩍 뛰었다.

이런 일이 여러 달 이어졌다. 저녁때 고 집사가 앞뜰로 들어서며 헛기침하는 소리가 나면 한숨부터 나왔다.

"작가님, 계시오? 차 한 잔 마십시다."

더는 조용하게 쉬며 하루를 마감하기 어려워졌다. 아무래도 이 집을 떠날 때가 머지않은 듯했다.

내가 원주에서 충주 작업실로 가는 길은 중간쯤에서 둘로 갈라졌다. 하나는 곧바로 충주로 접어들어 얼마간 달리다가 오른쪽으로 가는 길이었다. 또 하나는 오른쪽으로 차를 돌려서 가다가 왼쪽으로 가는 길이었다. 길이 갈라지는 곳에 시골 중학교가 있었다.

어느 여름날 작업실로 가는데 느닷없이 소나기가 쏟아졌다. 중학교 앞에서 두 소년이 손을 들었다. 차창을 내리고 빗소리 사이로 소년들에게 외쳤다.

"집이 어디야?"

"오른쪽으로 쭉 가다가 내려 주시면 돼요."

소년들을 태우고 사거리에서 오른쪽으로 차를 돌렸다. 십여 분 달렸을 때부터 차츰 빗줄기가 가늘어졌다.

"저기서 내려주세요."

아이들은 구멍가게가 다가오자 가방을 메고 엉덩이를 들썩거렸다.

그러나 아이들이 비를 맞게 하고 싶지 않았다.

"좀 더 태워다 줄게."

마을길로 차를 돌려 얼마만큼 더 나아갔다. 한 아이가 버섯장 앞에서 먼저 내렸다. 나머지 아이를 태운 채 계속 달렸다. 이제 가랑비는 이슬비로 바뀌었다.

다리 하나를 건너니 길이 가팔라지며 낯선 풍경이 펼쳐졌다. 그곳은 아랫마을과 지맥이 다른 듯했다. 산마을을 에워싼 우뚝한 산이 이슬비 사이로 흐릿하게 보였다. 오 리쯤 더 언덕길을 올라가서 차를 세웠다.

아이가 차에서 내리며 꾸벅 고개 숙여 인사했다.

"고맙습니다."

저만치에서 어떤 사내가 서 있다가 아이를 맞았다. 아이 아버지였는데 나보다 대여섯 살 아래로 보였다.

차에서 내려 산마을 풍경을 둘러보았다. 동쪽에서 북쪽을 지나 서쪽으로 이어지는 산이 마을을 감싸고 있었다. 남쪽으로는 저 멀리 흐릿한 산등성이들이 서로 겹쳐 있었다. 마치 그 너머엔 바다가 펼쳐져 있을 듯한 풍경이었다.

아이 아버지에게 다가가 악수를 청했다. '이근수'라고 이름을 밝힌 사내는 첫인상이 아주 듬직했다. 보통 키였지만 이름처럼 근수가 많이 나가 보였다. 팔뚝과 가슴둘레와 어깨 근육이 씨름선수처럼 우람했다.

"경치가 참 좋네요."

"이만한 데가 드물지요. 아직 이곳엔 인심이 살아 있어요."

'인심'이라는 단어가 가슴을 울렸다. 언제 마지막으로 그 소리를 들어 보았는지 알 수 없었다.

"혹시 이 마을에 주인이 내놓은 땅이 있나요?"

이근수 씨가 잠깐 생각하더니 대꾸했다.

"밭 하나 있는데 보실래요?"

"그러지요."

근수 씨가 트럭을 몰고 앞장섰다. 일 킬로미터 남짓한 길을 돌아 내려가 차에서 내렸다. 근수 씨가 앞쪽 땅을 가리키며 손가락으로 네모를 그렸다.

길과 잇닿은 네모반듯한 땅에선 감자가 자라고 있었다. 맞은쪽과 왼쪽으로 집 여러 채가 보였다. 거뭇하면서 고운 흙이 무척 기름져 보이고 볕이 잘 드는 땅이었다. 근수 씨가 일러 준 땅값도 우리 집 살림에 알맞았다.

"괜찮아 보이네요. 그 값에 사지요."

"땅 주인에게 물어보고 전화 드릴게요."

근수 씨에게 휴대폰 번호를 불러 주고 산골 마을을 떠났다.

여러 날 지나도 아무 연락이 없기에 전화했더니, 근수 씨가 힘없이 말했다.

"땅 주인이 안 팔겠대요. 마음이 바뀌었나 봐요."

내가 너무 서둘렀다는 생각이 들었다. 몸소 겪고 여러 사람에게 들어 본 바로는 흔한 일이었다. 자기가 부른 값에 군말 없이 사겠다는 사람이 있으면 마음이 바뀌는 땅 주인이 적지 않았다. 조금이라도 깎아 달라고 했더라면 좀 더 흥정이 이어졌을지 몰랐다.

계약을 맺다

고즈넉하고 아름다운 산골 마을 풍경이 좀처럼 잊히지 않았다. 이따금 근수 씨에게 전화를 걸어 안부를 물었다. 그렇게 시간이 흘러 해가 바뀌었다. 천천히 산골 마을이 기억에서 지워져 갔다.

어느 날 근수 씨한테서 전화가 걸려 왔다. 목소리가 아주 밝고 힘찼다.

"저, 누군지 아시겠지요? 우리 집 곁에 땅이 나왔어요."

삼월 첫날에 아침 일찍 아내와 딸과 함께 산골 마을을 다시 찾았다. 마을길로 들어서서 오 리쯤 달려, 개울을 가로지른 다리에 이르러 차를 세웠다. 다리 앞에 놓인 바위에 새겨진 글이 보였다.

'고려 말기에 사기점이 있던 마을'

육백 년이 넘는 세월 저쪽에서 사기를 빚고 구워 파는 사람들, 그리고 사기를 사러 온 사람들로 북적거렸을 마을 풍경이 떠올랐다. 세상엔 생긴 지 얼마 안 되는 마을이 있는가 하면, 스무 세대가 넘는 역사를 지닌 마을도 있다. 이런 마을에서 옛사람들이 남긴 숨결과 자취를 더듬는 일은 한없이 신비롭고 가슴 설레는 일이었다.

우리 세 식구는 다리 앞에 차를 놔두고, 나머지 오 리를 걸어서 가기로 했다. 마을 풍경이며 다른 집들을 잘 살펴볼 생각이었다. 얼음이 언 쌀쌀한 날이었다. 새파란 하늘이 아주 맑았고, 개울 건너로 하얀 버들개지가 보였다.

아내와 딸아이에게 한 가지 일러 주었다.

"땅이 마음에 들더라도 너무 겉으로 드러내면, 흥정할 때 어려움이 생길 수 있어요. 둘 다 나를 보고 한쪽 눈을 깜박거려요."

삼십 여 분 느릿느릿 비탈 진 길을 올라가 근수 씨 집에 이르렀다.

"어서 오세요. 바로 요 너머예요."

근수 씨는 우리를 개울 건너로 데려갔다. 살얼음 밑으로 줄줄 물 흐르는 소리가 들리는 듯했다. 잠깐 걸음을 멈추고 집터 둘레를 넓게 바라보았다.

풍수에서 좋은 집터로 꼽는 배산임수 지형이었다. 부드러운 산 능선이 집 뒤쪽을 둘렀다. 앞으로는 양쪽 골짜기에서 흘러온 개울 물이 이등변 삼각형 꼭짓점을 이루며 서로 만났다.

저만치 낡은 흙집 본채와 사랑채가 보였고, 헛간도 눈에 들어왔다. 모두 너무 헐어서 바람이 세게 불면 와르르 무너져 내릴 듯했다. 창문과 출입문이 모조리 떨어져 나갔다.

"한때 이곳에 집이 세 채 있었고 세 가족이 살았어요. 스무 명이 넘는 사람들이 바글거렸지요."

하나 남은 흙집 본채는 방이 세 칸이었다. 왼쪽 작은 방에서 올 망졸망한 아이들이 뒹굴고 놀며 깔깔대는 소리가 들리는 느낌이 었다. 불을 때는 아궁이가 마당 쪽으로 나 있었다.

오른쪽으로 꽤 너른 안방이 있었다. 그 방과 이어진 부엌은 사람 손이 닿은 지 오래 되어 눈 뜨고 볼 수 없을 만큼 엉망이었다. 시커 먼 그을음과 거미줄이 온 벽을 뒤덮었다. 솥을 두 개 걸게 돼 있는 부뚜막이 폭삭 내려앉아 있었다.

흙집 뒤쪽으로 돌아갔더니 축사가 나왔다.

"개를 수십 마리 키웠던 곳이에요."

시멘트를 발라 가며 돌을 쌓아 올린 벽과 철망이 꽤나 을씨년스 러웠다. 그 너머에선 작은 숲처럼 나무들이 빽빽하게 자라고 있었 다. 다시 멀찍이 물러나 터를 바라보았다. 살짝 내려앉아 바람이 덜 부는 땅이 무척 포근하고 아늑해 보였다.

근수 씨가 딴 곳을 바라보는 틈을 타서, 아내와 딸아이에게 슬쩍 눈짓해 땅이 마음에 드는지 물었다. 둘 다 방긋 웃으며 연거푸 빠 르게 눈을 깜빡거렸다. 어찌나 눈부셨던지 정신이 다 어질해졌다.

한 달 뒤에 근수 씨를 거쳐 땅 주인에게서 연락이 왔다. 처음에 주인이 말한 액수보다 좀 적은 값에 땅을 사겠다고 했는데, 주인이 그러자고 했다는 것이었다. 더는 흥정을 하지 않아도 되어 한시름 놓았다.

며칠 지나 근수 씨 집에서 땅 주인을 만났다. 내가 볼펜을 들고 매 매계약서를 쓰려 했다. 잠깐 머뭇거리자 땅 주인이 손을 내밀었다.

"이리 주세요."

땅 주인은 내 주민등록증을 받아서 곁에 놓고 단숨에 계약서를

써 내려갔다. 짐작컨대 부동산을 사고파는 일을 하는 듯했다.

또 한 달이 지나서, 시내 법무사 사무실에서 다시 땅 주인을 만났다. 그에게 중도금과 잔금을 한꺼번에 주었다. 이제 그 땅은 우리 가족이 앞으로 살아갈 땅이 되었다. 서울을 떠난 지 두 해 반이 지났을 때였다.

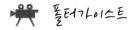

폴터가이스트

토브 후퍼, 1982, 미국

마음, 또는 영혼이나 정령이 물체를 움직이고 소리를 낸다고 믿는 이들이 있다. 이런 초자연 현상을 독일어로는 '폴터가이스트'라고 부른다. '소동'을 뜻하는 '폴터'와 '영혼'을 뜻하는 '가이스트'를 합친 말이다.

초자연 현상은 우리나라 옛이야기에 자주 나온다. 귀신 이야기들이 그렇다. 비 오는 날 어디선가 칼 가는 소리가 들려온다거나, 멀쩡하던 사람이 헛것을 보고 미쳐서 이상한 행동을 한다는 식이다. 하나같이 생전에 억울하게 죽어 원한을 품은 귀신들이 일으킨 일이다. 살아 있는 사람들은 귀신이 원한을 풀게 해서 편안하고 행복하게 살게 된다.

〈폴터가이스트〉는 사랑이 넘치는 한 가족이 온갖 초자연 현상에 시달리는 영화다. 갑자기 침실이 통째로 흔들리고, 숟갈과 포크가 저절로 구부러진다. 식탁 앞에 놓여 있던 의자들이 눈 깜짝할 사이에 주방 조리대 위로 옮겨 간다.

엄마(조베스 윌리엄스)와 아빠(크레이그 넬슨)는 잠깐도 마음을 놓지 못한다. 굵고 오래된 나뭇가지가 창문을 뚫고 들어와 어린 아들 로비(올리버 로빈스)를 휘감아 삼키려 한다. 막내딸 캐롤(헤더 오루크)은 눈부신 빛을 뿜는 돌풍에 휘말려 사라진다.

영화 후반부에 가서야 이 집에 얽힌 놀라운 일이 밝혀진다. 한때 집이 있던 자리는 공동묘지였다. 택지 개발업자는 무덤 속 시신들을 그대로 놔두고 비석만 옮긴 뒤에 집을 지었다. 그래서 시신들이 몹시 성나서 초자연 현상으로 사람들을 괴롭혔다는 얘기다.

이 영화에서 택지 개발업자가 그랬듯이, 땅이나 집을 팔려고 내놓은 사람은 그 터에서 지난날 벌어진 좋지 않은 일들을 숨긴다. 자연히 집이나 땅을 사는 이들은 그 터에서 지난날 어떤 일이 있었는지 모른다.

하긴 그걸 알아서 무얼 하겠는가. 괜스레 기분만 찜찜해질 일이다. 이런 일엔 모르는 게 상책이라는 말이 딱 들어맞는다.

우리 가족 또한 시골 땅을 사며 그런 데 전혀 마음을 두지 않았다. 초자연 현상이 진짜로 있는지도 알 수 없거니와, 이 세상에 귀하지 않은 땅은 없다고 믿어서였다. 앞으로 터를 잘 가꾸고 돌보며 열심히 살면, 땅 스스로 알아서 우리를 돌봐 주리라 여겼다.

헌집 고치기

헛간을 허물다

집 짓는 일을 하는 친구를 불러 물어보았다.

"이 집을 고쳐 쓸 수 있겠어?"

친구는 구멍이 숭숭 뚫린 벽과 엉망으로 내려앉은 구들장을 보고 낯을 찌푸렸다.

"어휴, 힘들겠는걸."

흙집 뒤뜰로 가서 축사를 살펴보더니 얼굴빛이 좀 나아졌다.

"흙집은 마저 허물어 버리고, 이 축사를 고쳐 써."

친구가 돌아간 뒤에 흙집 마루에 홀로 앉아 봄볕을 즐겼다. 내가 태어나 어린 시절을 보낸 집이 떠올랐다. 기역자와 니은자를 맞물려 놓은 구조를 지닌 집이었다. 부엌과 안방이 붙어 있고, 안방과 건넌방 사이에 널찍한 마루가 있었다. 건넌방은 헛간과 이어졌다. 안마당 건너로 대문 곁에 사랑방, 그리고 방이 세 개 딸린 바깥채가 있었다.

　오랜 나날 그 집을 되살려 짓고 싶은 꿈을 품고 살아왔다. 이 흙집은 비록 똑같이 생기진 않았어도 내가 태어난 집을 돌아보게 했다. 마루에 앉아 있는 내내 마음이 참 편안했다.

　흙집 안방으로 들어가 이곳저곳 잘 살펴보았다. 한쪽 천장 구석에 커다란 호박만 한 희누런 공이 붙어 있었다. 벌이 짓고 살다가 떠나간 집이었다. 세월이 때를 묻혀 거뭇해진 대들보에 먹물로 쓴 글이 보였다.

　'龍盤檀紀四二八七甲午八月二十七日….'

　이런 글을 상량문이라고 하며, 상량문을 쓴 대들보를 올리는 일을 상량식이라고 불렀다. '용반'은 용이 서린 웅장한 산 모양새를 뜻했다. 단기 4287년이면 서기 1954년이었다. 육이오전쟁이 끝난 이듬해 8월 27일에 대들보를 올린 집이었다.

　대들보가 별로 두껍지 않았다. 서까래로 쓴 나무들도 어른 손목보다 가늘었다. 그 시절 산에서 자라는 나무 가운데 굵은 나무가 드물었음을 알 수 있었다.

　여러 날 흙집을 어떻게 하면 좋을지 고민했다. 마침내 흙집을 고쳐 쓰기로 마음을 굳혔다. 이 마을과 인연이 닿게 해 준 아이 아버지, 그러니까 근수 씨는 지금은 농사를 짓고 있었지만 한때 목수로 일했다. 하루 일당을 얼마씩 주기로 하고, 농사일을 쉴 때마다 나와 함께 흙집을 고치기로 약속을 받아 냈다.

　오월 말에서 유월로 넘어갈 때였다. 여느 해보다 더위가 일찍 찾아와 한여름처럼 햇살이 따가웠다. 먼저 포클레인이라고도 부르는 삽차를 불러 헛간과 바깥채를 허물었다. 가장 덩치가 작은 삽차였는데 무척 힘이 셌다.

누군가 마당으로 들어서며 목소리를 높였다.

"오래 비어 있던 집이 임자를 제대로 만났네!"

한때 마을 이장을 하셔서 모두가 아직도 이장님으로 부르는 이웃집 아저씨였다. 다리가 불편한 아저씨는 목발을 짚고 힘겹게 마당을 건너와 본채 마루에 앉으셨다. 잠자코 지난날을 돌아보는 얼굴로 뽀얗게 먼지 날리는 공사판을 바라보셨다.

집 허물기를 마치고 뒷간을 만들 자리에 땅을 팠다. 헛간을 허물 때 나온 기둥과 서까래를 한데 모았다. 부서진 흙벽돌은 잘 다져 마당에 고르게 깔았다. 까맣게 그을린 구들장은 흙집 곁에 따로 모아 놓았다.

지하수 끌어올리기

"허, 여기도 없네요."

김 사장이 티브이 안테나처럼 생긴 쇠막대를 들고 수맥을 찾았다. 흙집 앞뜰과 뒤뜰을 돌다가 잠깐씩 멈추어 섰다.

한때 우물이 있던 자리는 부엌 앞에 흔적만 남아 있었다. 집을 고치건 새로 짓건 마실 물이 있어야 했다. 여기저기 물어서 우물 파는 일을 하는 김 사장이라는 사람을 찾아냈다.

그러나 김 사장은 좀처럼 수맥을 찾지 못했다. 다시 걸음을 떼며 같은 소리를 되풀이했다.

"허, 여기도 없네요, 없어."

개울이 양쪽으로 흐르는 땅 밑엔 수맥이 없거나, 수맥이 있더라도 물이 적다고 했다. 개울을 따라 물이 다 쓸려 내려가서, 땅속으로 스며드는 물이 많지 않은 듯했다.

김 사장은 흙집 뒤뜰 잣나무 그늘에서 다시 멈추어 섰다. 눈을 끔벅이며 우두커니 서 있다가 입을 열었다.

"이 밑에 물이 있긴 한데요. 양이 많지 않아요."

어떻게 하면 좋을지 묻는 말투였다. 선뜻 김 사장에게 대꾸했다.

"어서 땅을 파 보자고요."

그게 말처럼 쉬운 일이 아니었다. 김 사장은 트럭에서 오랫동안 장비를 내렸다. 유전을 팔 때 쓰는 장비와 비슷하게 생긴 굴착기였다. 굴착기를 잘 세운 뒤에 물을 부어 가며 땅을 팠다.

삼 미터 깊이로 땅을 파면 길이가 그만한 파이프를 묻었다. 삼 미터를 더 판 뒤에 다시 파이프 하나를 잇대었다. 땅속이 온통 바위로 이루어진 암반층이어서 일이 더뎠다. 땅을 파는 내내, 희뿌연 돌가루가 섞인 걸쭉한 반죽이 올라와 풀밭을 더럽혔다.

"휴우, 땀이 줄줄 흐르네."

이틀째 작업하던 김 사장은 한낮 더위에 지쳤다. 수건으로 얼굴에 흥건한 땀을 훔치며 너럭바위에 올라 똑바로 누웠다. 감나무 그늘이어서 시원한 바람이 솔솔 불었다.

김 사장은 한 시간쯤 지나 끙 소리를 내며 일어났다. 해가 떨어지려면 아직 한참 남은 때였다. 그런데 더 일하지 않고 모든 장비를 놔둔 채 트럭을 몰고 사라졌다.

'집에 두고 온 물건이 있어 가지러 갔나?'

그러나 김 사장은 해가 진 뒤에도 돌아오지 않았다.

다음 날도 그 다음 날도 김 사장은 모습을 보이지 않았다. 전화를 걸었지만 받지 않았다. 근수 씨에게 물어보니 고개를 흔들었다.

"괴짜로 이름난 사람이에요. 묻는 말에 대꾸를 잘 안 하고, 엉뚱한 짓을 많이 한대요. 좀 더 기다려 보자고요."

김 사장이 사는 마을은 우리 마을에서 뒷산 쪽으로 고개를 하나

넘어간 곳에 있었다. 시골에선 보기 드물게 화가와 사진작가, 사당패, 소설가들이 많이 살았다. 조선시대 때 손곡 이달이 살던 마을로도 널리 알려졌다. 이달은 마을 이름을 따서 호를 지었다. 서얼 출신 시인으로 허균을 길러 냈다.

허균은 이 마을에 자주 와서 머물며 서얼 출신 문인들과 어울렸다. 허균 스스로는 양반이었다. 하지만 조선시대 신분제 아래서 차별 받던 서얼들과 뜻을 함께하며, 모든 사람이 평등한 세상을 만들고자 애썼다. 결국 혁명을 일으키려다가 들켜 광화문에서 목이 잘렸다.

닷새 만에 돌아온 김 사장은 목이 멀쩡했지만 두 눈이 쑥 들어갔다. 그날 너럭바위에서 낮잠을 자는 바람에 온몸에 찬 기운이 들었다고 했다. 말수가 적다는 사람이 느릿느릿 덧붙였다.

"꼼짝 못하고 집에 누워 지냈지요."

김 사장은 겨우 몸을 움직이며 다시 우물을 팠다. 이웃집 할머니께서 김 사장이 너럭바위에서 자고 여러 날 앓았다는 소리를 어디서 듣고 왔다. 혀를 끌끌 차며 내게 속삭였다.

"옛날부터 고사 지내던 바위예요."

음식을 차려 놓고 신령님께 제사를 올리던 바위라는 얘기였다.

"저런 바위에서 자면 반드시 벌 받아요."

김 사장은 무려 삼십 미터 넘게 땅을 판 뒤에야 수맥을 찾아냈다. 처음에 말했듯이 올라오는 물이 많지 않았다. 졸졸 흐르는 물과 퀄퀄 쏟아져 나오는 물 중간쯤이었다.

김 사장이 힘없이 중얼거렸다.

"이러다가 물길이 트이면 올라오는 물이 늘기도 해요."

어쨌든 퀄퀄 쏟아지진 않을지라도 물이 틀림없었다. 게다가 너 나없이 좋다고 하는 암반수였다. 두 손으로 물을 받아 마셨는데 아주 차갑고 달았다.

실내 작업

헛간과 별채를 헐고 우물을 파는 바깥일을 마치고 집 안으로 들어갔다. 먼저 허공에 띄운 합판을 떼어 냈다. 왼쪽 방 안쪽에 있는 벽을 허물어 방 두 개를 서로 텄다. 망치와 톱을 들고 혼자서 이 일을 했다.

근수 씨가 와서 보고 화들짝 놀랐다.

"만일 벽이 지붕을 받치고 있었더라면 큰일 날 뻔했어요. 지붕이 와르르 무너질 수도 있으니까요."

그러나 서까래와 기둥을 잘 보면, 지붕을 먼저 만들고 벽을 세웠음을 알 수 있었다. 방이 몰라보게 넓어졌고 윗목까지 볕이 잘 들었다.

"그저 전기를 쓸 수 있게 해 주시면 돼요."

기술자를 불러 집을 보여주고, 비용을 셈해서 얼마를 미리 주었다.

이튿날 기술자는 무려 네 사람이나 데리고 왔다. 저마다 일을 나누어 한두 시간 만에 후딱 해치웠다. 전신주에서 집으로 녹색 전깃줄을 잇고, 분전반과 계량기와 플러그와 소켓을 달았다.

전원을 켜자 전등에 밝게 불이 들어왔다. 밤에도 흙집에서 여러 일을 볼 수 있게 되었다. 땅속에서 올라온 시원한 물에 마른 목을 축일 때 못지않게 기뻤다.

다음으로 구들장이 내려앉은 자리를 손보았다. 근수 씨와 같이 구들장을 모조리 들어냈다. 바닥에 돌을 제대로 놓고 구들장을 다시 없었다. 경운기를 끌고 아랫마을 냇가로 가서, 모래를 삽으로 떠 경운기에 싣고 집으로 날랐다.

모래를 채로 걸러 시멘트와 물과 잘 섞었다. 반죽을 질통에 담아 방으로 날라 구들장 위에 편편하게 발랐다. 여러 날 아궁이에 불을 때서 방바닥을 바짝 말렸다.

기술자와 조수는 저마다 맡는 일이 뚜렷이 갈렸다. 나는 조수여서 몸으로 힘쓰는 일을 도맡았다. 온종일 땀을 뻘뻘 흘리며 일했다.

책상 앞에 오래 앉아 있으면 머리가 지끈거리던 글쓰기와 전혀 달랐다. 몸을 많이 움직일수록 머리가 맑아졌다. 하루 일을 마치고 다리 밑 개울에서 몸을 씻을 때면 그렇게 뿌듯하고 기분 좋을 수 없었다.

"자, 오늘은 벽 바르기를 해 보자고요."

근수 씨가 모는 경운기를 타고 가까운 산에 갔다. 붉은 빛이 도는 고운 황토를 삽으로 떠서 가져왔다. 황토를 채로 잘 걸러 물에 개어 벽에 난 구멍을 메웠다.

어느 날엔 시내에 나가 창문을 크기대로 사 왔다. 미리 맞추어 놓은 한옥 창살문도 받아 와서 제자리에 달았다. 문이 있던 자리 가운데 두 곳엔 통유리를 사다 끼웠다.

벽과 천장과 외벽에 흙물을 들이는 일은 즐겁고도 고됐다. 이 일은 나 혼자서 했다. 여러 날 의자 위에 올라서서 사포로 문질러 서까래에 낀 검고 끈끈한 얼룩을 없앴다. 그리고 천장에 붓으로 흙물을 들였다.

부엌을 뺀 열다섯 평 남짓한 천장에 붓질하는 내내 진땀이 났다. 미켈란젤로는 시스티나 성당 천장에 〈천지창조〉를 그리며 얼마나 힘들었을까 싶었다. 온몸으로 균형을 잡으며 고개를 뒤로 젖히고 팔을 높이 들고 일하는 동안, 줄곧 다리가 후들거렸고 뒷목이 떨어져 나갈 듯이 아팠다.

천장 일을 마친 뒤에 한지를 사다가 벽에 바르고 장판을 깔았다. 집 바깥벽에도 흙물을 들였고, 허물어진 부엌 부뚜막을 손보았다. 철물점에서 무쇠솥 두 개를 사다가 부뚜막에 걸었다. 이즈음엔 힘이 제법 세져서 무쇠솥을 가뿐히 가슴 높이로 들고 옮겼다.

뒷간도 집이다

마지막으로 뒷간을 만드는 일이 남았다. 이 일은 미리 생각했던 시간보다 많이 걸렸다. 첫날 삽차를 불렀을 때 파놓은 구덩이에 철물점에서 날라 온 정화조를 묻었다. 물 일 톤이 들어갈 수 있는 정화조였다.

여러 날 줄기차게 비가 내렸다. 시내 아파트에서 지내다가 날이 갠 날 돌아왔다.

"와! 정화조 혼자 뱃놀이하네!"

고무로 만든 정화조가 물에 둥둥 떠 있었다. 눈으로 보면서도 믿어지지 않는 장면이었다. 구덩이에 빗물이 차면서 벌어진 일이었다. 정화조에 물을 가득 부어 놓았어야 했는데 깜박 잊었다.

"이 일을 어쩌지요? 지금 품앗이하러 아랫마을에 내려가 봐야 해요."

마침 근수 씨가 농사일로 바빴다. 나 혼자서 가까스로 정화조를 밖으로 끌어 올렸다. 양동이로 구덩이에 찬 물을 퍼내고 무너져 내린 진흙을 삽으로 떠냈다. 그리고 다시 구덩이에 정화조를 묻었다.

며칠 뒤 농사일에서 풀려난 근수 씨와 같이 시멘트 벽돌로 네 벽을 쌓았다. 변기를 사다가 정화조 위에 놓고 온 바닥에 시멘트 반죽을 잘 발랐다. 낙엽송 기둥 네 개를 세우고, 각목으로 서까래를 만들고 판자를 덮었다. 이 일에 꼬박 일주일이 걸렸다.

근수 씨가 농사일을 쉬는 날 흙집을 고쳤기에 무려 두 달이 지나서야 모든 일을 마쳤다. 때 이른 더위에 얼굴과 팔뚝이 새까맣게 그을렸고 몸무게가 오 킬로그램이 줄었다. 그러나 지방이 빠지고 근육이 늘어 한결 보기 좋아졌다.

오랜만에 만난 도시 친구들은 저마다 불룩한 뱃살을 쓰다듬으며 놀라워했다.

"어떻게 된 거야? 몰라보게 살이 빠졌어."

"근데 엄청 건강해 보여."

친구들에게 살 빼는 비결을 거저 일러 주었다.

"낡은 흙집을 사서 고쳐 봐."

토박이들을 사귀다

한동안 흙집 앞마당에서 땅을 고르고 다지며 조용히 지냈다. 비가 오면 빗물이 흙집 쪽으로 흘러와 여기저기 작은 웅덩이를 만들었다. 삽과 괭이로 흙을 떠서 웅덩이를 메웠다. 마당 바깥쪽으로 물이 흘러갈 수 있게 고랑을 팠다.

어느 맑은 날, 근수 씨가 흙집에 들렀다. 이런저런 얘기를 나누다가 퍼뜩 생각났다는 듯이 말했다.

"잠깐 시간 내시지요."

이장에게 인사하러 가자고 덧붙였다. 이 동네에서 살려면 으레 치러야 할 일이었다. 빈손으로 가기 무엇해서 근수 씨와 같이 농협 마트에 갔다.

"막걸리 몇 병 사면 되겠지요?"

근수 씨가 빙그레 웃었다.

"좀 더 쓰세요."

그리고 손가락으로 국산양주 '패스포트'를 가리켰다. 패스포트
는 외국을 여행하는 이들이 자기 신분과 국적을 증명하고, 그 나라
에 자신을 보호해 달라고 요청하는 문서였다. 낯선 곳에 발을 들인
사람으로서 패스포트를 들고 이장을 찾아가는 일이 참 재미나게
여겨졌다.

밭에서 일하는 이장에게 가서 패스포트를 건네며 내가 누군지
밝혔다. 이장이 밝게 웃으며 손을 내밀었다.

"앞으로 서로 도와 가며 잘 지내자고요."

다음으로 인사를 나눈 이는 만득이였다. 근수 씨와 철물점에 다
녀오던 길에 누구네 집 밭에서 마늘을 캐던 만득이를 만났다. 만득
이가 모는 트럭 짐칸에서 막걸리를 사이에 놓고 마주앉았다.

"잘 부탁합니다."

만득이가 검게 그을린 낯빛 때문에 유난히 하얘 보이는 이를 드
러내며 대꾸했다.

"무슨 말씀이세요. 오히려 제가 밖에서 오신 분께 도움을 받아야
지요."

그 말이 지나칠 만큼 깍듯하고 공손하게 들렸다. 그러나 두어 잔
막걸리가 오가면서, 서로 안 지 십 년은 된 듯이 털털하게 나를 대
했다.

그날 저녁때 만득이는 동네 후배 여럿을 데리고 흙집으로 왔다.
백열등 불빛 아래서 한참 웃음꽃을 피우다가 돌아갔다.

시내에서 며칠 지내고 흙집으로 돌아올 때면 넉넉하게 장을 봐
서 동네 사람들을 불렀다. 적어도 보름에 한 번은 술상을 차리고

고기를 구웠다.

　자연스럽게 이 마을과 시골살이를 많이 알게 되었다. 동네 사람들은 그들대로 흙집에서 편히 놀고 쉬며 그날 농사일로 쌓인 피로를 풀었다.

　우리 동네엔 같은 면에 있는 어느 마을보다도 내 또래가 많았다. 광태와 봉구, 재현이, 병득이 같은 토박이들을 차례로 알게 되었다. 오래지 않아 모두와 서로 친구가 되었다.

　아내와 번갈아 가며 흙집을 작업실로 썼다. 저마다 한 번 짐을 싸 들고 흙집에 오면 사나흘씩 묵고 시내 아파트로 돌아갔다. 어느 날 아파트를 떠나 흙집에 간 아내한테서 전화가 왔다. 흙집 마당에 이르러 차에서 내렸는데, 엉겁결에 자동차 열쇠를 운전석에 내려놓은 채 문을 걸고 내렸다고 했다.

　그 자동차는 요즘 자동차와 달랐다. 창턱에 볼펜 뚜껑만 한 플라스틱이 볼록 튀어나왔다. 플라스틱을 손가락으로 누른 뒤에 문을 닫아도 문이 걸렸다. 열쇠가 없을 때는 철사 옷걸이를 길게 펴서 끝에 고리를 만들고, 유리창 옆쪽으로 잘 밀어 넣어 플라스틱을 들어 올려야 했다. 말이 쉽지 얼마나 시간이 많이 걸리는 일인지 몰랐다.

　아내에게 잠깐 기다리라고 해 놓고 광태에게 전화를 걸었다.

　"많이 바빠? 좀 도와줄 수 있어?"

　얼마나 시간이 지났을까. 아내가 다시 내게 전화를 걸어왔다. 시골 친구들 덕분에 문을 열었다며 몹시 기뻐했다.

　그런데 아내를 도와주러 달려온 친구가 광태 하나만이 아니었다. 재현이와 만득이와 봉구도 달려왔다. 아내는 여러 건장한 사내들이 달려들어 차문을 여느라 애쓰는 모습을 보며, 얼마나 든든했는지 모르겠다고 덧붙였다.

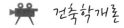 **건축학개론**

이용주, 2012, 우리나라

건축은 개축과 신축으로 나눌 수 있다. 오래된 집을 고쳐 쓰려는 마음은 과거를 되살려 미래와 서로 이으려는 마음이다. 그리고 신축은 과거를 깨끗이 잊고 미래로 나아가려는 마음이다.

〈건축학개론〉엔 두 가지 이야기가 겹쳐 있다. 하나는 낡은 집을 고치는 이야기다. 또 하나는 지난날로 돌아가고 싶은 욕망을 더듬는 이야기다. 이 두 가지 이야기는 서로 다른 듯하면서도 아주 비슷하다.

여주인공 서연(한가인, 수지)이 소중히 여기는 과거는 고향집에서 아버지와 함께 살던 어린 시절이다. 그리고 열다섯 해 전인 대학 새내기 시절에 승민(엄태웅, 이제훈)을 만나서, 우연한 사고와 오해로 헤어지기 전까지 사귀었던 일이다.

서연은 낡은 고향집을 허물고 새 집을 지을까 하다가 고쳐 쓰기로 마음먹는다. 이 일을 건축사로 일하는 승민에게 맡긴다. 두 사람은 어떻게 집을 고칠지 의논하다가 부둣가로 가서 함께 소주를 마신다. 이때 서연이 지금 어떤 처지인지 밝혀진다.

결혼에 실패한 서연은 혼자 살려고 고향으로 돌아왔다. 스스로 자기 신세가 딱하게 여겨진다. 대학 시절에 갑자기 떠나간 승민이 원망스럽기도 하다.

서연은 술을 많이 마시고 취해 울먹이며 말한다.

"나도 널 좋아했으니까. 네가 내 첫사랑이었으니까."

승민은 그 모습을 보며, 지난날 서연에게 사랑을 고백하지 못하거나 안한 일이 오늘 서연이 겪는 슬픔과 잇닿아 있음을 깨닫는다.

그러나 승민은 서연에게로, 또는 지난날로 돌아갈 수 없다. 건축에 빗대 말하자면, 그 시절에 둘이 함께 지었던 집을 고쳐 쓸 수 없다. 다시 사랑하게 된 다른 여자와 결혼할 날을 앞두고 있기 때문이다.

이제 승민이 서연에게 해 줄 수 있는 일은 한 가지뿐이다. 서현이 아끼는 고향집을 서연이 뜻하는 대로 잘 고쳐 주는 일이다.

오늘날 많은 사람들이 별 생각 없이 오래된 집을 허문다. 그리고 그 자리에 새 집을 짓는다. 이런 일엔 경제 논리가 들어 있다.

"집은 아무리 고쳐도 헌집일 뿐이야. 집을 고치는 데 드는 돈이 새로 짓는 데 드는 돈보다 많을 때도 있어."

그러나 집을 허무는 일이 그렇게 간단한 일인가. 때로는 더없이 소중한 추억들이 집과 함께 무너지기도 한다. 한번 무너진 집은 아무리 뛰어난 건축가를 불러 와도 되살릴 수 없다.

〈건축학개론〉에서 볼 수 있듯이 낡은 집을 잘 고치면 새 집만큼이나 멋지다. 잘 닦은 오래된 그릇처럼 아주 눈부시진 않게 알맞은 밝기로 반짝거린다.

그 집엔 새 집에서 느낄 수 없는 깊고 그윽한 기운이 흐른다. 이 기운은 사람 냄새이기도 하다.

새 집

어떤 집을 지을까?

　지금껏 내가 한 해 넘게 살았던 집은 모두 아홉 채다. 이사를 여덟 번 했다는 얘기다. 세상에 태어나 스무 살까지 산 집은 처음엔 초가집이었다. 그러나 기와를 올리면서 기와집으로 불리게 된 흙 벽돌집이다.

　그 다음엔 시멘트 벽돌로 쌓은 벽에 붉게 구운 벽돌을 덧붙인 양옥집에서 살았다. 뒤이어 살았던 집도 양옥집이었다. 이 집에선 가슴 높이 창문 밑틀과 잔디 깔린 마당이 수평을 이룬 반지하방에서 살았다.

　다음으로 지붕이 판판하며 철골로 뼈대를 만든 건물 삼 층에서 살았다. 그리고 기와를 올린 양옥집 이 층과 삼 층에서 살다가 아파트를 두 곳 옮겨 다녔다. 한 아파트는 서울에 있었고, 다른 아파트는 원주에 있었다. 서울 아파트에선 사 층, 원주 아파트에선 십

층에서 살았다.

우리 가족은 시골에 지을 집으로 흙벽돌집을 골랐다. 잠깐 통나무집을 지을까 생각하기도 했다. 원주 양안치 고개 아래쪽에 있는 통나무집 모델 하우스에 들렀다가 마음이 바뀌었다. 이 방 저 방 돌며 잘 살펴보았는데, 어쩌다가 불이 났을 땐 금세 잿더미가 될 듯했다.

낡은 흙벽돌집을 고쳐 작업실로 쓰면서 지내보니, 무엇보다 집 안에서 나는 흙냄새가 좋았다. 아궁이에 불을 많이 땐 날엔 흙냄새가 더욱 짙었다. 게다가 이런 집은 벽으로 공기가 드나들어 건강에 좋을 듯했다. 시멘트 벽돌집이나 샌드위치 패널 집은 벽으로 공기가 잘 드나들지 못하거나 안 드나들었다.

요즘 흙벽돌집은 옛날 흙벽돌집과 많이 달랐다. 옛날엔 일일이 손으로 흙을 개어 짚을 넣고 눌러 흙벽돌을 만들었다. 그러나 요즘엔 공장에서 기계로 찍어 냈다. 그래서 한층 단단하고 무거웠다.

옛날 사람들이 하던 대로 흙벽돌집을 지을 수도 있었겠지만, 내겐 그런 벽돌을 만드는 솜씨가 없었고 시간이 넉넉지 않았다. 그래서 공장에서 찍어 낸 흙벽돌로 집을 짓기로 했다. 이 흙벽돌은 황토벽돌로도 불렸다.

건축에 관한 책을 두루 찾아 읽었다. 책방에서 사 읽고 도서관에서 빌려 읽었다. 어떤 날엔 서울로 올라가 코엑스에서 열린 건축박람회를 보았다. 네댓 시간 쉬지 않고 온갖 집 모형과 건축 자재를 구경했다. 그리고 언제 어디를 가든지 눈길을 끄는 집이 있으면 걸음을 멈추고 둘러보았다.

오래된 흙집에서 한 해를 보낸 뒤에, 위쪽 터에 새로 지을 집을 설계하는 일에 들어갔다. 친구 하나가 고개를 갸웃거렸다.

"전문 설계사한테 맡기지 그래?"

내가 빙그레 웃으며 되물었다.

"이렇게 흥미진진한 일을 왜 남한테 넘기지?"

모눈종이를 사다 놓고 바닥에 엎드려 설계도를 그리고 또 그렸다. 벽과 지붕과 창문이 있는 평면도를 그리고, 입체도를 그리고 조감도를 그렸다. 가로와 세로와 대각선 길이까지 일일이 적어 넣었다.

모눈종이가 다 떨어지자 도화지에 다시 설계도를 그렸다. 도화지는 모눈종이와 달리 지우개로 여러 번 지우고 또 써도 잘 찢어지지 않았다. 그래서 고치는 일이 한결 쉬웠다.

설계도를 그리는 일이 이렇게 재미난 줄 몰랐다. 오늘 설계를 마치고 내일 집짓기에 들어갈 것도 아니었다. 그런데도 손에 땀이 밸 만큼 작업에 푹 빠져 밤을 꼬박 새우기 일쑤였다.

내 나이 스무 살 때, 아버지도 밤늦도록 방바닥에 엎드려 똑같은 일을 하셨다. 다음 날 아침엔 어머니에게 간밤에 그린 설계도를 보여 주며 웃으셨다.

"어때요, 멋지지 않아요?"

그해 여름에 아버지는 몸소 사람을 써 가며 집 짓는 일에 들어갔다. 겨울날 우리 가족은 기와집을 떠나 이층 양옥집으로 살림을 옮겼다. 지하실까지 합쳐 팔십 평에 이르는 꽤 큰 집이었다.

아버지는 젊어서부터 손재주가 많았다. 목수 일이나 건축 일을 해 본 적이 없는데도 의자건 책상이건 닭장이건 금세 만들었다. 자동차를 고치는 솜씨도 뛰어나서 웬만한 부품은 혼자서 갈았다. 해진 뒤에도 전등불을 밝혀 놓고 자동차 밑에 들어가 닦고 조이고 칠하셨다. 자동차 밖으로 나와 수건으로 옷에 묻은 먼지를 터는 아버지 얼굴과 팔뚝엔 기름이 시커멓게 묻어 있었다.

내게는 다섯 살 아래 남동생이 있다. 아버지는 무언가를 고치거나 만들다가 조수가 필요해지면 꼭 동생을 불렀다.

"막내야, 이리 나와 봐라."

어느 날엔가는 동생이 친구 집에 놀러 가고 집에 없었다. 마당에서 혼자 일하시던 아버지가 동생을 불렀다. 그때 나는 방에서 공부를 하고 있었다.

방문이 활짝 열리며 아버지 얼굴이 나타났다.

아버지가 문을 도로 닫으며 중얼거렸다.

"아무도 없네."

아버지는 내게 눈길을 주셨는데도 나를 보지 못하셨거나 못 본 척했다. 아버지에게 큰아들은 공부 말고는 아무것도 할 줄 모르거나 해선 안 되는 자식이었다.

무슨 일이든지 적어도 한 번은 해 보아야 자기가 그 일을 할 줄 아는지 모르는지 깨닫게 된다. 내게는 그런 경험이 없었다. 어른이 된 뒤에도 스스로 공구나 기계를 다루는 일엔 젬병이라고 여기며 살아왔다.

이런 내가 설계사와 건축업자에게 맡기지 않고 몸소 설계해서 집을 지을 생각을 했다니, 스스로 대견하기도 하고 무모하게 여겨지기도 했다. 아마도 흙집을 고치며 쌓은 경험이 자신감을 북돋워 용기를 갖게 한 듯했다.

바닥 공사

싸락눈이 날리는 이른 봄날 집을 짓는 일에 들어갔다. 먼저 삽차를 불러 터를 닦았다. 한때 이 터엔 집이 세 채 있었고, 집과 집 사이에 돌담이 있었다.

삽차 기사에게 일렀다.

"돌담을 무너뜨려 모든 돌을 위쪽으로 밀어 올려요. 저 커다란 바위들은 하나도 건들지 말고 그대로 놔두고요."

내가 가리킨 바위는 두세 평쯤 되는 너럭바위, 그보다 좀 작고 불룩 튀어나온 바위, 두 사람이 올라설 수 있는 높고 비탈진 바위였다.

작은 숲을 이루었던 뒤뜰이 한 길 넘게 높아졌다. 집터를 편편하게 고른 뒤에 잡석을 깔기로 했다. 길이 좁아 트럭이 터까지 올라갈 수 없어 흙집 옆에 잡석을 부렸다.

이제 어쩌면 좋을지 몰라 머리를 뜯다가 만득이에게 전화를 걸었다.

"오늘 일 다 마쳤어? 나 좀 도와줘."

해가 질 즈음에 개울 건너 언덕으로 트랙터가 나타났다. 멈춰 선 트랙터에서 만득이가 우리 집 쪽을 바라보았다. 작은 산을 이룬 잡석을 집터까지 나를 일이 만만치 않게 여겨졌으리라.

만득이는 마음을 굳히고 다시 트랙터를 몰아 다리를 건너왔다. 투덜대는 소리를 한 마디도 입에 올리지 않았다. 잡석을 트랙터 앞에 달린 바가지로 떠서 비탈 위쪽 집터로 날라다가 부렸다. 다시 밑으로 내려와 잡석을 떠 나르는 일을 스무 번 넘게 되풀이했다.

그 사이에 트랙터 앞에 등불이 켜졌다. 만득이는 집터에 부린 잡석을 고르게 펼쳐 깔았다. 트랙터를 몰고 왔다 갔다 하면서 바닥을 단단히 다졌다. 두어 시간 지나서 일을 마쳤을 땐 날이 깜깜해져 있었다.

거푸집을 빌려서 트럭 가득히 실어 날라 왔다. 미리 철근과 철사와 철망을 사다 놓았다. 인부 둘을 불러 바닥에 콘크리트를 부을 준비를 했다.

먼저 인부들은 배관 공사를 했다. 우물에서 집 안으로 물을 끌어들여 화장실 두 곳과 싱크대, 보일러실과 다용도실로 보낼 수 있도록 액셀 파이프를 이었다. 그리고 못 쓰는 물을 밖으로 내보내게 피브이시 파이프를 이었다.

이 모든 일은 설계도를 펼쳐 놓고 아주 꼼꼼하게 이루어졌다. 화장실을 예로 들면, 세면기와 변기를 놓고 샤워기를 달 자리를 똑바로 잡아야 했다. 서로 자리가 바뀌었다간 나중에 살아가는 내내 고생하게 돼 있었다. 머릿속에 가상공간을 떠올리며 일하는 내내 마음을 졸이면서도 무척 재미났다.

한쪽 길이가 십 미터를 넘도록 사각형으로 거푸집을 둘러 옹벽을 만들었다. 철근을 자르고 잇대어 촘촘하게 바닥을 뒤덮었다. 철근 위에 철망을 얹어 철사로 묶고, 그 위에 다시 철근을 띄우고 철망을 얹어 단단히 묶었다. 그렇게 겹으로 철근을 바닥에 놓는 일을 마쳤다.

이튿날 레미콘을 실은 믹서차 대여섯 대가 일정한 시간을 사이에 두고 왔다. 미리 불러 놓은 펌프카에서 믹서차로 호스를 이어, 레미콘을 집터에 삼십 센티미터 두께가 넘게 고루 잘 부었다. 인부들이 장화를 신고 레미콘 속으로 들어갔다. 눈 치울 때 쓰는 넉가래로 레미콘을 반듯하게 잘 폈다.

마지막에 온 믹서차에 레미콘이 절반이나 남았다. 집터로 올라가는 비탈에 깔고 흙집과 화장실 사이 바닥에도 깔았다.

일을 마친 믹서차 두 대가 돌아가지 않고 개울 건너에 한참 서 있기에 무슨 일인가 했다. 믹서차 기사 하나가 내게로 걸어왔다. 낯을 잔뜩 일그러뜨리며 투덜거렸다.

"이렇게 먼 산골로 불렀으면 돈을 더 줘야 하지 않겠어요?"

그에게 되물었다.

"여기가 어딘지 모르고 왔어요?"

"예, 몰랐어요."

"회사 대표한테 전화 걸어서 나 좀 바꿔 주세요."

기사가 화들짝 놀란 표정을 지었다. 제자리에서 백팔십 도 빙글 도는 발레 동작을 보여 주곤 서둘러 믹서차로 돌아갔다.

집을 여러 채 지어 본 선배한테서 들었던 대로였다. 레미콘이건 벽돌이건 목재이건, 물건을 날라 온 기사들 가운데 웃돈을 달라는 이가 적지 않다고 했다.

"밑져야 본전이라는 생각으로 한번 그래 보는 거야. 못 들은 척해."

벽돌 쌓기

집 짓는 데 필요한 황토벽돌 숫자를 세고 또 셌다. 집 안에 쓸 벽돌까지 세는 일이 쉽지 않았다. 게다가 구운 벽돌도 있어야 했다. 바닥에서 이십 센티미터 높이까지는 습기에 강한 구운 벽돌을 쌓고, 그 위부터 황토벽돌을 쌓아 올려야 해서였다.

비가 오면 땅바닥이 젖게 돼 있다. 그리고 빗물이 튀어 벽을 적실 것이다. 만일 바닥부터 황토벽돌을 쌓았다간 빗물에 젖었다 마르기를 되풀이하며 부서지는 일이 벌어진다.

먼저 원주 소초면에 있는 황토벽돌 공장을 찾아갔다. 폭 삼십 센티미터에 높이와 두께가 십오 센티미터에 이르는 벽돌, 벽돌과 벽돌을 붙이는 데 쓸 황토를 주문했다.

황토벽돌 공장에서 돌아오는 길에 모래회사에 전화했다.

"고운 모래 일 톤을 모레까지 갖다 주세요."

이 모래를 황토와 섞어서 물을 넣고 개어 모르타르를 만들어 쓸 생각이었다. 일반벽돌 공장에도 들러 구운 벽돌을 따로 주문했다.

며칠 지나서 이십오 톤 트럭 두 대가 황토벽돌과 황토를 싣고 왔다. 그때 생각지도 않았던 일이 생겼다. 트럭 기사 하나가 차에서 내리며 고개를 가로저었다.

"왜요?"

기사가 짧게 대꾸했다.

"못 들어가요."

트럭이 우리 집 마당으로 들어오려면 찻길에서 오른쪽으로 틀어 다리를 건너야 했다. 하지만 워낙 트럭이 길어서 방향을 돌리는 데 쓸 땅이 모자랐다.

예전에 이장을 하셨던 아저씨에게 가서 말씀드렸다.

"이틀쯤 밭 한쪽을 쓰게 해 주세요."

아저씨가 선뜻 고개를 끄덕이셨다.

"그렇게 하시구려."

미리 불러 놓은 지게차로 그 집 밭에 벽돌을 부렸다.

곧이어 시내로 나가서 벽돌 쌓는 일을 할 일꾼들을 구했다. 벽돌 한 장당 얼마씩 주는 식으로 인건비를 주기로 했다.

가장 가까운 식당이 면사무소 앞에 있는데 삼십 리 밖이었다. 집 짓는 중에 끼니때마다 거기까지 다녀올 수는 없었다. 동네 안에서 일꾼들에게 음식을 대는 길을 찾아야 했다.

우리 집에서 십여 분 산길을 따라 올라가면 길가에 부부가 사는 집이 나왔다. 안주인이 한때 시내에서 식당을 해서 음식 솜씨가 뛰어났다. 그 분에게 음식을 만들어 달라고 부탁했다.

"하루 몇 번이지요?"

"아침에 참을 주고 점심을 먹게 하고, 오후 네 시쯤에 다시 참을 주면 돼요."

"모두 몇 명이 식사를 하게 되나요?"

"많을 때는 예닐곱 명이고, 적을 때는 두세 명이에요."

안주인이 잠깐 생각해 보곤 싹싹하게 대꾸했다.

"예, 제가 해 드릴게요."

"그래 주시겠어요? 정말 고맙습니다!"

벽돌 쌓는 일에 들어갈 날을 하루 앞두었을 때였다. 그날 저녁때 동네 친구를 만나 술을 마셨다. 그즈음에 벌어진 동네일을 주고받으며 마시다 보니 주량을 훌쩍 넘겼다.

"계세요? 차는 있는데 사람이 없나?"

이튿날 아침 흙집에서 잠을 자다가 깨어났다. 밖에서 웅성거리는 소리가 났다. 아직 날이 어둑했다.

창밖으로 트럭과 승용차에서 내린 조적공 예닐곱 명이 보였다. 조적공은 벽돌 쌓는 일꾼을 이르는 말이었다. 서둘러 옷을 입고 밖으로 나가 조적공들을 맞았다.

"어서 오세요."

바닥에 깐 레미콘이 매끈하면서 단단하게 잘 굳은 집터로 조적공들을 데리고 올라갔다. 설계도를 펼쳐 조장에게 보여주었다. 집 너비와 높이, 출입문과 방문과 창문을 낼 자리, 모든 문 높이와 크기, 그리고 다락방을 어디에 만들지를 일러 주었다.

"무슨 말씀인지 아시겠지요?"

"아, 예, 예."

조장은 내 얘기를 흘려듣는 얼굴이었다. 한번은 내가 그냥 웅얼거렸는데도 고개를 끄덕이며 대꾸했다.

"아, 예, 예. 그러지요."

건축주가 술 냄새를 풍기며 하는 말을 귀담아듣느니, 설계도를 좀 더 잘 들여다보는 쪽이 낫다고 여긴 듯했다.

벽돌 쌓기에 들어간 지 사흘째 되던 날, 기어코 술이 말썽을 일으켰다. 한낮에 목재를 구하러 돌아다니는데 조장한테서 전화가 왔다.

"어서 들어오셔야겠어요. 사고가 났습니다."

일꾼 하나가 다락방 계단 쪽에서 벽돌을 쌓다가, 아직 모르타르가 덜 마른 벽을 잘못 건드렸다. 그래서 벽이 통째로 와르르 무너져 내렸다. 일꾼은 곧 병원으로 실려 갔다. 아주 다행스럽게도 다리에 타박상을 입었을 뿐 뼈는 부러지지 않았다.

나이가 일흔에 가까운 분이었는데, 점심을 먹을 때 소주를 여러 잔 마셨다고 했다. 술기운에 마음이 흐트러지면서 사고를 낸 듯했다. 무너져 내린 벽 쪽에 가 보았다. 벽돌이 바닥에 아무렇게나 잔뜩 쌓여 있었다. 모두 부서지고 흠집이 나서 못 쓰게 되었다.

그런데 일이 이상하게 돌아갔다. 일꾼이 잘못해서 벌어진 일인데도, 일꾼에게 돈을 얼마 쥐어주고 합의를 보자는 말이 나왔다.

조장이 내게 덧붙였다.

"다리를 다쳐 앞으로 여러 날 일을 못하게 되었잖아요."

속이 부글거렸지만 꾹 참았다. 더는 시끄러운 소리가 안 나는 쪽이 좋을 듯했다. 다리를 다친 일꾼을 찾아가 봉투를 건넸고, 며칠 뒤에 벽돌 쌓는 일이 마무리되었다.

킹 오브 썸머

조던 보그트-로버츠, 2013, 미국

'집', 하면 가장 먼저 떠오르는 단어는 '가족'이다. 다음으로 '휴식', '아늑한 곳'이 떠오른다. 그러나 때로는 집이 '속박'과 '구속'을 뜻하는 곳이 되기도 한다.

〈킹 오브 썸머〉는 세 소년이 겪는 성장통을 다룬 영화다. 국어사전은 '성장통'을 어린이들이 갑자기 눈에 뜨이게 자랄 때 몸에서 느끼는 통증으로 풀이한다. 그러나 사춘기 청소년들은 날마다 부모를 포함한 기성세대와 갈등을 겪으며, 삶을 에워싼 온갖 낯설고 이해하기 힘든 일에 부딪힌다. 그러면서 마음속으로 혼란과 고통을 겪는다. 이런 통증 또한 성장통으로 볼 수 있다.

조(닉 로빈슨)는 어머니를 여의고 아빠와 단 둘이 산다. 아빠와 아들은 속마음을 시원스럽게 털어놓지 못하고 늘 서로 맞서 으르렁거린다. 패트릭(가브리엘 바소)은 따뜻하고 부드럽긴 하지만 지나치게 잔소리하는 부모 때문에 무척 힘들다.

비아지오(모이세스 아리아스)는 몸과 마음 모두 성장이 느린 아이다. 그래서 다른 또래 아이들한테서 업신여김과 따돌림을 당한다. 어떤 부모와 사는지는 드러나지 않는다.

어느 여름날 세 소년은 자신들을 구속하는 집과 가족을 떠난다. 숲속으로 들어가 버려진 판자와 각목과 양철로 집을 짓는다. 멀쩡한 우체통을 뜯어 옮겨 놓기도 한다. 비가 내리면 천장 곳곳에서 빗물이 주룩주룩 떨어진다. 허술하기 짝이 없어도 어쨌든 집은 집이다.

조가 숲속에서 두 팔을 벌리며 외친다.

"이제 우리는 자유다!"

그렇다면 그 집은 '자유'를 상징한다. 이 아이들에게 가출은 '탈

출'을 달리 이르는 말이다. 모두 자유로운 숲속 집에서 아빠들처럼 수염을 기르고 술을 마시며 담배를 태운다. 한낮엔 숲속을 돌아다니며 야생을 한껏 즐긴다.

그동안 부모들은 저마다 자기가 아들에게 무얼 잘못했는지 돌아본다. 아빠들이 함께 조각배를 타고 낚시하며 힘없는 목소리로 지난 일을 뉘우치는 장면이 아릿하게 와 닿는다. 부모 신세가 참 초라하고 가엾다고 말할 때, 바로 그런 모습을 한눈에 보여준다.

결국 아이들은 집으로 돌아와 부모와 화해하면서 영화는 끝난다. 외로운 아빠는 외로운 아들과 따뜻하게 손을 맞잡는다. 잔소리꾼 부모는 다시 잔소리하려다가 멈칫하고는 빙긋 웃으며 말한다.

"돌아와 줘서 고맙다."

이 영화가 우리에게 말하는 메시지는 너무 많거나 하나도 없다. 청소년들은 부모와 자꾸 부딪힐 때는 한 번쯤 가출해 스스로 집을 짓고 살아 보라는 메시지로 여겨지기도 한다. 자식들을 덮어놓고 속박하려 드는 어른들에게, 자꾸 그러다간 자녀들이 가출할지 모른다고 경고하는 영화 같기도 하다.

또는 집을 나가는 순간부터 고생길이 열린다는 메시지로 보이기도 한다. 실제로 나중에 숲속에 혼자 남게 된 조는 외로움과 배고픔에 시달리고 독사한테 쫓긴다.

그럼에도 이 영화는 우리에게 한 가지 진실을 되돌아보게 해 준다. 누구에게나 집은 아늑하고 편안한 공간이어야 하며, 아무리 멋진 집도 가족들이 서로를 따뜻하게 보듬어 주지 않을 때는 집으로 부를 수 없다는 간명한 진실이다.

책들이 사는 집

"도대체 거기가 어디쯤이오?"

휴대폰에서 잔뜩 짜증난 목소리가 날아왔다. 시내에서 서고를 싣고 오는 크레인 트럭 기사 목소리였다. 내가 일러 준 길이 아니라 다른 길로 오는 듯했다.

그 길엔 과속을 막는 턱이 스물대여섯 개쯤 있었다. 트럭들은 이런 턱을 넘을 때 속도를 늦추어야 했다. 안 그랬다간 트럭 앞쪽이 획 하고 높이 들렸다가 쿵 떨어지면서 온 트럭에 큰 충격이 왔다. 기사가 다칠 수도 있고, 짐칸에 실린 물건이 밖으로 떨어져 나갈 수도 있었다.

글 쓰는 일을 하는 사람들이 사는 집엔 책이 많기 마련이었다. 책이 차지하는 공간이 늘어날수록 사람이 움직일 공간은 줄어들었다. 그래서 우리 가족은 처음부터 서고를 따로 만들기로 했다. 돈과 시간을 줄이고자 컨테이너를 찾아다녔다. 하나같이 창문에 쇠창살을 드리운 컨테이너들은 마치 감옥처럼 보였다.

아내와 함께 원주 시내를 돌다가 컨테이너를 주문 받아 만드는 공장을 발견했다. 사무실에 들러 사장에게 우리가 어떤 컨테이너를 원하는지 일러 주었다.

"책을 넣어 두려니까 습기가 차면 안 돼요. 책에 곰팡이가 슬 테니까요."

사장이 싹싹하게 대꾸했다.

"걱정 붙들어 매세요. 원하시는 대로 잘 만들어 드릴게요."

컨테이너를 실은 트럭이 저만치 언덕바지로 나타나던 순간이 잊히지 않는다. 어마어마하게 커다란 집이 트럭에 실려 오는 것처럼 보였다. 트럭과 컨테이너 덩치가 너무 커서 우리 집 다리로 들어오기 힘들었다.

트럭을 뒷집 마당으로 들여 크레인으로 컨테이너를 들어 올리게 했다. 여러 사람이 허공에 뜬 컨테이너 모서리를 밀고 당겼다. 가까스로 미리 터를 닦은 뒤뜰에 잘 내렸다.

시내 아파트로 가서 이삿짐센터 사람들을 불렀다.

"다른 짐은 놔두고 책장과 책만 나르세요."

일꾼 하나가 집 안을 둘러보고 웃으며 물었다.

"설마 이 책들을 다 읽진 않으셨겠지요? 여느 집 이삿짐보다 많네요."

책과 책장을 모두 시골로 날라 컨테이너 서고 앞마당에 부렸다. 먼저 책장을 서고 안에 들여놓고 책 더미를 책장 앞쪽으로 옮겨 쌓았다. 딸내미가 치는 피아노도 서고 한쪽 구석에 들여놓았다.

기사를 불러 시내 아파트에서 쓰던 에어컨을 서고에 달게 했다. 흙벽돌집은 여름에 시원하다고 해서였다.

아직 집을 짓기도 전에 이사한 책들로선 참 어리둥절할 듯했다. 그러면서도 앞으로는 오로지 자기들끼리만 지내게 되어 행복하지 않을까 싶었다.

천장과 지붕

문을 달아 주는 일을 하는 사람을 불렀다. 창문과 현관문, 다용도실에서 밖으로 통하는 방화문, 보일러실 문, 그리고 현관문 안쪽 미닫이문이 필요했다. 전기 공사를 할 사람도 불렀다. 두 사람 모두 성격이 부드럽고 꼼꼼해서 마음이 놓였다.

다음 작업은 목수들이 맡았다. 목수 넷이 와서 미리 목재소에 주문해 날라다 놓은 나무들을 다루었다. 흔들리거나 금이 가지 않게 벽을 잡아 주고 서까래를 받쳐 줄 도리목을 모든 벽 위에 얹었다.

거실 한곳에만 지름이 삼십 센티미터를 넘는 들보를 양쪽 벽 사이 허공에 가로질렀다. 원주 동남쪽 신림에서 실어 온 들보였다. 그날 오후에 술과 음식을 차려 놓고 가까운 사람들을 불러 상량식을 가졌다. 나도 그렇고 목수들도 오랜만에 쉬면서 즐거운 시간을 가졌다.

목수들에게 막걸리를 따라 주었다.

"아직 쌀쌀할 때인데, 모두 고생 많으세요."

"뭘요. 우리가 할 일을 할 뿐이지요."

그날 온 손님들이 돼지머리한테 절하고 바친 봉투가 열댓 개쯤 되었다. 봉투를 열어 보지도 않고 모두 목수들에게 주었다.

이튿날 스무 개가 넘는 서까래를 한쪽 끝이 들보에 걸치게 올려서, 양쪽으로 비스듬하게 각이 진 천장을 만들었다. 뒤이어 목수들은 모든 도리목에 서까래를 얹는 일을 했다. 집 안 어디에나 서까래를 올릴 생각이었다. 모두 백 개가 넘은 서까래가 필요했다.

절반쯤은 공장에서 기계로 매끄럽게 깎은 서까래를 사 왔다. 나머지 서까래는 목재소에서 낙엽송을 사다가 목수들이 일일이 대패로 깎아 만들었다. 자연히 이 서까래는 기계로 깎은 서까래보다 겉면이 고르지 않았다.

그런데 도리목에 올려놓고 보니 훨씬 더 마음에 들었다. 너무 매끄러운 것이 좀 거친 것만 못하며, 사람 손길이 닿은 것이 기계로 다듬은 것보다 낫다는 얘기였다.

목수들도 나와 생각이 같았다.

"처음부터 모든 서까래를 대패로 깎아 만들었더라면 좋았겠어요."

도리목에 얹은 서까래 위에 전나무와 낙엽송을 얇고 길게 켠 '루바'라고 불리는 판자를 잇대어 덮었다. 집 짓는 데 들어가는 모든 재료를 국내산으로 쓸 생각이었다. 값이 싸고 품질이 같다고 하더라도 중국산은 쓰지 않기로 했다.

그런데 루바 하나만은 북유럽에서 들여온 제품을 섞어 썼다. 어쩌다가 그렇게 된 일이었다. 루바는 집 안쪽 벽에도 바닥부터 일 미터 가까운 높이까지 붙일 생각이었다. 벽에 기대앉았을 때 옷에 벽돌 흙먼지가 묻지 않게 하려는 뜻에서였다.

벽과 천장에 붙인 루바를 바라볼 때마다 몹시 춥고 쓸쓸한 북유럽 원시림이 떠올랐다. 늑대들이 눈밭을 달리다가 멈추어 서서, 목을 길게 빼고 우는 소리가 들리는 듯했다.

모든 바깥벽 둘레에 속이 빈 쇠파이프를 가로 세로로 엮어 가며 세웠다. 목수들이 발을 헛딛고 떨어지는 일을 막기 위해서였다. 쇠파이프 중간쯤에 비계를 가로로 대서, 처마와 벽에서 마무리 일을 할 때 올라설 발판을 만들었다.

목수들이 내게 텃밭을 가리키며 말했다.

"저 흙 좀 써야겠어요. 내년에 뭐라도 가꾸어 먹을 땐 다른 데서 흙을 받도록 하세요."

삽차를 불러 천장 루바 위에 텃밭 흙을 퍼 올리게 했다. 흙 두께가 십오 센티미터쯤 되었다. 이 흙은 단열과 냉방이 잘되게 해 줄 터였다. 곧이어 각목으로 지붕틀을 만들고, 앞쪽과 뒤쪽으로 트인 곳에 흙벽돌을 쌓아 이등변삼각형 벽을 만들었다.

하루는 목수 한 사람과 같이 트럭을 몰고 시내로 갔다. 자재상회에 들러 여러 가지 목재를 사 와서 다락방으로 올라가는 계단을 만들었다. 지붕틀 위에 합판을 올려 지붕을 만들었고, 까치집으로 불

리는 통풍구를 냈다. 합판에 방수시트와 아스팔트 싱글이라는 지
붕재를 차례로 덮고 못을 박으면서 지붕 일을 마쳤다.

그 사이에도 문짝공과 전기공이 계속 드나들며 일했다. 모든 창
에 창문을 달자 집 모양새가 확 달라졌다. 다리 쪽까지 멀리 가서
집을 바라보고 감탄하며 중얼거렸다.

"창문에 숲이 비쳐 반짝거리는 모습이 참 멋져. 이제 진짜로 집
다운 집이 되어 가네!"

전기 공사가 마무리되면서 집 안쪽도 크게 바뀌었다. 서까래 사
이에 루바를 뚫고 이른바 매입등을 달았다. 겉으로 드러난 등보다
한결 멋있어 보였다. 모든 방에 불이 들어온 날, 낡은 흙집을 고치
던 중에 불이 들어왔을 때 맛보았던 기쁨이 고스란히 되살아났다.

쉽고도 어려운 건축

벽을 만들고 지붕을 덮기까지 걸리는 시간, 그리고 실내 작업을
하는 데 드는 시간은 서로 엇비슷했다. 그런데 뒤쪽 작업이 앞쪽
작업보다 훨씬 까다롭고 복잡했다.

어떤 때는 한꺼번에 세 팀이 왔다 갔다 하며 일했다. 서로 움직
이는 방향이 다르다 보니, 몸끼리 부딪치고 공구를 잘못 건드리기
일쑤였다. 아주 어지럽고 어수선하면서 시끄러웠다.

"자, 좀 지나가겠습니다."

"잠깐만요! 이것 좀 치우고요."

"헉! 갑자기 일어나시면 어떡해요? 다 쏟을 뻔했잖아요."

실내 작업 가운데 중요한 일들을 추려 보면 이러했다. 먼저 미장
공 셋을 불러 안쪽 벽에 황토를 발랐다. 내가 조수로 일하며 목수
들과 함께 바닥부터 구십 센티미터 높이까지 벽에 루바를 돌렸다.

타일공을 불러 화장실과 다용도실과 주방 벽에 타일을 붙였다.

전기보일러를 놓고 보일러실을 만들 때는 보일러공을 불렀다. 면사무소 곁에서 주민자치 공부방을 운영하는 아주 멋진 친구였다. 모든 방에 따뜻한 물을 보내고자 바닥에 엑셀 파이프를 돌렸고, 싱크대와 다용도실과 화장실로는 수도관을 이었다.

여러 날 일을 마칠 때마다 막걸리를 한두 잔씩 나누면서 보일러공과 많이 가까워졌다. 내가 말을 놓게 되었고, 그 친구는 나를 형님이라고 불렀다.

"엑셀 파이프를 돌리는 일이 보통 복잡하질 않네. 정말 대단해."

"대단하긴요. 찬찬히 보고 배우면 누구라도 할 수 있어요."

뒤이어 엑셀 파이프 위에 두께가 십 센티미터인 스치로폼과 방수포를 덮었다. 다시 믹서차를 불러 레미콘을 그 위에 붓게 해서 실내 바닥 공사를 마무리했다.

그 사이에 한 번 더 삽차를 불렀다. 마당 한쪽 땅을 깊이 파게 해서 정화조를 묻었고, 앞마당을 넓히고 돌계단을 만들었다. 삽차 기사는 나이가 서른 살이 될까 말까 했다. 그런데 앞서 불렀던 어떤 삽차 기사보다도 일솜씨가 뛰어났다. 이런 일엔 경험도 중요하지만 타고난 재주가 있어야 하는 듯했다.

보일러공이 모든 일을 마치고 떠나가며 말했다.

"전기 아끼지 말고 사흘 동안 계속 보일러 돌리세요."

모든 방에 부은 레미콘을 바짝 말린 뒤에 방마다 장판을 깔았다. 거실과 복도와 주방엔 강화마루라고 불리는 나무판을 깔았다. 화장실에 세면대와 변기를 놓고 거울을 붙이고 바닥에 타일을 깔았다. 주방에 싱크대를 놓은 뒤에 찬장을 달았다.

이 모든 일을 마친 날은 시내 아파트를 비우고 이사할 날을 딱 이틀 앞두었을 때였다. 말 그대로 숨넘어가기 직전에 아슬아슬하게 집짓기를 끝냈다.

건축 현장에서 쓰는 용어 가운데 일본어가 많았다. 미장 공사에 들어간 첫날, 그 까닭 가운데 하나를 어렴풋하게나마 알게 되었다.

미장이들이 하는 일은 단순했다. 모든 내벽에 매끈하게 흙을 바르는 일이었다. 첫날 아침에 조장에게 일 층에 있는 방을 모두 보여주었다. 뒤이어 다락방으로 데리고 올라갔다.

조장이 손으로 다락방 벽과 천장을 가리키며 내게 뭐라고 물었다. 모든 말이 일본어여서 단 한 마디도 알아들을 수 없었다. 갑자기 일제 강점기로 돌아가서 일본인 순사와 마주 선 느낌이 들었다. 고개를 갸웃하며 말똥말똥한 눈으로 조장을 쳐다보았다.

조장은 픽 웃으며 짧게 감탄사를 곁들였다.

"아하!"

내가 대꾸하지 않았는데도 먼저 돌아서서 아래로 내려갔다. 비웃음이 바로 저런 거구나 싶었다. 조장은 내가 건축에 대해 얼마나 아는지 떠보려고 물었던 듯했다.

조장이 일본어 선문답으로 얻은 결론은 이런 게 아닐까 싶었다.

'너는 아무것도 모르는구나. 그럼 내가 다 알아서 하겠노라.'

미장이 세 명은 무려 일주일 동안이나 벽 바르는 일을 했다. 나중에 다른 데서 알아본 바로는 나흘이면 마칠 수 있는 일이었다.

멀찍이 물러서서 미장이들이 벽에 달라붙어 있는 모습을 지켜보았다. 어느 땐 꼼짝 않고 서 있는 사람들처럼 보였다. 무언가 깨우치려고 면벽 수행을 하는 중인지, 아니면 아주 느리게라도 일을 하는 중인지 알 수 없었다.

하루에 얼마씩 인건비를 주기로 해서 생긴 일이었다. 모든 일을 마치면 얼마를 주는 식으로 계약했더라면, 그들이 그렇게 세월아 네월아 하진 않았으리라.

엉터리 목수 때문에 하루를 허공에 날린 적도 있었다. 그 목수는 일하러 오기 전날 전화로 통화할 때 내게 힘주어 말했다.

"제가 좀 비쌉니다. 그보다 얼마 더 얹어 주셔야 해요."

"예, 잘 알겠습니다. 내일 뵈어요."

안쪽 벽에 바닥부터 구십 센티미터 높이까지 루바를 이어 붙이려면, 같은 높이로 벽을 빙 돌아가며 각목을 미리 박아 놓아야 했다. 이 작업을 내가 줄곧 지켜보며 도와주었다. 목수가 길이를 일러 주는 대로 원형톱이 놓여 있는 데를 오가며 각목을 잘라서 갖다주었다.

목수는 속이 비치는 가늘고 긴 비닐 호스에 물을 넣어서 들고 수평을 쟀다. 이를 '물 수평'이라고 불렀다. 호스 한쪽 끝에서 물이 공기와 만나는 자리를 벽에 대고 표시를 하고, 다른 쪽 호스 끝에서도 물이 공기와 만나는 자리를 표시했다. 그러면 두 곳은 서로 높이가 똑같게 돼 있었다.

이 작업엔 두 사람이 필요했다. 기다란 호스 양쪽 끝을 동시에 벽에 대야 하기 때문이었다. 내가 호스 맞은쪽 끝을 잡아 주었다. 그러나 목수는 수평을 재서 연필로 각목을 박을 자리를 표시하는 일부터 보통 허술하지 않았다. 한 번에 또렷하게 X자를 그어야 하는데, 먼저 흐릿하게 그었다가 좀 더 연필에 힘을 주며 다시 그었다.

게다가 두 번 그은 X자가 서로 겹치지 않고 엇갈렸다. 집에 돋보기를 놓고 왔는데 시치미 뚝 떼고 있는 것처럼 보였다. 더는 못 참고 한마디 던졌다.

"일을 이렇게 대충 해도 되겠어요?"

목수는 못 들은 척하고 등을 돌리며 다른 방으로 갔다. 그 방에서 수평을 재서 각목을 박을 때는 벽 네 개를 타고 돌아온 각목 끝이 처음에 박은 각목 끝과 서로 맞물리지 않았다. 적어도 이삼 센티미터가 넘게 높낮이가 달랐다.

"아, 이러면 안 되잖아요."

다시 한마디 하자 목수는 나를 곁눈으로 힐끗 쳐다보았다. 곧 각목을 떼어 내고 다시 수평을 쟀다.

이튿날 루바를 박는 일을 할 목수들이 왔다. 이 방 저 방 둘러보며 고개를 절레절레 흔들었다.

"각목이 제대로 수평을 이룬 방이 없네요. 모두 뜯어내야겠어요."

목수들과 함께 모든 방을 돌며 각목을 뜯어냈고 다시 수평을 쟀다. 전날 엉터리로 일한 목수는 지금도 어느 집에선가 똑같은 짓을 하고 있거나, 더는 이러면 안 된다는 내 충고를 받아들여 직업을 바꾸었을 것이다.

짐작했던 대로 거의 모든 배달 기사들이 낯을 찌푸리고 투덜대며 생떼를 부렸다.

"이렇게 깊은 산골로 불러 놓고, 이래도 되는 겁니까?"

하나같이 웃돈을 달라며 틀에 박힌 연기를 펼쳐 보였다. 눈을 흘기는 모습도 똑같았고, 약간 옆으로 몸을 돌린 채 옆구리에 두 손을 얹은 모습도 똑같았다. 저들끼리 돌려보는 연기 교본이 있나 하는 생각마저 들었다.

보일러 배달 기사 하나만 처음부터 끝까지 밝고 환한 표정을 지었다. 서울에서 트럭에 전기보일러를 싣고 왔는데, 트럭보다도 보일러가 더 크고 무거워 보였다.

고속도로를 빠져나온 뒤로 한 시간 남짓 시골길을 달려오는 동안, 트럭이 옆으로 쓰러질까 봐 꽤나 가슴을 졸였으리라. 그런데도 기사는 활짝 웃는 얼굴로 차에서 내리며 고갯짓으로 인사하고 외쳤다.

"와, 엄청 깊은 산골이네요! 경치가 참 좋아요!"

그러곤 제자리에서 한 바퀴 돌며 풍경을 감상했다.

일을 마치고 트럭으로 돌아가는 기사를 불러 세웠다.

"수고하셨어요. 가시는 길에 뭐 좀 사 드세요."

얼마를 꺼내 기사 손에 쥐여 주었다.

"뭘 이런 걸."

기사는 멋쩍은 얼굴로 뒤통수를 긁으며 다시 환하게 웃어 보였다.

예전에 〈웃으면 복이 와요〉라는 코미디 프로그램이 있었다. 집을 짓는 곳에선 티 없이 맑게 웃으면 공돈이 생긴다.

집들이

요즘엔 이사를 하더라도 집들이를 안 하고 넘어가는 집이 많다. 집들이가 새집 또는 새로운 공동체로 들어간 일을 기리는 뜻 깊은 의식임을 몰라서다. 예전엔 단칸방으로 들어가도 가까운 사람들을 불러 음식을 대접했다. 그리고 이웃들에게 떡을 돌렸다.

두 해 앞서 동네 친구 하나가 결혼하기 전부터 살아온 집 곁에 새로 집을 지었다. 그 뒤로 석 달 만에 집들이를 했다. 그 사이에 그 친구는 동네사람들에게서 똑같은 물음을 귀에 못이 박히게 들었다.

"집들이 언제 해?"

"언제 집 구경 시켜 줄래?"

내가 보기에도 집들이를 너무 미룬다 싶었다.

여러 시골집 집들이에 가 보았다. 집 주인과 서로 잘 아는 사람들이 모두 다녀갔다. 같은 마을 사람들은 말할 것도 없고, 이웃 동네와 면사무소 너머에서도 손님들이 왔다. 수많은 사람들이 한 자리에서 음식을 같이 들며 안부를 묻고 친목을 다졌다. 이런 날 집 주인이 어떤 사람들과 사귀는지가 뚜렷이 드러났다.

손님들은 한때 집 주인과 가까이 지냈던 사람이 안 보이면, 요즘 집 주인과 그 사람 사이가 예전만큼 좋지 못함을 알아챘다. 그래서 뒷전에서 소곤거렸다.

"그때 그 일 때문에 사이가 틀어졌나 봐."

"너 없으면 못 산다며 그렇게 서로 잘 지내더니!"

낯선 사람이 찾아와 집 주인과 반가이 인사를 나누면, 집 주인이 사귀는 사람이 하나 더 늘어났다는 뜻이었다. 집들이 날엔 지금껏 서로 모르고 지냈던 사람들도 첫인사를 나누며, 저마다 인간관계를 한 뼘씩 넓히는 기쁨을 맛보았다.

이 마을에 집을 새로 짓고 집들이하던 날이었다. 동네 사람들에 멀리서 온 사람들을 더해서 손님 숫자가 백 명이 훌쩍 넘었다. 누군가 내 어깨를 툭 치며 웃었다.

"온갖 사람이 다 왔네요. 이 동네에 이런 일은 처음이에요."

온갖 사람이란 시인과 소설가와 희곡작가와 동화작가, 그림책 작가와 화가와 의사와 출판 기획자와 편집자, 사당패 광대와 배우와 목수와 농부들이었다.

우리 가족이 손님들과 주고받은 인사말은 몇 가지를 넘지 않았다.

"축하합니다."

"와 주셔서 고맙습니다."

"집 잘 지으셨네요."

"뭘요. 그냥 사람 사는 집이지요."

"뭘 이렇게 잘 차리셨나요?"

"차린 건 없지만 많이 드십시오."

우리는 마당에 멍석 여러 장을 깔고 상을 차렸다. 불판을 놓고 숯불을 피워 고기를 구웠다. 사내들은 마당에서 음식을 먹으며 술잔을 기울였다. 걸걸한 목소리와 웃음소리에 온 마당이 들썩거렸다.

집 안에서도 방마다 상을 차리고 손님들을 맞았다. 빙 둘러앉은 여인들은 맑고 고운 목소리로 이야기꽃을 피웠다.

어둠이 내리자 모닥불 불빛 속에서 노래자랑이 펼쳐졌다. 광대와 배우가 판소리 가락으로 솜씨를 겨룰 때는 모두 한꺼번에 와자하게 떠들며 웃었다. 웃음소리에 온 뜰과 하늘이 눈부시게 밝아졌다.

"하하하하! 재밌다 재밌어!"

"흥보가 부르신 분, 기왕 하는 김에 한 가락 더 해 보시오!"

이렇게 기쁜 날에도 온종일 잠깐 앉아서 쉬지 못했다. 밤이 깊어갈 때, 더는 못 견디고 달아나다시피 방으로 들어갔다. 그 동안 쌓인 피로가 한꺼번에 밀려왔다.

창밖을 내다보고 손님들에게 손을 흔들며 중얼거렸다.

"안녕, 모두 즐겁게 노세요."

방바닥에 요를 깔고 눕자마자 곯아떨어졌다. 내 인생에서 영원히 잊을 수 없는 한 계절이 그렇게 막을 내렸다.

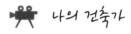 나의 건축가

나다니엘 칸, 2003, 미국

루이스 칸은 에스토니아에서 유대인으로 태어났다. 미국으로 건너가 건축가로 일하며 온 세상에 이름을 떨쳤다. 고대 유적에서 영감을 얻어 교향곡처럼 장중한 건축 예술품을 만드는 일에 온 삶을 바쳤다.

칸은 어렸을 때 얼굴과 손을 불에 데어 큰 흉터가 생겼다. 게다가 어른이 된 뒤에도 아주 키가 작아서 볼품이 없었다. 그러나 일에 매달리며 모든 열등감을 이겨 냈고 세계 곳곳에 빼어난 작품을 남겼다. 예일 대학과 펜실베이니아 대학에 지은 여러 연구소 건물과 미술관, 방글라데시 의사당은 현대 건축사에서 맨 꼭대기에 오른 건축물로 평가받는다.

이런 일벌레가 아내 말고도 다른 두 여자와 사랑을 나누었고, 각 여자에게서 자식을 하나씩 낳았다. 〈나의 건축가〉는 루이스 칸이 세 번째 여자에게서 낳은 외아들 나다니엘이 만든 다큐멘터리다.

루이스 칸은 나다니엘이 열한 살일 때 세상을 떴다. 나다니엘은 나이가 든 뒤에 아버지가 어떤 사람인지 알고 싶어졌고, 아버지가 남긴 건축물을 찾아다녔다. 그리고 생전에 아버지와 함께 일했거나 가까이 지냈던 사람들을 만났다. 이런 탐색은 아버지를 통해 자기를 찾아가는 여행이라고 부를 만했다.

오 년에 걸쳐 이루어진 작업이 〈나의 건축가〉에 오롯이 담겨 있다. 물은 속여도 피는 못 속인다고 했다. 아들 또한 아버지 못지않게 끈질기고 고집스러우며 열정이 넘치는 사람임을 알 수 있다.

나다니엘은 다큐멘터리 후반부에서, 아버지가 설계한 아름다운 숲속 집에서 배다른 두 누이와 이야기를 나눈다. 이때 세 사람은 저마다 자기 어머니를 대신해 그 자리에 앉아 있는 것처럼 보인다. 자녀들이 돌아본 세 어머니는 루이스 칸에게 사랑하고 존경하는 마음과 더불어 원망을 품고 살았다.

하지만 세 남매는 서로를 미워할 까닭이 없다. 뒤쪽 하늘로 노을 지는 창가에 나란히 앉아 도란도란 이야기를 주고받는 모습이 참으로 정겨워 보인다. 오랜 세월 그 집에서 같이 살며 서로 도타운 정을 나누어 온 느낌이 들기까지 한다.

그러나 이 집은 다른 사람 집이다. 루이스 칸은 일평생 오로지 다른 이들이 살 집을 지었을 뿐, 자기 집은 단 한 채도 짓지 않았다. 아마도 정착민보다는 유목민에게서 피를 물려받은 사람이 아닐까 여겨진다. 그래서 자기가 언젠가는 집이 아니라 길에서 삶을 마칠 운명임을 알고 있었는지도 모른다.

실제로 칸은 펜실베이니아 역 화장실에서 심장마비로 쓰러져 세상을 떴다. 비록 덩치가 큰 사람은 아니었지만, 건축사에선 거인이 틀림없었다. 그가 쓰러지는 순간, 온 역이 흔들리도록 요란하게 쿵 소리가 울리지 않았을까 싶다.

땅을 일구다

작은 숲

국제해양법에서 말하는 무인도는 이런 곳이다.

'거주민이 두 세대를 넘지 않고, 물이 없으며, 나무가 자라지 않는다.'

사람이 사는 곳엔 으레 나무가 많이 자란다는 말이기도 하다. 사람과 나무가 서로 얼마나 가까운 생명체인지 알 수 있다.

나무에 관해 가장 오래된 기억은 한 그루 버드나무에 머문다. 우리 집 앞에 아름드리 버드나무가 있었다. 모든 줄기가 축축 늘어진 나무 그늘에서 많은 놀이가 이루어졌다.

아주 어렸을 땐 또래 여럿과 함께 저마다 주워 온 사금파리를 바닥에 늘어놓고 소꿉장난을 자주 했다. 사금파리 밥그릇과 국그릇에 모래를 담고 버드나무 잔가지로 만든 젓가락으로 밥을 먹는 놀이였다. 누구는 누구와 서로 부부가 되고 다른 아이들을 아들딸로 삼아서 한참 아기자기한 가족살이를 연기했다.

좀 더 자란 뒤엔 버드나무 위로 올라갔다. 큰 줄기가 두 갈래로 나뉘는 자리에 걸터앉아 책을 읽었다. 꼬맹이들이 입을 벌리고 쳐다보는 마당을 쓱 내려다보며 우쭐대기도 했다.

오후 네댓 시엔 온 동네 아이들이 버드나무 그늘로 몰려들었다. 아이들은 사방치기를 하며 한바탕 떠들썩하게 놀았다. 땅거미가 내리고 둘레가 어둑해질 때에야 모두 집으로 돌아갔다. 버드나무가 아쉬운 듯 축 늘어진 가지를 살랑살랑 흔들어 보이며, 아이들에게 잘 가라고 인사했다.

버드나무는 내 나이 스무 살 때 밑둥치가 잘리며 쓰러졌다. 갓난 아기 때부터 늘 함께해 온 친구를 잃은 슬픔이 컸다. 이다음에 마당이 넓은 집으로 이사하면 나무를 많이 심어, 내 어린 시절을 지켜보고 돌봐 준 버드나무에게 보답하기로 마음먹었다.

시골 마을에 터를 잡은 첫해엔 흙집을 고치느라 때를 놓쳤다. 이듬해부터 마당에 하나 둘 나무를 사다가 심었다. 우리 가족은 이 일을 다섯 해 넘게 봄과 가을마다 되풀이했다.

이 세상에 나무 심기처럼 기쁘고 즐거운 일이 또 있을까 싶었다. 자리를 골라서 삽으로 흙을 파내고, 거름을 넣고 물을 뿌리고 나무를 심고, 흙을 다지고 다시 물을 뿌리는 내내 콧노래가 절로 나왔다.

콧노래 사이로 줄곧 흥얼거렸다.

"무럭무럭 잘 자라라. 병들지 말고 튼튼하게 잘 자라라."

이 집엔 오래전부터 살아온 나무들이 꽤 많았다. 누가 일부러 심은 뽕나무뿐 아니라 스스로 자라난 산뽕나무가 적지 않았다. 높이가 이십 미터에 이르는 돌배나무도 있었다. 나무를 잘 아는 이들은 우리나라 어디에서도 이렇게 큰 돌배나무를 보기 힘들다고 했다.

나이 칠십이 넘은 동네 분이 지다가다가 들렀다. 돌배나무 우듬지를 올려다보고 말했다.

"저 나무는 내가 어렸을 때도 크기가 저만 했어요. 지금 나이가 백 살은 더 되었을 거예요."

높이가 십오 미터를 넘는 감나무도 두 그루나 있었다. 개울가에선 밤나무와 물푸레나무와 개복숭아나무가 자랐다. 그밖에 오동나무와 소태나무와 자두나무가 숲을 이루었다.

이렇게 나무가 많은데도 욕심이 줄어들지 않았다. 사람이 밟고 다닐 자리와 텃밭만 남기고, 모든 땅에 두어 발짝 사이를 두고 묘목을 사다 심었다. 헤아려 보니 모두 백 여 그루였다. 마당 곳곳에 작은 숲이 생겼다.

어떤 나무들은 아주 잘 자라고 또 어떤 나무들은 더디게 자랐다. 또 어떤 나무들은 안타깝게도 잘 자라다가 갑자기 병들어 죽었다.

어느 날 노래를 지어 모든 나무에게 바쳤다.

나무와 꽃을 찬미하다

앞뜰 저 멀리 한 그루, 뒤뜰 서고 앞에도 한 그루, 몇 해 안 지나 느티나무 수만 장 잎사귀로 넉넉한 그늘 쉼터 만들어, 창 열어 둔 집 안으로 시원한 바람 불어넣어 주고, 아래 논에서 일하던 농부들 오가다 털썩 앉아 땀 식히게 해 주고, 막걸리에 김치 놓고 새참 먹으며 한바탕 웃음꽃 피우게 하네.

청실 홍실 두 그루씩 심었더니, 청실은 키 높이로 잘 자라다가 갑자기 죽고, 홍실만 살아남아 이른 봄 흩날리는 눈보라 속에 꽃소식 전하고, 매실 주렁주렁 달려 잘 따서 효소 만드니, 물에 타 마셔

갈증 달래고 반찬과 무침 만들 때 넣어 단맛 감칠맛 돋워 주어, 일 년 열두 달 앞뜰과 내 몸속에서 함께하네.

복숭아나무 줄기는 시커멓고 여기저기 진물 흐르고 우두둑 잘 부러지고, 귀신을 부른다 해서 집에서 멀리 심어야 한다지만, 그런 핀잔 못 들은 척하고 봄날 연분홍 꽃봉오리 활짝 활짝 터뜨려 그 모습 그 향기 모든 꽃 가운데 으뜸이니, 다른 꽃들 잠깐 멈칫하며 쭈뼛대다가 숨 죽여 소리 없이 피어나네.

멍멍이 집 곁에서 첫 해에 예쁜 꽃 가득 피우고, 가을날 달고 시큼하고 빨간 열매 무려 백 개나 맛보게 해 주던 사과나무, 그 뒤로 지금껏 꽃도 잘 안 피고 줄기는 자꾸만 꼬부라지고 열매 안 맺고 모든 잎사귀 병들어 꼴이 영 말이 아니니, 내년 봄엔 잊지 말고 퇴비 곱절로 주고 병도 고쳐 주어 튼튼한 모습 되찾게 하려네.

배나무 두 그루 하얀 꽃 여간 맑고 깨끗하지 않아 그저 그런 잎까지 달려 보이는데, 열매 맺혀 자라면서 잔가지 힘겨워 축축 늘어지는 모습 안쓰러워, 거의 모든 열매 솎아 내고 몇 개만 놔두지만 가을에 벌들과 새들이 모두 쪼아 먹으니, 열매 거둘 욕심 버리고 다만 즐겁고 싱그럽게 자라길 바라게 되어, 내 마음 텅 비고 가벼워져 노자가 일러 준 무욕을 저절로 깨우치네.

노간주나무와 잣나무, 산에서 캐다가 옮겨 심으며 이 땅 낯설어 오래 움츠릴까 봐 걱정했건만, 한 해 또 한 해 쑥쑥 자라 이젠 제법 풍채 좋아져서, 뾰족한 잎을 겨누어 사나운 바람도 잦아들게 만들고, 긴 겨울 멀리서도 온통 희거나 갈색으로 덮인 풍경 속에 푸른빛으로 돋보여, 풋풋한 생기를 잔잔하고 고요하게 널리 번지게 하네.

여름날 온 나무에 살구 가득 달려, 오늘 따 먹을까 하다가 미루고 내일 따 먹을까 하다가 또 미루었더니, 어느 바람 많이 부는 날 멀리 갔다가 밤늦게 돌아와 다음 날 아침에 나가 보니, 모든 열매 바닥에 떨어져 뒹굴어 터지거나 곯지 않은 녀석 몇 개 주워 들고, 세상 만물엔 저마다 때가 있어 그 때를 놓치면 헛웃음 지을 일만 남는 줄 알게 되네.

　우리 어머니 버스 터미널에서 만나 집으로 모시고 오던 길에 한 그루 산 어머니표 감나무, 네댓 해 꽃 안 피고 잎사귀도 많이 안 달려 애끓었는데, 올봄 퇴비 넉넉히 주고 물도 자주 주며 마음 많이 써 가면서 돌보았더니, 내 주먹만 하고 먹음직스러운 감을 스물 몇 개나 주렁주렁 달아, 모두 따서 잘 모셔 놓았다가 서울 가는 길에 부모님께 드려 잘 드시게 하고 돌아올 때, 세상에 거저 되는 일은 아무 것도 없고 정성 들인 만큼 거둔다는 이치에 저절로 고개 끄덕여지네.

　개울가에 심어 놓고 잊고 지내던 모과나무, 다른 나무들 모두 꽃 피울 때 꽃 하나 안 피워 참 이상하다 했는데, 가까이 다가가 보니 그 큰 나무에 앙증맞은 꽃이 여기저기 수줍게 피어 숨어 있어, 여름내 또 잊고 지내다가 나무 아래 거닐 때, 어느 결에 떨어져 뒹구는 단단하고 매끈한 열매 여러 개 있어, 주워다가 집 안 곳곳에도 놓고 자동차 안에도 놓으니, 겨우내 달콤한 향기가 쾨쾨한 사람 냄새 말끔히 지우며 수줍게 허공을 떠도네.

　집 지을 때 심었다가 일하던 삽차에 치여 아예 드러누울 듯했으나 꿋꿋이 일어나 쑥쑥 커 가는 은행나무, 두 해 열매 가득 맺으며 잘 자라다가 갑자기 죽었으나 내 마음속 오래도록 살아 있을 앵두나무, 추위에 약하다는 말 깜박 잊고 겨울철에 줄기를 잘 감싸 주지 않아서 그만 세상을 뜨고 말아 두고두고 안타까운 목백일홍, 우리 누나 이름 닮아 빨간 꽃 가득 필 때마다 누나 떠올리며 웃음 짓게 하는 명자나무.

누나가 나이 쉰 넘어 만난 돌부처 같고 속정 깊은 사내가 트럭에 싣고 와 심어 놓아, 온 뜰에 누나에게 뒤늦게 온 행복이 활짝 꽃피길 바라며 싱그럽게 자라는 대추나무와 수백 그루 철쭉, 월정사 숲을 못 잊어 한 그루 사다가 앞뜰 가까이 심어 놓고 양팔 힘차게 벌리듯이 쭉쭉 뻗은 가지가 부드럽게 출렁거리는 모습을 날마다 즐기는 전나무, 우리 딸이 골라서 심어 놓아 바라볼 때마다 건강하게 잘 지내라고 중얼거리게 하는 우리 딸 나무 에메랄드그린.

열매 가득 달릴 때면 가지가 축축 늘어져서 서둘러 열매를 따게 만들고, 손님 올 때마다 어서 가득 따서 가져가라고 부추기게 하는 보리수나무, 아내가 사다 심어 잎사귀도 알맞게 달리고 꽃도 알맞게 부드럽고 향기로운 아내 나무 라일락, 늘 붉고 가을엔 더욱 붉어지는 잎사귀를 겨울 지나도록 두어 개쯤 달고 지내다가, 아주 작은 아기손 같은 수많은 싹을 주먹 쥐듯이 오므렸다간 갑자기 쫙 펴며 봄을 맞는 단풍나무, 저리 빨리 자랄 줄 몰라 두 그루를 바짝 심어 놓았더니 이젠 서로 잔가지끼리 얽혀 한 몸이 되어 가는 벚나무.

앞뜰과 돌담에서 학창 시절 꽃밭 테두리를 돌아보게 해 주는 수십 그루 회양목, 저리 잘 자라다간 하늘 끝까지 뻗어 올라갈 듯한 목련, 빨간색은 바로 이런 색을 말한다고 외치며 눈부시게 아름다운 꽃으로 여름날을 물들이는 장미, 온 뜰에서 사철 푸르게 자라나면서 나름대로 멋을 부릴 줄 알아, 겨울날 작은 앵두 같은 빨간 열매를 때로는 귀걸이처럼 때로는 브로치처럼 달아 온몸을 꾸미는 주목.

그리고 또 다른 수십 그루 나무들 속에서, 내 삶은 늘 풍성하고 풋풋하며 아름다우리라.

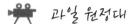 ## 과일 원정대

창융, 2012, 캐나다

한때 말레이시아 보르네오는 열대우림으로 이름난 섬이었다. 지난 오십 년 사이에 먼 옛날부터 자라던 열대우림 가운데 절반 넘게 벌목으로 사라졌다. 덩달아 얼마나 많은 나무 종류가 없어졌는지는 이루 다 헤아릴 수 없다. 이렇게 한꺼번에 많은 나무 종류가 사라져 가는 현실을 '나무 다양성의 위기'라고 부른다.

열대우림이 사라지면 열대식물 열매들도 사라진다. 이제 보르네오 섬에선 어디를 가나 야자나무 열매 코코넛이 굴러다닌다. 열대우림을 베어낸 자리에 오로지 야자나무 하나만을 심었기 때문이다.

야자나무 열매 코코넛은 연료와 화장품, 과자를 만들 때 많이 쓴다. 과자 재료를 튀길 때 쓰는 팜유가 바로 코코넛 기름이다. 여기서 단순한 공식이 생겨난다.

'팜유로 튀겨 낸 과자를 먹는 만큼 열대우림이 줄어든다.'

캐나다 다큐멘터리 〈과일 원정대〉는 온갖 과일을 찾아 세계 곳곳을 떠도는 사람들을 다룬다. 이들 가운데 과일 맛에 취해서 눈이 풀린 과일 애호가들이 많다. 그러나 보기 드문 과일나무를 찾아내거나 새로운 교배종 나무를 키우는 데 힘쓰는 육종 전문가들도 적지 않다.

이들 모두가 하는 일은 다양한 과일나무를 돌보고 보살피며, 지금뿐 아니라 앞으로도 사람들이 다양한 과일을 맛보게 하고자 애쓰는 일이다. 이런 일은 자연을 지키는 동시에 자연과 떨어져선 살지 못하는 인간과 모든 생명체를 지키는 일이다.

과일들은 맛과 향이 뛰어날 뿐 아니라 비타민과 항산화물질을 많이 담고 있어 건강에 좋은 식품이다. 겉모습과 빛깔 또한 무척 아름답고 예뻐서 화가들이 즐겨 그리는 정물화엔 과일이 빠지지 않고 나온다.

그래서 〈과일 원정대〉를 보고 있으면 정물화들을 모아 놓은 미술관 속을 거니는 느낌이 든다. 혀와 코뿐 아니라 눈이 저절로 즐거워진다. 후안 아퀼라라는 사람이 나오는 대목에선 촉각까지 되살아난다.

아퀼라는 중미 온두라스에 사는 바나나 육종 전문가다. 이른바 파나마 병을 잘 이겨 내는 바나나 품종을 기르는 일을 한다. 때로는 꿀벌들이 하는 일을 대신해서, 여러 일꾼들과 함께 바나나 꽃 암술머리에 수술 꽃가루를 묻히는 수분 작업을 한다.

아퀼라는 이 작업을 연애에 비유한다.

"여자 친구나 아내를 대하듯이 온 영혼을 바쳐 사랑하는 마음으로 수분 작업을 해야 합니다. 그래야 비로소 원하는 결과를 얻어낼 수 있거든요."

바나나 씨앗을 얻는 작업도 눈길을 끈다. 공장에서 여자들이 바나나 껍질을 벗겨 손으로 주물러 으깬다. 수천 송이 바나나에서 씨앗 단 한 개를 얻어낼 수 있단다. 팔뚝이 굵고 튼튼한 여자들이 끝없이 바나나를 주무르고 또 주무른다. 모두 얼마나 재미있는지 깔깔 웃는다.

이렇게 해서 얻어 낸 씨앗을 심어 싹을 틔우고 키워, 병충해에 강한 새로운 교배종을 만드는 일은 시간과 맞서 끈기를 겨루는 싸움이다. 품종 하나를 개발하는 데 사오 년씩 걸린다고 한다.

손가락만 한 바나나 하나를 먹더라도 지구본 아래쪽에 거꾸로 매달려 땀 흘리는 이들에게 고마운 마음을 가져야겠다.

열심히 일할 뿐

아주 급할 때가 아니면 농부 친구들에게 대낮에 전화 걸기를 삼가게 되었다. 농부 친구들은 전화를 받으며 숨을 몰아쉴 때가 많았다. 온힘을 쏟아 부으며 일하고 있어서였다.

짧게 끊어 가며 읊는 단어 사이에 헉헉대는 숨소리가 들어갔다.

"왜? 무슨 일? 아, 그래서, 어떻게 됐는데?"

은퇴하고 시골에 가서 편히 쉬며 지내려는 사람들을 많이 보았다. 늙어서 쓸 돈을 넉넉하게 모아 놓았거나 연금을 받는 이들이었다.

그러나 이 마을에서 지금껏 일을 안 하고 사는 사람을 단 한 명도 보지 못했다. 허리가 고부라진 노인들도 힘에 부쳐 일을 줄일망정, 아예 일에서 손을 떼는 일은 꿈도 꾸지 않았다.

도시에 나가서 사는 자식들은 늙은 부모님을 뵈러 오면, 고생하는 모습이 안쓰러워 잊지 않고 한마디 했다.

"아버지, 어머니. 이제 그만 일하고 편히 사세요."

그러면 부모님들은 빙긋 웃거나 자리를 떴다. 하긴 논밭을 좀 떼어 내서 팔면 한결 살림이 펼 터였다. 그 돈으로 남은 세월을 땀 흘리지 않고 살 수 있었다.

하지만 이 마을 어르신들은 삶을 마치는 날까지 일하고 또 일했다. 노인회장님도 돌아가시기 전날까지 일하셨다. 당뇨병과 대상

포진을 앓던 광엽이 아버지와 병태 어머니도 병원에 실려 가기 전까지 일하셨다.

그분들에게 노동은 대가를 따질 일이 아니었다. 목숨만큼이나 귀하고 경건한 일이었다. 백장 선사라는 옛날 스님이 꼭 그렇게 사셨다.

이 스님은 젊었을 때부터 하루도 쉬지 않고 일했다. 여든 살 넘어 꼬부랑 할아버지가 되어서도 날마다 동트기 무섭게 괭이를 들고 밭에 나갔다. 해가 질 때까지 땀을 뻘뻘 흘리며 곡식을 가꾸었다.

"스님, 날마다 일만 하시면 어떡해요. 가끔 쉬기도 하셔야지요."

다른 스님들은 노스님께서 병이라도 날까 봐 걱정되었다. 그래서 어느 날 밤에 백장 선사가 쓰는 괭이를 몰래 가져다가 숨겼다.

이튿날 아침에 백장 선사는 괭이가 보이지 않자 다른 스님들에게 말했다.

"어서 내 괭이를 돌려주게나."

스님들은 시치미 뚝 떼고 대꾸하지 않았다. 그러자 백장 선사는 온종일 밥을 먹지 않았다. 다음 날도 다음다음 날도 끼니를 걸렀다.

마침내 힘이 다 빠진 스님은 자리에 몸져누웠다. 다른 스님들은 할 수 없이 괭이를 도로 갖다드렸다.

겨우 일어난 노스님은 밭으로 나가서 땅을 파며 열심히 일했다. 저녁때 돌아와서 오랜만에 밥을 먹었다.

노스님이 지내는 방엔 이런 글이 벽에 씌어 있었다.

'하루 일하지 않으면 하루 먹지 않는다.'

텃밭 가꾸기

우리 가족은 집을 지은 이듬해부터 텃밭을 가꾸었다. 처음엔 스무 평 남짓한 밭에 감자와 야채와 배추를 키웠다. 해가 갈수록 밭을 점점 더 넓혔다. 감나무 두 그루 아래쪽에 밭을 만들었고, 오래된 흙집 앞마당도 밭으로 바꾸었다.

새로 지은 집 뒤뜰엔 딸기밭과 참외밭을 만들었다. 여러 밭 가장자리뿐 아니라 잣나무 아래 땅과 아랫집 논에 잇닿은 땅까지, 남아도는 땅을 모조리 알뜰하게 밭으로 바꾸었다. 다 더하면 백여 평이 넘었다.

텃밭 농사는 혼자 힘으로도 너끈히 해낼 수 있었다. 봄날 밭마다 퇴비를 골고루 뿌리고, 기계 힘을 빌리지 않고 괭이로 땅을 갈고 뒤집어 둑을 쌓았다. 뒤이어 씨앗과 모종을 사다가 밭에 뿌리고 심었다.

삼월엔 상추와 쑥갓과 겨자채 같은 야채 씨를 뿌리고 감자를 심었다. 사월엔 옥수수 씨를 뿌렸다. 오월로 접어들면서 고추와 토마토와 오이와 호박과 참외와 수박 모종, 그리고 고구마순과 파를 심었다. 어느 해엔 야콘과 땅콩과 시금치와 들깨도 심어 가꾸었다.

농부 친구들은 우리 집에 들를 때면 텃밭을 한참 바라보았다.

"없는 게 없네. 풀을 잘 잡아 가며 보기 좋게 잘 가꾸었어."

유월에 감자를 캤고 곧바로 그 자리에 콩을 심었으며, 따로 남겨 둔 밭엔 팔월 말에 배추 모종을 심고 무 씨앗을 뿌렸다.

오월에 상추를 솎아 낼 때부터 여름을 마저 보내기까지 날마다 밭에서 키운 야채들을 밥상에 올렸다. 장에 나가서 따로 사온 푸성귀는 전혀 없었다. 화학 살충제와 살균제 같은 농약을 한 방울도 치지 않고, 오로지 퇴비와 친환경 비료만으로 키운 음식 재료들이었다.

마당 여기저기 자투리땅엔 꽃을 심어 가꾸었다. 별로 힘이 들지

않는 취미 생활이었다. 숨을 헐떡이거나 온몸이 땀에 젖을 일이 없었다.

이웃집 할머니들이 곧잘 꽃밭을 보러 오셨다. 감나무 그늘 아래 앉아 쉬면서 꽃들을 구경하셨다.

"저 꽃들은 이름이 뭐요?"

"저건 아이리스고, 저건 글라디올러스예요."

"둘 다 향기도 좋고, 참 곱고 예쁘네!"

우리 집 꽃밭에선 온갖 알뿌리 식물들이 자랐다. 국화와 마가렛과 금잔화도 해마다 꽃을 피웠다. 철쭉도 여러 곳에 무더기로 심어 놓아서 봄날 눈과 코를 즐겁게 해 주었다. 해바라기와 패랭이꽃도 자랐고, 친구들이 선물로 준 씨앗을 심어 키운 이름 모를 꽃들도 많았다.

밭에 먹을거리가 넘쳐서 언제 갑자기 손님들이 몰려와도 무슨 음식을 대접할지 걱정하지 않았다. 손님들에게 소쿠리를 하나씩 손에 쥐어 주었다.

"먹고 싶은 야채와 과일을 마음껏 뽑고 따 와요."

손님들은 소쿠리를 들고 아주 즐거워하며 소매를 걷어붙이고 밭으로 들어갔다. 한참 밭에서 왁자하게 떠들고 웃는 소리가 났다.

"와, 오이가 엄청나게 크다!"

"토마토도 아주 크고 맛있게 익었어!"

한번은 친구들에게 일부러 텃밭 일을 시켰다. 전날 밤엔 늦도록 같이 즐겁게 놀았다. 친구 하나는 새로 배운 거문고를 연주했다. 그 소리를 들으며 마시는 막걸리 맛이 기막혔다.

아침에 일어나니 두 친구는 이미 원두막에 올라앉아 있었다. 마침 아내가 시내에 일 보러 나간 날이었다. 친구들은 내가 어서 아침을 차려 주기를 기다리는 눈치였다. 친구들에게 손짓해서 원두막에서 내려오게 했다.

"저리 가 보자고,"

친구들을 텃밭으로 데려가 삽과 곡괭이를 들게 했다.

"밥 차리는 동안, 호박 구덩이 세 개만 파 놓아."

주방에서 아침을 짓다가 내다보니, 둘 다 낯을 찌푸리고 땀을 뻘뻘 흘리며 땅을 파고 있었다. 밤새 노느라 지쳤지만 밥을 먹으려면 어쩔 수 없다는 얼굴이었다.

두 친구는 호박 구덩이를 다 파고, 우물가에서 물에 손을 씻고 주방으로 들어왔다. 된장찌개를 끓이고 고등어를 구워 내놓았다.

둘 다 어느 결에 낯빛이 환해져 있었다. 아침을 먹으며 줄곧 큰 소리로 외쳤다.

"와, 진짜 맛있다!"

"땀 흘려 일한 뒤여서 그런가 봐. 밥맛이 꿀맛이야!"

친구들은 텃밭에서 일할 때 힘들었다는 말은 하지 않았다.

"바람이 살랑 불어와 땀을 식혀 주는데, 그렇게 상쾌할 수가 없더라고."

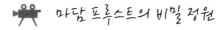 마담 프루스트의 비밀 정원

실뱅 쇼메, 2013, 프랑스

〈마담 프루스트의 비밀 정원〉은 어느 여인이 야채와 허브, 나무와 음악이 지닌 힘으로 병든 이들을 고치는 이야기다. 마르셀 프루스트가 쓴 소설 〈잃어버린 시간을 찾아서〉에 바치는 영화로 보이기도 한다.

주인공 폴 마르셀(귀욤 고익스)은 어려서 부모를 여의고 충격을 받고는 말을 잃어버린다. 두 이모한테 기대어 피아니스트로 일하며 겨우 살아간다. 좀처럼 아버지가 어머니를 때리고 괴롭혔다는 생각에서 헤어나지 못하고 악몽과 우울증에 시달린다.

이웃집엔 마담 프루스트(앤 르니)가 산다. 그이는 몰래 집 안에 정원을 가꾸어 감자와 당근과 아스파라거스를 키운다. 이 정원으로 마음속 상처가 깊은 사람들을 불러 병을 고쳐 준다. 그이가 이런 능력을 기르는 곳은 비밀정원과 마을 공원이며, 공원에서 자라는 아름드리나무 밑이다.

어느 날부터 폴은 마담 프루스트가 사는 집에 드나든다. 그이에게서 마들렌과 차를 얻어 마시며 어렸을 때 겪은 일들을 되살려 낸다. 그래서 자기가 누구보다 미워하고 싫어했던 아버지가 실제로는 어머니를 끔찍이 사랑했음을 깨닫는다.

폴은 오랜 마음속 상처가 아물면서 어둠과 절망에서 벗어난다. 한 여자와 사랑에 빠지면서 행복한 가정을 꾸리고 자기를 닮은 아기를 낳는다.

원죄와 고행, 참회와 깨달음과 윤회처럼 여러 종교를 넘나드는 단어들이 바닷가 햇살 아래 방긋 웃는 아기 얼굴 위에서 눈부시게 부서진다.

이 영화에서 마담 프루스트는 늘 두 가지 나무와 함께한다. 하나는 그이가 연주하는 우쿨렐레다. 또 하나는 마을 공원에 서 있는 아름드리나무다. 마담 프루스트는 이 나무 아래서 우쿨렐레를 연주하기를 즐긴다.

우쿨렐레는 줄이 네 개이며 기타와 비슷하게 생긴 하와이 민속

악기다. 코아나무로 만든 우쿨렐레가 가장 좋은 소리를 낸다고 한다. 코아나무는 하와이에서 자라는 나무다.

어느 날 관리들이 공원에 나타나서 늙고 병든 나무를 베어 내라고 일꾼들에게 시킨다. 마담 프루스트는 온몸으로 일꾼들을 막아서며 울먹인다.

"그러지 마세요. 여러분은 지금 천국을 없애려는 거예요."

일꾼들은 억지로 그이를 나무에게서 떼어낸다. 그이가 아끼는 우쿨렐레를 밟아 망가뜨리고, 아름드리나무를 베어 쓰러뜨린다. 그 일로 마담 프루스트는 병에 걸려 세상을 뜬다.

마담 프루스트는 아름드리나무를 자기와 다른 생명체가 아니라 자기 자신으로 여겼다. 너는 곧 나이며, 나는 곧 너다. 이런 믿음은 그이 스스로 믿는 불교에서 비롯된 것이다. 세상 만물은 겉보기에 서로 다를 뿐, 바탕은 같다는 노자 말씀이기도 하다.

자기 자신이기도 한 아름드리나무가 쓰러져 죽을 때, 그이 또한 목숨이 다하는 일은 자연스러운 결말로 보인다.

2부

사람들과 어울리기

이런 사람, 저런 사람

우리 마을

이장에게 물어보았다.

"우리 마을 주민이 얼마나 되나요?"

"글쎄요, 백스무 명쯤 될까요?"

이장은 동네 대표인데 주민 수를 똑바로 알지 못했다. 동네 모임에 한 번도 얼굴을 비치지 않은 사람이 많아서였다.

칠십여 가구가 사는 우리 마을에서, 십여 가구는 다른 집들과 멀리 떨어진 곳에 터를 잡고 살았다. 그들은 늘 조용히 집에 들어가고 조용히 밖에 나갔다. 어디서 무얼 하다가 이 마을로 들어왔는지, 저마다 직업이 무언지 알 수 없었다. 투명인간 같기도 했고 외계인처럼 여겨지기도 했다.

그들을 뺀 주민들은 거의가 농사를 지었다. 시내와 면사무소 앞에 있는 일터를 오가는 사람이 네댓 명이었다. 농산물 도매시장과 농자재 판매점 같은 일터였다. 그들도 아침저녁엔 논밭에서 일하며 스스로를 농부로 여겼다.

다른 일을 하는 사람은 몇 명 되지 않았다. 동네 입구에서 가게를 하는 할머니, 이 산 저 산 돌며 약초를 캐는 사내, 마을 어귀에 별장을 지어 놓고 주말마다 들어오는 내외 정도였다.

우리 마을 사람 가운데 예순 살이 넘은 사람이 절반을 넘었다. 일흔 살이면 젊지도 않고 늙지도 않은 나이였다.

어느 집에서 늘 데리고 지낼 일꾼을 찾다가 서울 동대문 어딘가에서 남자를 구해 왔다. 이 사람 나이가 예순넷이었다. 처음 시골에 와서 이웃들에게 인사를 다녔다. 나도 인사를 주고받았는데, 아주 뿌듯한 얼굴로 내게 말했다.

"모두 무척 좋아하시더라고요. 마을에 젊은이 하나가 새로 들어와 든든하다면서요."

우리 마을에서 나이 예순넷이면 어른 대접을 받기 어려웠다. 칠팔십 노인들이 환갑을 넘긴 지 꽤 된 이들에게 말을 건네며, 성씨를 빼고 이름만 부르는 일이 잦았다.

"영남이, 지금 어디 가나?"

"춘식이, 오랜만이네. 식구들 모두 잘 지내지?"

영남이나 춘식이로 불린 이는 칠팔십 노인들 앞에서 담배를 못 피웠다. 저 멀리서 칠팔십 노인이 나타났다 하면 흠칫 놀라며 등을 보이고 돌아섰다. 한참 피우던 담배를 재빨리 땅바닥에 내려놓고 발로 밟았다. 말도 못하게 잘못된 일을 하다가 들킨 것처럼 보였다.

이런 마을에 이십대와 삼십대는 몇 사람 되지 않았다. 만일 스쳐 지나가면서라도 젊은 사람을 보았다면, 그날은 아주 특별한 날로 여겨 달력에 표시하거나 일기장에 적어도 될 듯했다.

'오늘 서른 살이 좀 넘어 보이는 젊은이를 보았다. 우리 마을에 좋은 일이 있으려나 보다!'

사오십대 중장년은 스물댓 명이었다. 우리 면에서 이렇게 중장년이 많은 동네는 우리 마을밖에 없었다. 다른 마을에 갔다가 무슨 이야기 끝에 우리 마을 중장년 숫자를 밝혔다.

모두 눈을 동그랗게 뜨고 놀라워했다.

"아니, 진짜예요? 젊은 사람이 그렇게나 많아요?"

지난 십 년 사이에 우리 마을에서 노인 스무 명이 세상을 떴다. 그런데 새로 태어난 아기는 전혀 없었다.

몇 해 전에 우리 면에서 인구조사를 해서 발표했다. 한 해 동안 태어난 아기가 아홉 명이었다. 우리 면은 땅 크기로는 내가 서울에서 살던 강동구보다 세 곱절이 넘었다. 강동구에선 그해 하루 평균 열세 명 가까운 아기가 태어났다. 그리고 한 해 동안 태어난 아기가 사천오백 명이었다.

지금껏 우리 마을뿐 아니라 이웃 마을 어디에서도 아기 웃음소리를 듣지 못했다. 유모차를 본 적이 있긴 한데, 걸음이 시원치 않은 할머니들이 밀고 다녔다. 아기가 없다면 젊은 엄마 아빠도 없다는 얘기였다.

여성 인류학자 진 리들로프는 베네수엘라 아마존 밀림에서 원주민 부족과 함께 여러 해 살았다. 아기가 태어날 때마다 온 마을 사람들이 잔치를 벌였다.

"그곳 아기들은 엄마 혼자서 낳은 아기가 아니라, 온 부족 여인들이 낳은 아기나 다름없었어요. 여자들뿐 아니라 남자들도 아기 스스로 걸어 다닐 때까지 끝없이 안아 주고 쓰다듬어 주었어요."

진 리들로프는 부족 아이들이 하나같이 성격이 밝은 까닭을 묻는 물음에 되물었다.

"모든 어른들한테서 사랑을 듬뿍 받고 자라니 그럴 수밖에 없지 않겠어요?"

내가 어렸을 때 어른들은 딸이 태어나면 숯, 아들이 태어나면 고추를 새끼줄에 매달아 대문에 걸어 두었다. 그 집에 아기가 태어났음을 알리고 한동안 드나들지 말기를 바라는 뜻에서였다.

한 달쯤 지나서 엄마가 아기를 안고 집 밖으로 나왔다. 달콤하며 비릿한 젖 냄새가 훅 풍겼다. 동네 아주머니들이 눈을 크게 뜨고 엄마와 아기를 에워쌌다. 번갈아 조심스레 두 손을 내밀며 물었다.

"한번 안아 봐도 될까요?"

엄마는 두 말 않고 아기를 내주었다. 아주머니들은 아기를 품에 안고 몹시 황홀한 얼굴로 웃었다. 아기를 보기 힘든 오늘날 시골에선 꿈도 꾸기 어려운 일이었다.

노인들이 많은 마을에서 살다 보니 더욱 몸가짐과 말을 삼가게 되었다. 일을 보러 차를 몰고 집을 나설 때면, 마을 복판 길을 달리는 내내 차분히 마음을 가다듬었다.

내가 잘하는 일이라고는 한 가지뿐이었다. 하루에 다섯 번이고 열 번이고 똑같은 노인을 봐도 거르지 않고 인사했다. 차가 달리는 속도를 늦추며 고개를 꾸벅 숙여 보였다.

"안녕하세요?"

추운 날 차창을 닫고 있어 노인께서 내 목소리를 못 들더라도 개의치 않았다. 동네 선배들에게도 고개 숙여 인사했고, 또래와 후배들에겐 손을 들어 인사했다.

무슨 일로 서로 불편해져 얼굴을 마주치고 싶지 않은 분이 지나갈 때가 있었다. 그때도 두 눈 꾹 감고 고개 숙여 인사했다. 그러면서 그 사람이 잘되기를, 다른 사람들에게 많이 베풀고 좋은 일 많이 하기를 바랐다.

어떤 노인들은 나를 아무리 여러 번 보아도 쉽게 기억해 내지 못했다. 내가 밖에서 살다가 들어왔기 때문이기도 하려니와, 그저 그렇게 생겨서인 듯했다.

가게에서 우연히 마주쳐 인사를 드릴 때마다 묻는 분이 있었다.

"근데 누구시더라?"

어디 사는 누구인지 찬찬히 말씀 드리면 고개를 끄덕이셨다.

"아하, 그렇구나. 내가 눈이 어두워 사람을 잘 못 알아봐요."

다음에 다시 만나면 또 물어 보셨다.

"근데 누구시더라?"

나는 똑같은 답변을 하고, 노인 분은 고개를 끄덕이며 중얼거리셨다. 같은 내용인데 단어 몇 개가 자리를 맞바꾸었다.

"아하, 그렇구나. 사람을 내가 눈이 어두워 잘 못 알아봐요."

이웃 마을

한 달에 한두 번 면사무소 앞에 나갔다. 백여 미터 곧게 뻗은 길에 상점과 식당이 늘어서 있었다. 이발소와 미용실도 있고 신발과 옷을 파는 가게, 문구점, 철물점, 전자제품 수리점, 호프집과 노래방도 있었다.

볼일을 마치면 강가에 나가 슬렁슬렁 둑길을 걸으며 바람을 쏘이곤 했다. 강물 가까이 내려가 자갈밭을 걷고, 여울에서 돌돌돌 소리 내며 빠르게 흐르는 강물을 바라보았다. 산골짜기 집에서 꼼짝 않고 지내는 동안 답답하게 막혔던 가슴이 금세 시원스레 뚫렸다.

마을 친구들과 함께 나간 날도 많았다. 짜장면이나 순댓국을 함께 먹고 저마다 일을 보고, 마을 후배가 운영하는 농자재 가게에 들러 커피를 한 잔 마셨다. 그때 기분이 참 느긋하고 즐거웠다.

어떤 친구들은 꼭 다방에 가서 커피를 마시려 했다. 내가 머뭇거리면 팔을 잡아당겼다.

"뭐 해? 내가 커피 산다니까."

친구들을 따라서 다방에 들어간 날은 한 해에 한 번을 넘지 않았다. 다방 커피가 집에서 마시는 커피보다 낫다는 느낌이 없었다. 어디나 실내 풍경이 비슷했고 나른한 기운이 감돌았다. 자리에 앉은 지 얼마 되지도 않아 어서 밖으로 나가고 싶어 좀이 쑤셨다.

스스럼없이 곁에 와 앉는 다방 아가씨들과 딱히 나누고 싶은 이야기도 없었다. 나이가 마흔 살에서 쉰 살 사이거나 그보다 많아서 아가씨라고 부르긴 무엇했다. 어떤 여자들은 다방 할머니라고 불러도 될 듯했다. 농사일과 시골살이를 좀 아는 여자들은 눈 씻고도 찾을 수 없었다.

그러나 식당들은 다방과 달라도 많이 달랐다. 여러 식당 주인들이 적어도 이삼십 년 동안 그곳에서 일해 왔다. 서른 살이 되기 전에 들어와 어느덧 예순을 바라보는 분도 있었다.

그들은 우리 면에서 벌어진 모든 일을 몸소 보고 겪었다. 손님들과 같은 마을 사람이나 다름없었다. 서로 스스럼없이 말을 주고받았다.

"뭐 갖다 줄까?"

"앞서 먹던 걸로 줘. 맛있더라고."

식당에서 밥을 먹다 보면, 마치 동네 사람 집에 초대 받아 온 느낌이 들 때가 많았다.

거의 모든 식당 주인들은 식당과 붙어 있는 방이나 집에서 살았다. 아침 일찍 문을 여는 식당이 그렇지 않은 식당보다 훨씬 많았다. 아무리 이른 시각에 면사무소 앞에 나가더라도 어렵지 않게 밥한 끼를 먹을 수 있었다.

그렇다고 소리 없이 불쑥 들어가선 안 되었다. 점심때와 저녁때를 빼곤 어디나 아주 조용했다. 먼저 헛기침이라도 하고 발을 들여야 했다.

어느 날 멀리 가서 일을 보고 돌아오다가 면사무소 앞에 이르렀다. 점심때가 훌쩍 지난 때여서 배가 많이 고팠다. 차를 세우고 가까이 보이는 식당으로 갔다. 마침 문이 밖으로 활짝 열려 있었다. 안으로 들어가 둘러보니 아무도 없었다.

그냥 돌아 나오려는데 주방 쪽에서 달그락 소리가 났다. 주방 문틈으로 설거지하는 아주머니가 보였다. 한 발 한 발 주방으로 다가갔다. 그쯤에서 아주머니에게 밥 먹을 수 있냐고 한마디 건넸어야 옳았다.

그런데 여러 시간 입을 꾹 다물고 운전하며 와서인지 입술이 떨어지지 않았다. 어쩌다 보니 주방 문까지 바짝 다가서게 되었고, 바로 그때 갑자기 말문이 열렸다.

"밥 한 끼 먹을 수 있나요?"

아주머니 등에 대고 물었는데, 목소리가 좀 크게 나갔다. 그 순간 아주머니는 손에 들고 있던 그릇들을 모조리 개수대에 떨어뜨렸다. 그 소리가 주방과 식당 안을 요란하게 울렸다.

아주머니가 뒤를 돌아보지 않고 숨을 몰아쉬며 중얼거렸다.

"아이고, 놀래라. 아이고, 놀래라."

아주머니 어깨가 눈에 뜨이게 오르내렸다. 나도 얼마나 놀랐던지 간이 떨어지는 줄 알았다.

동네 친구 하나가 같은 식당에서 밥을 먹고 외상을 졌다. 그 뒤에 한 해가 지나도록 다시 찾아가지 않았다. 외상값을 갚아야 하는데 자꾸 미루다 보니 갈수록 식당에 발을 들여놓기 어려워졌다.

억지로 친구를 끌고 그 식당에 갔다.

"사람이 사람을 피하고 살면 어떡해."

"나 오늘 외상 갚을 돈 없어. 다음에 오면 안 될까?"

"자, 어서 들어가자고."

식당 아주머니는 내 친구를 보고 무척 반가워했다.

"그동안 어떻게 지냈어요? 어째 오가다가 얼굴 한 번 안 비쳐요?"

외상값 비슷한 말은 입에 올리지도 않았다. 다시 주방으로 들어가 딱딱딱 소리 내며 도마질해서, 정성껏 주문 받은 음식을 만들어 내왔다.

식사를 마치고 식당을 나설 때였다. 내 친구가 아주머니에게 말했다.

"먼젓번 외상값, 다음에 올 때 꼭 드릴게요."

아주머니가 살짝 낯을 찌푸리며 웃었다. 친구 등을 툭 밀면서 대꾸했다.

"으이고, 알았으니까 조심해서 가요."

농촌은 이름에서 드러나듯이 농부들이 사는 마을이다. 그러나 농부들 말고도 온갖 서로 다른 직업을 지닌 이들이 어울려 살아간다.

대안학교 교사, 문화예술인, 농식품 가공업자, 마을 컨설턴트, 농정 공무원, 생태마을 운동가, 사회복지사, 성직자, 로컬푸드 사업자, 도농교류 사업자, 생태건축가 같은 사람들이다.

지난해까지만 해도 우리 이웃 마을엔 대안학교가 있었다. 교사 예닐곱 명이 아이들을 가르쳤다. 식당에서 일하는 영양사도 있었다. 아이들에게 밥과 반찬을 나눠 주는 일은 교사들이 돌아가며 맡았다. 이 학교는 올해 신입생이 크게 줄면서 문을 닫았다.

우리 집 뒤쪽으로 산을 넘어가면 나오는 마을엔 작가도 있고 공예가와 서예가, 서각인도 살았다. 모두 문화예술인이었다. 사회복지사들은 날마다 노인들을 돌보러 이 마을 저 마을 돌아다녔다. 거의가 시내에서 살지만, 낮에 온종일 일하는 곳은 시골이었다. 이들만큼 시골 노인들이 어떻게 사는지 잘 아는 사람은 없었다.

그리고 시골엔 적지 않은 성직자들이 살았다. 대충 세어 봐도 우리 면에 있는 교회가 열 개쯤 되었다. 성당이 한 곳 있고, 절과 암자는 대여섯 곳이 넘었다. 이 모든 종교 시설엔 성직자가 있었다.

이곳에 살면서 목사님과 신부님, 스님, 그렇게 세 분과 가까이 지냈다. 모두 이웃 마을에 사는 분들이었다. 나보다 두 살에서 열여섯 살까지 나이가 많았다. 모두 친형처럼 여겨졌다. 그래서 형이라고 불러도 되겠냐고 물으려다가 때를 놓쳤다.

큰형님뻘 되는 분은 지지난해 성탄절 전날 밤 세상을 뜨셨다. 둘째 형님뻘 되는 분은 그보다 앞서 다른 고장으로 이사를 가셨다.

딱 한 분한테만 내 멋대로 형이라고 부르며 지냈다. 다른 사람들이 있는 자리에서 형, 하고 불렀더니 무척 머쓱해했다. 성직자들은 세속에서 가족 사이에 쓰는 호칭을 좋아하지 않는 듯했다. 그래서 그 뒤로는 단 둘이 있을 때만 형이라고 불렀다.

내가 만난 시골 성직자들은 꾸밈없고 소탈했다. 하나같이 검소하고 겸손했으며, 언제 어디서도 앞으로 나서거나 목소리를 높이지 않았다.

틈틈이 이 분들과 주고받은 말을 추려 옮기면 아래와 같다.

"꼭 종교를 가져야만 구원을 받을 수 있나요?"

"종교를 갖는 일은 의무가 아니라 선택이에요. 믿는 종교가 없는 사람, 종교가 무언지 모르는 사람도 구원을 받을 수 있어요. 신성함에 대한 감각이나 의식이 있고, 신성한 힘이 이끄는 대로 산다면 말이지요."

"종교가 그런 감각을 키우는 일을 도와주지 않나요?"

"교회나 성당, 절에 다니면 도움이 되겠지요. 그러나 종교를 믿지 않더라도, 사람으로 태어나 어떻게 사는 일이 참된지를 스스로 깨우칠 수 있어요. 가령 농부들은 자기 의지만으로는 농사를 짓지 못하잖아요. 하늘이 도와줘야 하지요. 여기서 말하는 하늘이란 햇빛과 구름과 바람과 비 같은 우주와 자연을 달리 이르는 말이에요. 농부들은 가물 때 애타는 얼굴로 두 손을 모으고 하늘을 올려다봐요. 신성한 힘을 믿고, 그 힘이 자기를 돌봐 주기를 바라기 때문이지요."

"저절로 자기를 낮추는 일을 배우고 실천하게 되겠네요."

"그렇지요. 우주와 자연이 잘난 척하고 앞서 나가려는 사람을 돌봐줄 리 없다는 사실을 잘 알 테니까요."

"그러나 우주와 자연이 겸허한 사람을 늘 돌봐 주진 않는다고 봐요. 온 마음으로 하늘과 땅을 섬기며 열심히 일하더라도 가뭄이나 태풍으로 농사를 망치기도 하니까요. 그런 일을 겪고 나면 하늘을 원망하는 마음이 생겨날 수도 있겠지요."

"겸허함은 밑바닥까지 엎드리는 마음이에요. 참으로 겸허한 사람은 어떤 일이 닥쳐도 하늘을 원망하지 않아요. 하늘이 자기 됨됨

이를 떠본다고 여기지요. 시련은 겸허한 마음을 더욱 굳게 다지게 해 줘요. 뜻대로 농사가 안 된다고 하늘에 손가락질하고 땅에 침을 뱉는 마음은 신성함을 물리치는 마음이며, 스스로를 높이려는 마음이지요."

"겉만 그럴듯한 성직자들에 대해선 어떻게 생각하세요?"

"세상에 그런 사람들이 적지 않지요. 늘 재물을 탐내고 자기 이름을 드높이려 하며 권력을 손에 넣으려 해요. 많은 사람들이 이런 성직자들을 가려내지 못해요. 그래서 이들에게 이끌려 그릇된 길로 발을 들여놓아요."

"시골에도 이런 이들이 있겠지요?"

한 분께서 어디 어느 곳에 가 보라고 내게 일러 주었다.

돌계단을 올라 절 마당으로 들어설 때부터 중국과 일본 절 같은 느낌이 물씬 풍겼다. 확성기에서 염불소리가 흘러나왔다. 대웅전으로 다가가서 안을 들여다보니 아무도 염불하는 사람이 없었다.

대웅전을 한 바퀴 돌았다. 벽에 소나무와 해와 달을 그려 넣다가 말았다. 처음부터 아무것도 그리지 않느니만 못해 보였다.

저만치 여러 사람이 모여 웅성대기에 가까이 가 보았다. 탁자 위에 배구공만 한 돌이 놓여 있었다.

"그 돌이 뭐예요?"

"소원을 들어주는 돌이에요. 그냥 들려고 하면 꿈쩍도 하지 않아요."

내가 앞으로 나서자 모두 물러섰다. 두 손으로 돌을 잡았다. 돌이 아주 매끈했다. 온힘을 모아 돌을 들려고 했지만 전혀 움직이지 않았다.

누군가 쿡 웃으며 돌 곁에 놓인 함을 가리켰다.

"저기에 돈을 넣고 소원을 빌어야 해요."

그 사람이 시범을 보여주었다. 지폐 한 장을 함에 가로로 난 틈으로 넣었다. 두 손을 앞으로 모으고 잠깐 눈을 감았다 떴다. 속으로 소원을 빈 듯했다. 뒤이어 돌을 두 손으로 잡았는데, 다음 순간 돌이 번쩍 들렸다.

스님 한 분이 보리수나무 그늘에서 탁자 앞에 앉아 있었다. 얼굴과 목에 살이 투실투실하게 쪘다. 스님은 졸린 눈을 끔벅이며, 소원을 빌어주는 돌 둘레에 모인 사람들을 바라보았다. 오른손을 탁자 밑으로 내린 모습이었다. 이따금 오른쪽 어깨를 가볍게 들었다 내렸다. 그쪽 손을 움직이며 무언가를 만지는 듯했다.

절 복판에 나무들을 많이 심어 놓았다. 나뭇가지 사이로 연꽃이 둥둥 뜬 연못이 보였다. 온갖 알록달록한 돌멩이와 수많은 아기 부처상으로 연못을 꾸며 놓았다. 잠깐 바라보는 사이에 눈이 어지러워졌다.

앞뜰 한쪽 구석엔 무술을 단련하는 곳이 마련돼 있었다. 한 사람이 들기 힘들 만큼 길고 날카로운 창과 칼이 줄지어 놓여 있었다. 아무리 작은 생물도 함부로 해치지 말라고 하신 부처님을 모신 곳에 살생 도구들이 즐비한 까닭이 궁금해졌다.

다시 스님에게 돌아갔다. 스님은 아직도 졸린 눈을 끔벅이며, 소원을 들어주는 돌과 돌을 에워싼 사람들을 쳐다보고 있었다.

두 손을 합장하고 스님에게 물어보았다.

"저 돌은 무슨 소원이든지 다 들어주나요?"

스님이 소원을 들어주는 돌에서 눈을 떼지 않은 채 고개를 끄덕였다.

"간절히 바라면 다 이루어져요."

"돈을 꼭 넣어야만 소원이 이루어지나요?"

스님이 고개를 끄덕이며 똑같은 대꾸를 했다.

"간절히 바라면 다 이루어져요."

다음 질문으로 넘어갔다.

"저 아래 무기들이 많이 있던데요. 누가 와서 무술을 단련하나요?"

"왜적들로부터 나라를 지키려는 수행자들이지요."

"요즘도 왜적이 있나요?"

스님이 갑자기 졸음이 싹 가신 얼굴로 나를 똑바로 쳐다보았다. 당장 달려가 가장 날카로운 창을 들고 와서 나를 공격할 듯한 표정이었다.

다시 두 손을 합장하고 돌아서서 잰걸음으로 절을 떠났다.

🎥 야곱 신부의 편지

클라우스 해로, 2009, 핀란드

늘 흐린 날씨 속에서 이야기가 펼쳐지는 이 영화는 서로 전혀 어울리지 않는 두 남녀가 만나며 시작된다. 여자(카리나 라자르드)는 살인죄로 종신형을 선고 받고 열두 해 동안 복역하다가 사면되어 풀려난 레일라다. 여느 남자보다 덩치가 크고 힘이 세 보이며, 무척 고집이 세고 퉁명스러운 얼굴이다.

남자(헤이키 노우시아이넨)는 눈이 안 보이는 늙은 시골 신부다. 겨우 걸어 다닐 만큼밖에 기운이 없다. 첫눈에 무척 온순하고 정이 많은 사람임을 알 수 있다.

영화 마지막 부분에 가서야 두 사람을 에워싼 의문이 풀린다. 레일라는 어렸을 때 걸핏하면 엄마한테 얻어맞았다. 언젠가부터는 언니가 앞으로 나서 레일라 대신에 매를 맞았다.

언니는 결혼한 뒤엔 남편한테서 뻔질나게 두들겨 맞았다. 그러나 남편을 사랑했기에 용서하고 또 용서하며 참고 살았다.

어느 날 레일라는 언니가 다시 형부에게 연거푸 얻어맞는 모습을 보았다. 갑자기 치솟는 화를 못 이기고 형부를 죽였다. 그 죄로 감옥에 들어간 뒤로, 사랑하는 남편을 잃은 언니가 자기를 결코 용서하지 않으리라 여겨서 온 세상과 담을 쌓고 살았다.

그러나 언니는 하나뿐인 살붙이 동생이 보고 싶어 거듭 면회를 신청한다. 끝내 동생을 만나지 못하고, 야곱 신부에게 편지를 보낸다.

'제 동생이 사면을 받고 풀려나게 도와주세요.'

감옥에서 나온 레일라는 야곱 신부에게 온다. 온 나라에서 날아오는 상담 편지를 신부에게 읽어 주고 답장을 해 준다. 그러는 가운데도 레일라는 좀처럼 신부에게 마음을 열지 않고 아주 쌀쌀맞게 군다.

영화는 신부에게 날아오던 편지가 끊어지면서 위기를 맞는다. 신부는 지금껏 어려운 일을 겪는 이들이 보낸 편지를 읽고, 하느님께 그들을 도와 달라고 비는 일을 소명으로 삼고 살아왔다.

'하지만 이제 더는 그 일을 할 수 없게 됐잖아. 하느님한테서 버림받은 게 틀림없어.'

신부는 세상을 살아갈 힘을 잃는다. 죽음과도 같은 절망에 사로잡혀, 찬 바닥에 모로 누워 신음하며 온몸을 떤다. 이 절망은 아무런 꿈이 없고 달리 갈 곳이 없는 레일라가 겪는 절망과 닮았다.

레일라는 신부에게서 자기 모습을 발견하고 꼭 걸어 잠갔던 마음을 연다.

"다시 편지가 왔어요. 잘 들어 보세요."

신부에게 편지를 읽어 주는 형식으로 자기가 살아온 지난날을 들려주며 눈물을 쏟는다. 그날 신부는 세상을 뜨게 되고, 레일라는 언니를 찾아 떠나며 영화는 끝난다.

이 시골 신부는 어쩌면 너무 평범하고 보잘것없는 사람인지도 모른다. 그러나 그가 오만하고 욕심 많고 차가운 사람이었다면, 레알라는 그에게 끝내 한 발짝도 다가서지 않았을 것이다. 신부 곁을 떠난 뒤에도 언제까지나 꽁꽁 언 가슴으로 살게 되었으리라.

흔히 소박하고 겸손하며 따뜻하게 사는 일을 가볍게 여긴다. 하지만 그렇게 살기도 어렵고, 그런 사람을 만나기도 어렵다.

비밀이 없다

누군가 보고 있다

내 이름은 트루먼이에요. 여러분은 〈트루먼 쇼〉(피터 위어, 1998, 미국)를 보신 적이 있나요? 내가 바로 이 영화 주인공(짐 캐리)이랍니다. 세상에 태어날 때부터 어마어마하게 큰 무대 속에서 서른 해 넘게 살아왔어요. 이곳엔 사람들이 만든 바다와 해와 달이 있고, 일부러 사람들이 일으키는 폭풍우도 있었지요.

그러나 나는 내가 사는 세상이 일부러 꾸민 무대라는 사실을 전혀 몰랐어요. 내가 만나는 모든 사람들이 배우라는 사실도 몰랐지요. 이 배우들은 오로지 연출자가 시키는 대로 행동했어요. 내 모습은 날마다 스물네 시간 온 세상에 중계되었어요.

이 세상에 남에게 보여주고 싶은 행동만 골라서 하는 사람은 없잖아요. 누구나 숨기고 싶은 모습이 많이 있지요. 그러나 모든 사람들이 내가 하는 모든 행동과 못나고 모자란 모습을 모조리 지켜보고 감시했어요. 정말 끔찍한 일이 아닐 수 없지요.

어느 날 내가 동물원 원숭이처럼 살아왔다는 사실을 깨달았어요. 그래서 목숨 걸고 바다를 건너 무대 밖으로 달아났어요. 그 뒤로 몇 해 동안 도시에서 살았어요.

그런데 그곳에서도 전혀 자유롭지 못했어요. 아니, 나뿐만 아니라 모든 사람이 어떤 비밀도 숨기지 못하는 삶을 살았어요. 모두가 '트루먼'이었다는 얘기지요. 누구나 집을 나서는 순간부터, 온 거리에서 지켜보고 감시하는 시시 티브이 카메라를 피할 수 없었어요. 지하철에도 상점 안에도 도서관에도 이런 카메라가 있었어요.

참다못해 도시를 떠나 시골로 들어왔어요. 이따금 어느 동네로 들어가는 길목에서 시시 티브이 카메라를 본 적이 있어요. 하지만 적어도 내가 사는 마을엔 그런 카메라는 없었어요. 전혀 다른 카메라가 있다는 사실을 알게 되었지요. 모든 사람들이 얼굴에 두 개씩 갖고 있는 눈동자가 바로 카메라 렌즈라는 사실 말이지요.

시골에선 일부러 보려고 하지 않아도 보여요. 일부러 알려고 하지 않아도 알게 되고요. 사방이 훤히 드러난 곳이기 때문이에요.

들판 건너편 집 마당에서 부부가 아침부터 저녁까지 콩을 터는 모습이 보여요. 아침마다 부지런한 작가 하나가 운동 삼아 뒷산에 올라 어기적어기적 능선을 걸어가는 모습이 보여요. 누구네 집에 오전 열한 시에 손님 두 사람이 들어가는 모습, 그들이 두 시간 지나서 돌아 나오는 모습이 보여요.

시골에선 어느 집에 숟가락이 몇 개인지까지 누구나 다 안다는 말이 있더군요. 그만큼 집집마다 어떻게 사는지가 겉으로 쉽게 드러난다는 얘기지요.

개울 건너에 할머니 세 분이 모두 살고 계실 때였어요. 한 할머니가 몸이 많이 편찮으시다는 말이 귀에 들어왔어요. 그래서 오디효소를 한 병 갖다 드렸는데요. 할머니 댁에 가는 길에 아무도 보지 못했어요.

할머니 댁에서 나와 집으로 돌아올 때였어요. 어느 결에 밭에 나와 계시던 다른 할머니 한 분이 내게 물었어요.

"무얼 갖다 주고 와요?"

유난히 샘이 많은 할머니였어요. 그 뒤로는 할머니 한 분에게만 무얼 갖다 드리는 일을 삼가게 되었답니다. 할머니 세 분 모두에게 드릴 수 없다면 아무에게도 드리지 않게 되었지요.

어느 봄날 아침, 아랫마을 농부 집에 토마토 모종을 얻으러 갔어요. 그 농부는 저 멀리 마을 복판을 오르내리는 길이 보이는 밭에서 일하고 있더군요.

서로 이런저런 이야기를 나누는데요. 짐칸에 노란 플라스틱 상자를 가득 실은 트럭이 마을길을 내려오더라고요. 농부는 꽤 먼 거리인데도 금세 그 트럭을 알아보았어요.

"광태가 아침부터 꽤 바쁘구먼. 오늘 감자를 캐나 본데, 병순이네 집에서 상자를 빌려 가네."

곧이어 잿빛 승용차가 마을길을 올라갔어요.

농부가 다시 말했어요.

"근삼이가 집에 무얼 놓고 왔어. 요양원에 계시는 어머니를 뵈러 가다가, 이웃마을 아랫길까지밖에 못 가고 급히 돌아오네."

나중에 알고 보니 농부가 한 말은 모두 진짜였어요. 척 보고 다 알아맞혔던 얘기지요.

어느 날엔 마을 한쪽 골짜기에서 두 사람이 무슨 일로 티격태격 다투었어요. 그들이 알기엔 가까이에 아무도 없었어요. 며칠 지나서 들리는 얘기로는 그날 두 사람이 다투는 모습을 본 사람이 한둘이 아니었어요.

저 위쪽 참깨 밭에서 본 사람도 있었고요. 자기 집 뒤뜰에서 담 너머로 본 사람도 있었어요. 어떤 사람은 개울 건너 논에서 참나무 숲 사이로 그 모습을 보았다고 하더라고요.

시골 마을은 마치 아주 커다란 집 한 채와 같아요. 마을 사람 모두가 같은 집에서 사는 셈이에요. 누가 우리 집에 발을 들이면 쳐다볼 수밖에 없잖아요. 마찬가지로 시골 사람들은 누가 마을을 드나들면 아무리 바빠도 하던 일을 멈추고 눈길을 줘요. 낯선 자동차가 나타나면 더욱 눈빛이 매서워져요.

동네 노인들이 여행을 간 적이 있어요. 청장년 모임에서 총무를 맡은 이가 모든 회원들에게 휴대폰으로 문자를 보냈어요.

'오늘 어르신들께서 여행을 가느라 집을 비우셨어요. 도둑맞는 일이 없도록 더욱 신경 써 주세요.'

빈 집에 도둑이 들 수도 있으니까, 낯선 사람이나 차량이 드나들 때 잘 지켜보라는 얘기였어요.

이렇게 시골 카메라는 감촉이 아주 따뜻할 때가 많아요. 어느 날 가게에서 여럿이 나누는 이야기를 듣고는 시골 카메라를 더욱 사랑하게 되었답니다.

그날 동네 할머니 한 분이 밭둑에서 헛발 짚고 넘어졌어요. 할머니는 그 모습을 아무도 보지 못한 줄 아셨어요. 밭일을 그만두고 집으로 쉬러 가셨어요.

다른 아주머니 여럿이 가게에 모였어요. 모두 머리를 맞대고 걱정스러운 얼굴로 주고받았어요.

"많이 안 다치셨나 모르겠어요."

"무릎이 다시 안 좋아진 모양이에요. 요즘 부쩍 자주 넘어지세요."

"제대로 치료를 받으셔야겠어요. 우리가 내일 할머니를 병원에 모시고 가자고요."

텃세 부리는 사람들

남쪽 지방 시골에 사는 친구와 통화하다가 이런 얘기를 들었다.

"우리 마을에선 지난 십 년 사이에 밖에서 들어온 사람이 스무 명쯤 돼. 그런데 열 가운데 일곱이 도시로 돌아 나갔어."

그 친구가 보기엔 두 가지 까닭이 있다고 했다.

"처음에 생각했던 것보다 농사일로 먹고사는 일이 고되어서야. 또 하나는 토박이들이 텃세를 심하게 부려서이지."

텃세는 먼저 터를 잡고 살던 사람들이 뒤에 들어온 이들을 업신여기는 일이다. 사람뿐 아니라 다른 동물들도 텃세를 부린다. 자기가 사는 터에 낯선 동물이 들어오면 가만히 놔두지 않는다.

이 마을에 살면서도 텃세를 부리는 사람들을 여럿 보았다. 그들은 입만 열었다 하면 외지인 때문에 마을 인심이 사나워졌다며 툴툴거렸다. 동네에 안 좋은 일이 생기면 덮어놓고 외지인을 탓했다.

어떤 이는 내가 듣는 자리에서 대놓고 그런 말을 입에 올렸다.

"솔직히 외지인들이 말썽을 많이 부리잖아요. 동네가 두 패로 갈라지게 만들었고요."

가까이 지내는 토박이 친구도 내 앞에서 숱하게 외지인을 나무랐다.

"자기는 똑바로 하지 못하면서 남 탓하는 인간들은 모두 외지인들이라니깐."

외지인은 밖에서 들어와 사는 사람을 이르는 말이었다. 우리 마을에도 외지인이 꽤 많았다. 이들 가운데 다른 사람을 헐뜯거나 이간질하기를 즐기는 이가 없지 않았다. 어디 가서도 시끄럽게 떠들며 설쳐 댈 사람들이었다.

그러나 거의 모든 외지인이 이 마을에서 오래 살아온 이들을 존중하고 자기를 낮추며 조용히 살았다. 그리고 토박이들에게서 하나라도 더 배우려 애썼다.

우리 가족이 이 마을에 들어온 지 얼마 안 되었을 때였다. 혼자서 아랫마을에 일을 보러 갔다가 가게 앞에서 차를 세우고 내렸다. 길 건너에 동네 모임에서 한두 번 본 이가 서 있었다. 서로 눈길이 마주치기에 고개 숙여 인사했다.

그가 나더러 이리 와 보라며 손짓했다. 이 마을 토박이이며 나보다 예닐곱 살 나이가 많은 이였다.

가까이 다가가자 대뜸 내게 반말했다.

"넌 어디서 왔니?"

"서울에서 왔습니다."

"그래? 토박이들이 많이 괴롭히지?"

대꾸할 새도 없이 힘주어 덧붙였다.

"그럴 때는 가만 놔두지 말고 확 밟아 버려. 그래야 다시는 함부로 하지 못해."

그게 무슨 말인지 알 수 없었다. 다른 토박이들과 사이좋게 잘 지내라고 해야지, 맞붙어 싸우라고 해서는 안 될 일이었다.

그 뒤로도 그는 나를 볼 때마다 턱을 높이 들고 눈을 내려뜨며 반말했다. 한번은 무언가 단단히 오해하고는 여럿이 있는 데서 내게 욕을 섞으며 목소리를 높였다.

"야, 인마. 네가 거간꾼이냐? 그런 놈들하고 붙어서 동네를 말아 먹으려 해? 어디서 굴러먹다가 온 놈이냐?"

곁에 있던 아주머니가 그 사람을 막아서며 나무랐다.

"이 사람이 왜 이래? 정신 나갔어?"

그러나 그는 여전히 눈을 부릅뜨고 나를 노려보았다.

내가 그에게 대꾸했다.

"무슨 말씀인지 전혀 모르겠네요."

그는 아주머니 어깨 너머로 다시 한 번 내게 눈을 흘겼다. 뒤이어 천천히 몸을 돌려 사라져 버렸다.

오래도록 그 일이 잊히지 않았다. 어디서 그 사람을 보면 그 일부터 떠오르며 속이 후끈 달아올랐다. 하지만 세상에 별 사람이 다 있다고 하지 않던가. 그만 마음을 가라앉히고 그 일을 묻어 두기로 했다.

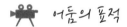

어둠의 표적

샘 페킨파, 1971, 미국, 영국

수학자 데이비드(더스틴 호프먼)는 아내 에이미(수잔 조지)와 함께 미국을 떠나 영국 시골 마을로 이사한다. 이 마을은 에이미가 태어나서 자란 곳이다. 한때 에이미를 짝사랑했던 찰리(델 헤니)뿐 아니라 어렸을 때 사귀었던 친구들이 많이 산다. 이들은 데이비드와 에이미가 들어간 집을 고치는 일을 맡는다.

이쯤에서 누구나 이렇게 생각하지 않을까 싶다.

'어린 시절 친구 에이미를 다시 만나 얼마나 반갑고 기쁘겠어. 앞으로 늘 상냥하게 대하며 많이 도와주겠지.'

그러나 이들은 전혀 다르게 행동한다. 에이미가 아끼는 고양이를 죽여 장롱 속에 매달아 놓는다. 아무 때나 성큼 집 안에 들어와 주인처럼 굴며 데이비드를 몰아세운다.

그들이 그러는 까닭은 한 가지다. 데이비드가 외지인이기 때문이다. 외지인에게 에이미를 빼앗겼다는 생각에 몹시 거친 말과 몸짓으로 데이비드를 괴롭힌다. 급기야 여럿이 에이미를 윤간해서 데이비드에게 앙갚음한다.

영화 후반부에서 데이비드는 차를 몰고 밤길을 달리다가 한 사내를 치어 집으로 데려온다. 마을 토박이들은 그 사내가 마을 여자아이에게 못된 짓을 했다고 믿는다. 데이비드 부부가 사는 집을 에워싸고 외친다.

"우리가 순순히 물러설 줄 알아? 어서 그 녀석을 내놓아."

급기야 돌을 던져 유리창을 깨뜨리고 커튼에 불을 붙인다. 심지어 총을 쏘아 대며 데이비드 부부를 죽이려 한다.

나는 이 영화를 스물 몇 살 때 처음 보았다. 그때는 덩치 작고 약하게 생긴 데이비드가 토박이들에게 괴롭힘을 당하는 모습만 눈에 들어왔다. 그 뒤로 오래도록 텃세를 부리는 사람들은 가해자, 텃세에 시달리는 사람들은 피해자라는 생각에서 벗어나지 못했다.

이번에 영화를 다시 보곤 데이비드한테도 문제가 없지 않다는 걸 알았다. 데이비드는 곧잘 드러내 놓고 아내와 시골 사람들을 깔보고 얕잡아 보았다. 이런 태도는 시골 사람들이 그에게 텃세를 부리며 하는 행동과 비슷했다.

그럼에도 예전에 내가 그랬듯이 이 영화를 보고 충격을 받은 이들이 많을 것 같다. 덮어놓고 시골 사람들을 두려워하며, 시골로 이사하는 일을 꺼리게 될 수도 있다.

하지만 토박이도 사람이고 외지인도 사람이다. 시골이라고 해서 사람들이 서로 사귀고 정을 나누는 방식이 도시와 다르지 않다.

물론 아무런 까닭 없이 텃세를 부리며 외지인을 닦아세우는 토박이들이 많은 마을이 있을 수 있다. 이런 곳으로 이사한 사람은 한층 몸가짐을 반듯하게 하고 말을 삼가며 자기를 낮추면 좋다.

늘 부지런하면서 열심히 일하며 살다 보면, 언젠가는 마을 토박이들이 먼저 손을 내미는 날이 온다.

🌿 동네 모임

편이 갈리다

우리가 이곳에 집을 새로 지을 즈음에, 동네 사람 하나가 십 년째 이장 일을 하고 있었다. 마을에서 그를 따르거나 편드는 사람이 절반쯤 되었다. 나머지 절반은 이장에 맞섰다. 이도 저도 아닌 사람은 찾아보기 어려웠다.

마을 이장은 궂은일을 도맡으며 마을 사람들을 돌보는 자리였다. 스스로 논밭을 일구며 그 일을 하려면 곱절로 힘들게 마련이었다. 그래서 어느 누구도 선뜻 이장을 맡지 않으려는 시골 마을이 많았다. 이런 마을에선 가장 젊은 사람이 등 떠밀리듯이 이장을 맡았다.

우리 집에 놀러온 다른 마을 친구들이 고개를 절레절레 흔들었다.

"십 년씩이나 이장 일을 해 왔다며? 그렇게 힘든 일을 왜 계속하려고 하지?"

"자기보다 젊은 사람이 몇십 명이라는데, 나 같으면 당장 물려주고 편히 살겠다."

우리 마을엔 이장이 되어 동네를 위해 봉사해 보겠다는 젊은이가 여럿 있었다. 하지만 오래도록 이장을 맡아 온 이는 하늘이 두 쪽 나더라도 물러나지 않겠다며 당당하게 말했다.

"나 아니면 아무도 이 일을 제대로 할 수 없다 이거야."

그러면서 세상을 뜨는 날까지 이장 일을 하겠다는 다짐을 여러 사람 앞에서 내비쳤다.

우리 마을 규약엔 두 해마다 한 번씩 이장 선거를 치르게 돼 있었다. 선거를 앞둔 해엔 잠깐도 마을이 잠잠하지 않았다. 이장은 다시 후보로 나서겠다는 뜻을 밝혔고, 맞은쪽에서도 후보를 내세웠다.

"이번에도 내가 이길 거야."

"아니야, 내가 이길 거야."

서로 큰소리쳤지만 워낙 양쪽이 팽팽하게 맞서 있었다. 선거 열기가 지나치게 뜨거워지면서 표를 한 표라도 더 얻고자 옳지 못한 수를 쓰는 일이 생겼다. 마을 사람들에게 음식을 대접하는 일은 얘깃거리도 안 되었다.

결국 한 사람이 무려 십칠 년 동안이나 이장을 했다. 그 사이에 선거를 치르고자 여러 번 마을 회의가 열렸다. 하지만 선거 절차를 놓고 다투느라 한 번도 선거를 똑바로 치르지 못했다.

이장은 어느 해에 눈물을 머금고 장기 집권을 해 온 권좌에서 내려갔다. 두 해 전에 투표장이 또 난장판이 되었을 때, 동네 주민 앞에서 이렇게 말했기 때문이었다.

"앞으로 딱 한 번만 더 이장 일을 하고 그만두겠어요."

이장은 새로 치러질 선거에서 자기 쪽 사람을 이장 후보로 내세웠다. 그 사람이 선거에서 이겼다. 두 해 뒤에 치러진 선거에선 맞은쪽에서 내세운 후보가 이장에 뽑혔다. 무려 십구 년 만에 이른바 정권 교체가 이루어졌다.

다시 두 해가 지나서, 이번엔 앞서 십칠 년 동안 이장을 했던 이가 내세운 후보가 이겼다. 그러나 며칠 뒤에 돈 봉투 사건이 터졌다. 이장에 당선된 이가 선거를 며칠 앞두고 여러 사람에게 돈을 돌린 일이 드러났다.

선거관리위원회와 시청과 면사무소와 경찰서에선 이 일에 끼어들지 않으려 했다.

"마을 이장 선거는 공식 선거가 아니잖아요."

"마을 사람들이 다시 모여 선거를 치르든지, 스스로 알아서 하세요."

그렇게 해서 다시 선거가 치러졌다. 앞서 십칠 년 동안 이장을 했던 이가 다시 몸을 움직였다. 예전에 늘 하던 말을 입에 올리며 후보로 나섰다.

"나 아니면 아무도 이 일을 제대로 할 수 없다 이거야."

그가 십이 년째 이장을 할 때였다. 어느 날 한낮에 무얼 사려고 동네 가게에 들렀다. 여러 사람이 창가 식탁에 둘러앉아 소주를 마시고 있었다. 이장과 이장을 편드는 사람들이었다.

이장이 내게 손짓했다.

"작가님, 한 잔 마시고 가세요."

바쁜 일이 있었지만 거듭 손짓하기에 물리치기 어려웠다.

"예, 잠깐 앉았다 가겠습니다."

꽤 오래 전에 이장을 했던 노인께서 내게 물었다.

"요즘 동네가 무척 시끄럽잖아요. 이장을 몰아내려는 사람들 때문에 말이지요. 그러면 못쓰지 않나요?"

마음속에 오래 담아두었던 말을 꺼냈다.

"이장님을 편들지 않는 사람들도 이 마을 주민이지요. 저는 이장님이 이 마을 대표로서, 어떤 경우에도 모든 주민을 끌어안아야 한다고 봅니다."

"무턱대고 이장한테 대드니까 하는 말이지요."

"그냥 대들진 않고, 무슨 말이라도 입에 올리겠지요. 이장님께서 그 말을 귀담아듣고, 받아들일 내용은 받아들이며 마을 일을 이끌면 되지 않나 싶습니다."

이장뿐 아니라 모두 썩 달갑지 않은 표정을 지었다.

한 사람이 내게 퉁명스럽게 말했다.

"더 얘기해 보세요."

"어떤 모임이든지 여러 가지 서로 다른 의견이 있을 수 있고요. 모임 대표와 다른 뜻을 가진 사람이 있기 마련이에요. 이런저런 뜻을 잘 모아서 모두에게 보탬이 되는 길을 잘 찾아가는 일이 말처럼 쉽진 않겠지요. 하지만 이장은 그런 일을 하라고 있는 자리가 아닐까요?"

여기서 대화는 끝났다. 이장은 아무 말 없이 떨떠름한 얼굴로 나를 쳐다보았다. 다른 사람들은 이미 내게서 눈길을 거두어들였다.

한 사람이 창밖을 손으로 가리키며 짧게 말했다.

"그만 가서 일 봐요."

2015. 5
윤재걸

선거일 진풍경

십이월 말 오전 열시, 마을회관에 주민들이 모여들어 앞자리부터 뒷자리까지 꽉 채운다. 한 집에 한 사람씩 투표권을 가질 수 있다. 그래서 참석자는 모두 일흔 명에 가깝다. 자리를 잡지 못하고 뒤쪽에 서 있는 사람들이 여럿 있다.

난방이 잘 안 되어 회관 안이 몹시 춥다. 노인들이 많기 때문에 어서 빨리 선거를 마치면 좋을 듯하다.

이번 선거에선 두 사람이 이장 후보로 나섰다. 한 사람은 앞서 십칠 년 동안 단 일 초도 쉬지 않고 잇달아 이장을 했다. 이 사람을 '십칠년 씨'라고 부르기로 하자. 한 해 더 이장을 했더라면 햇수로는 별명을 짓기 힘들 뻔했다. 환갑을 넘긴 지 몇 해 지난 이다.

또 다른 사람은 십칠년 씨보다 열댓 살 어린 사십대 후반이다. 역시 가명을 써서 '물갈이 씨'라고 부르겠다.

대동계장이 앞으로 나가서 주민들에게 돌아선다. 두 손을 탁자 위에 얹고 어깨를 둥글게 말며 고개를 든다. 모든 주민이 대동계에 회원으로 들어갈 자격이 있다. 그러나 회원으로 들어가지 않은 주민들이 적지 않다. 따라서 대동계장은 이런 자리에서 사회를 보기에 알맞지 않다.

게다가 대동계장은 십칠년 씨와 형제처럼 가깝게 지낸다. 십칠년 씨가 이장 후보로 나선 오늘 같은 날, 앞에 나가서 선거를 이끌겠다고 하면 큰소리가 나오게 돼 있다.

주민 한 사람이 손을 들고 일어나서 말한다.

"대동계장은 안 돼요. 사회자부터 뽑아야 해요."

십칠년 씨와 대동계장과 같은 편 사람들이 합창하듯이 맞받아 외친다.

"대동계 대표가 사회를 볼 수도 있지 뭘 그래요!"

"번거로우니까 그냥 갑시다!"

한바탕 마을회관이 들썩거린다. 그래서 뜻이 합쳐진 것도 아닌데, 대동계장은 줄곧 그 자리를 지키며 사회를 본다.

선거인 명부를 놓고 다시 의견이 엇갈린다.

"이 마을 주민으로 등록돼 있는 사람들에게만 선거권을 줘야 합니다."

"아닙니다. 이 마을에 사는 모든 사람에게 선거권을 줘야 합니다."

다시 한바탕 큰소리와 삿대질이 오가며 마을회관이 시끌벅적해진다.

갑자기 뒷자리에 앉아 있던 이가 벌떡 일어난다. 인쇄물 한 뭉치를 들고 성큼성큼 주민들 사이를 돌며 한 장씩 나눠 준다.

인쇄물엔 십칠년 씨가 십칠 년 동안 이장을 하며 저지른 옳지 못한 일들이 빼곡히 적혀 있다. 횡령과 폭행 사건, 고소 고발 사건이라는 단어가 가득하다. 십칠년 씨는 이 마을에서 주민들을 가장 많이 경찰서에 고발한 사람이란다.

인쇄물을 나눠 주던 이가 외친다.

"이런 사람이 다시 이장을 하겠다고 나왔으니 말이 됩니까? 수많은 주민을 괴롭히고 자기 배를 채우는 일에 힘쓴 사람이잖아요."

십칠년 씨를 지지하는 사람들은 진짜로 화가 많이 났다. 여기저기서 엄청나게 빨개진 얼굴로 벌떡벌떡 일어난다. 손가락을 세워 허공을 쿡쿡 찌르며 목이 터져라 소리친다. 인쇄물에 적힌 내용에 대해선 한마디도 없다.

"당신, 도대체 이게 무슨 짓이야! 이런 자리에서 이런 걸 돌려도 돼?"

인쇄물을 마구 구겨서 공처럼 돌돌 말아 아무렇게나 휙 던진다. 인쇄물 스스로 몹시 부끄러운 듯 재빨리 의자 밑으로 굴러가서 숨는다.

지난 한두 해 사이에 새로 이사 온 사람들이 여럿 보인다. 두 해마다 한 번 선거를 치르기 때문에, 그들은 이장 투표장에 처음 왔다. 모두 몹시 놀란 얼굴로 두 눈을 동그랗게 떴다. 입 모양새로 보아 속으로 이렇게 중얼거리는 듯하다.

'어머나, 어머나. 요즘 세상에 이런 일이 다 있나?'

'와, 이 동네 진짜 엉망진창이네!'

노인 한 분이 한숨을 폭 쉬며 일어나서 회관을 떠난다.

십칠년 씨와 물갈이 씨는 그 노인을 물끄러미 쳐다본다. 둘 다 자기 표가 떠나가는지, 아니면 상대방 표가 떠나가는지 헷갈린다는 얼굴이다.

이제 오늘 선거는 끝이 보인다. 앞으로 두 해 동안 이 마을을 이끌어갈 이장을 뽑기는 다 글렀다.

몇 사람이 서로 겨드랑이를 쿡 찌르며 주고받는다.

"그만 가서 밥이나 먹자고."

"그래, 그게 좋겠어."

선거 참관인들을 빼놓고 넘어갈 뻔했다. 면에서 부면장과 직원들이 오늘 선거가 제대로 이루어지는지 보러 왔다. 모두 너무 어이없어 입을 헤벌리고 서 있다. 이미 이 동네 주민들이 두 패로 갈려 서로 치고 박고 싸운다는 소문을 들었다.

그런데 두 눈으로 지켜보자니 지금껏 들어 온 소문은 너무 점잖다는 느낌이 든다. 어서 빨리 면사무소로 돌아가 따뜻한 커피를 마시며 쉬고 싶은 생각뿐이다.

새로 이사 온 사람들도 마찬가지다. 하나둘 투표장을 빠져나가는 사람들 틈에 섞여 밖으로 나가자마자 길게 숨을 내쉰다. 집으로 종종걸음 치며 이 마을로 들어온 일을 뉘우친다. 아주 복잡한 얼굴 표정에 이런 물음이 스쳐 간다.

'이사 온 지 얼마 안 됐는데, 어디로 또 옮겨 가지?'

선거일은 동네 축제일이기도 하다. 다른 말로 대동곗날이라고 부른다. 마을회관 아래층에선 부녀회 사람들이 바삐 음식을 만드느라 손이 잘 보이지 않는다.

투표장에서 난장판을 만드는 데 한몫을 톡톡히 한 사람들, 무릎에 올려 맞잡은 손에 힘주며 혀를 내둘렀던 사람들은 모두 회관 아래층으로 들어간다. 한 상 잘 받아 반주를 곁들여 점심을 먹는다.

'이런 판에 밥이 넘어가요?'

다른 마을 사람들이 보면 그렇게 물을지 모르겠다. 하지만 모두 맛있게 잘 먹고 잘 마신다. 웃음소리와 우스갯소리가 끊이지 않는다. 얼핏 어떤 갈등도 없고 아주 정겨운 자리처럼 보이기도 한다.

우리 마을 사람들, 성질 한번 화끈하면서 속이 참 좋다.

청장년 모임

우리 마을 농부들은 날마다 일만 하진 않았다. 놀 때는 누구보다 흥겹게 놀았다. 노래도 잘하고 춤도 잘 추고 우스갯소리도 잘했다. 그러면서 일하느라 쌓인 피로를 풀고 서로 도탑게 정을 쌓았다.

또래 여럿이 모인 자리에서 이런 이야기가 나왔다.

"다음 모임은 언제더라?"

"이 달 말일이잖아."

"어디서 모이지?"

"모두 이런저런 일로 바빠서 멀리 가긴 힘들겠어. 가까운 골짜기에서 한나절 바람 쏘이면 되겠네."

이 마을에서 태어나서 자란 사람 대여섯이 모이는 친목계 이야기였다. 아내들과 같이 모이는데, 벌써 삼십 년 가까이 되어 간다고 했다.

또 다른 자리에서 들어보니 마을 사람 거의가 적어도 네댓 개 친목계에 들어 있었다. 친목계 사람들끼리 해마다 몇 번씩 모이며 멀리 여행도 다녔다. 농사철이 지난 뒤에 중국이나 태국 같은 나라에서 여러 날 놀다 왔다.

어느 날 면사무소 옆 중국집에 들어갔더니, 한쪽 방에 스물네댓 명이 빙 둘러앉아 있었다. 우리 마을 사람들도 보였다. 사회자가 일어나서 공손하게 앞으로 두 손을 모으고 말했다.

"올해도 우리 박 씨들끼리 더욱 힘을 합쳐, 서로 도와 가며 잘 지냈으면 좋겠습니다."

이튿날 박 씨 성을 가진 동네 친구에게 물어보았다.

"너는 안 보이던데, 왜 안 나갔어?"

"시내에 일이 있었어."

"어디 박 씨라고 했더라?"

"나는 밀양 박 씨지. 그날 모인 사람들 가운데 다른 박 씨도 많아."

"그게 무슨 말이야?"

"본관을 따지지 않고 모든 박 씨들이 모인다는 얘기지."

다른 성씨들도 마찬가지라고 했다. 시골 사람들은 서로 조금이라도 비슷한 점이 있으면 모임을 만들어 서로 돕고 사는구나 싶었다. 모임이 하도 많다 보니 하루에 세 곳에 다녀왔다는 사람도 볼 수 있었다.

　우리가 이 마을에 들어온 지 몇 해 안 되었을 때였다. 동네 모임이 하나 또 만들어졌다. '미래모임'이라는 청장년회였다. 회원은 사십대와 오십대 남자들이었다. 모두 열서너 명이었다. '동네 발전에 이바지한다'는 알기 쉬운 목표를 지닌 모임이었다.

　처음 모임에 나갔을 때는 몇 사람을 뺀 나머지 사람 모두가 내 눈에 낯설었다. 회원들은 농사 이야기와 농협 이야기를 많이 주고받았다.

　"그 비료는 질소와 인산, 칼륨이 덜 들어 있으니까 이 비료와 섞어 쓰면 좋아요."

　"이번에 대의원 선거 치른 뒤에 곧바로 조합장을 뽑는대요. 누가 대의원으로 나갈지 의논해 봅시다."

　화학실험실 같기도 하고 선거사무소 같기도 했다. 내가 아는 이야기가 많지 않았다. 한마디 던지며 끼어들려고 해도 무얼 알아야 입을 떼지 않겠는가. 두 달에 한 번씩 모이는 자리에서 늘 꾸어다 놓은 보릿자루처럼 앉아 있었다.

　그렇게 여러 해 지낸 뒤부터는 이따금 한두 마디 거들게 되었다. 서로 제법 가까워져서 한결 느긋하고 즐겁게 시간을 보냈다.

　회장이 모임에서 늘 하는 말이 있었다.

　"이럴 때 아니면 서로 얼굴 보기도 힘들어요. 밀린 이야기를 나누며, 동네에 보탬이 되는 좋은 생각을 많이 주고받자고요."

　작은 동네에서 농사지으며 살면 서로 자주 마주칠 듯하지만, 실은 그렇지 않은 모양이었다.

모임에선 명절을 앞두고 홀로 살거나 살림이 넉넉지 않은 노인들에게 쌀을 한 포대씩 돌렸다. 울력이 필요한 동네 일이 있을 때는 모두 모여 힘을 합쳤다. 꽃밭을 가꾸거나 길가 풀을 베는 일에도 앞장섰다.

독서 동아리를 만들다

지난해 봄날 이따금 이웃마을 친구 집에 놀러갔다. 여럿이 모여 막걸리를 마시곤 했다.

어느 날 내가 말했다.

"이런 자리에 책읽기를 곁들이면 어떨까요? 한 달에 한 권씩 책을 읽고 이야기를 나누면 좋겠어요."

네 사람 가운데 두 사람은 선뜻 고개를 끄덕였다. 농사짓는 사람들이었다.

"정말 좋은 생각이에요. 술만 마시고 헤어지려니 좀 허전했거든요."

나머지 두 사람은 고개를 갸웃거렸다. 한때 소설을 쓰던 이들이었다.

"그러고 싶은 마음이야 굴뚝같은데, 너무 바빠서 책 읽을 시간이 없네요."

둘 다 여러 해 전에 시골로 이사 와서 읍 쪽에 있는 공장에 다녔다.

"아침 여덟 시 반부터 저녁 여섯 시 반까지 일하잖아요. 토요일에도 오후 네 시까지 일하고, 공휴일에도 쉬지 못해요."

요즘 세상에 이렇게 일을 많이 시키는 곳이 있다니, 그저 놀라울 뿐이었다.

봄이 가고 여름이 온 뒤에도 몇 번 그들을 만났다. 농사짓는 이야기, 예전에 글 쓰며 지내던 시절 이야기, 숨 돌릴 겨를이 없는 공장 이야기가 많이 오갔다.

어느 날 내가 쓴 이야기책이 나왔다. 조선시대 화가 김홍도를 다룬 책이었다. 길이가 짧고 그림이 많아서 읽기 쉬웠다. 그들에게 이 책을 한 권씩 주었다. 그 자리에서 한때 소설을 쓰던 두 사람 가운데 하나가 말했다.

"다음에 이 책을 읽고 와서 이야기 나눕시다."

그렇게 해서 독서 동아리가 닻을 올렸다. 주로 그림책을 골라 읽었다. 이따금 좀 더 두껍고 내용이 무거운 책이 섞였다.

소설가 두 사람에게 큰 변화가 생겼다. 한 사람은 여덟 해 만에 다시 소설을 쓰기 시작했다. 독서모임을 만든 지 두 달 만에 중편소설 한 편을 써서 종합지에 발표했다.

곧이어 다시 중편을 써서 문예지에 보냈다. 단행본 출판사를 함께하는 그 문예지에서 소설집을 내자는 제안까지 받았다.

"밤에 한두 시간씩 꼭 글을 쓰고 자요. 어떤 날엔 아침에 일터에 나갈 때까지 꼬박 밤을 새우며 글을 썼어요."

또 다른 소설가는 집에서 닭을 치고 개를 길렀다. 가축들과 함께 살면서 재미난 일을 많이 겪었다고 했다.

"요즘 이런 일을 짧은 글로 옮기고 있어요. 기회가 되면 발표하려고 해요."

독서모임은 고단한 삶에 치여 꿈을 잃어버리고 한숨만 늘어 가던 이들에게 힘을 불어넣어 주었다. 그래서 오래 전에 접었던 글쓰기에 다시 손대게 해 주었다.

농사를 짓는 다른 두 사람 또한 모임에 열성을 보였다. 소설가들에게 생긴 새로운 변화를 지켜보며 무척 즐거워했다.

"참 보기 좋아요. 둘 다 얼굴빛이 달라졌다니까요!"

새로 들어온 회원 하나도 다음에 읽을 책이 골라지면 누구보다 먼저 그 책을 읽었다. 그리고 손꼽아 모임이 열릴 날을 기다렸다. 한번은 갑자기 바쁜 일이 생긴 회원 때문에 모임이 미루어지자 몹시 아쉬워했다.

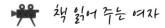

책 읽어 주는 여자

미셸 데빌, 1988, 프랑스

콩스탕스(미우-미우)는 목소리가 아름다운 여자다. 어느 날 애인에게 책을 읽어 준다. 책 제목이 '책 읽어 주는 여자'다. 이 책 주인공 이름은 마리다. 콩스탕스처럼 목소리가 아름답다.

어느 날 친구 하나가 마리에게 일러 준다.

"목소리가 참 아까워. 책 읽어 주는 일을 직업으로 삼으면 어때?"

마리는 광고업자를 찾아가서 돈을 주고, 책을 읽어 줄 사람들을 찾는 광고를 내 달라고 부탁한다.

여러 사람이 광고를 보고 연락해 온다.

"우리 집에 와서 책을 읽어 주세요."

마리는 모두 다섯 군데 집을 찾아가서 외로운 사람들에게 책을 읽어 준다.

사고를 당해서 다리를 못 쓰는 소년, 눈이 안 보이는 노파, 혼자 사는 채석광산 사장, 같이 놀아 줄 사람이 아무도 없는 여섯 살짜리 여자아이, 그리고 은퇴한 판사다.

은퇴한 판사가 하는 말이 뜻 깊게 다가온다. 마리에게 책 읽어 주기를 부탁하는 모든 사람들이 어떤 생각을 하는지 보여준다.

"책은 우리가 사회에 더 이상 관여하지 못하게 될 때, 우리를 세상과 이어 주는 마지막 끈이에요."

다리를 못 쓰는 소년 에릭(레지스 로예르)이 시력을 잃은 친구와 주고받는 말에도 울림이 있는 문장이 들어 있다.

"'읽는 일'이 반드시 책을 대상으로 한 행위만은 아니야. 우리 모두는 밤하늘에 빛나는 별을 '읽고', 사람을 '읽고', 세상을 '읽을' 수 있어."

콩스탕스는 애인에게 책 읽어 주기를 마치고 이렇게 말한다.

"나도 이 책 주인공 마리와 같은 일을 하겠어."

"이유가 뭐지?"

"이 세상엔 책을 읽기 힘든 사람들이 있기 때문이야. 너무 늙었거나 너무 어리거나, 너무 슬프거나 너무 외로운 사람들 말이야."

그렇다. 우리는 이런 사람들을 너무 자주 잊는다.

🌸 손님맞이

잠자리를 보는 기쁨

시골에 사는 즐거움 가운데 도시에서 온 친구들을 맞는 즐거움을 빼놓을 수 없다. 우리 집에서 친구들이 며칠 마음 놓고 쉴 수 있다는 사실만으로도 뿌듯하다. 함께 즐겁게 놀면서 웃음꽃을 피우는 기쁨은 덤으로 따라온다.

우리는 될 수 있으면 한겨울을 피해 친구들을 부른다. 도시 친구들은 시골 추위를 잘 견디지 못한다. 그래서 한겨울엔 줄곧 집 안에 박혀 지내야 한다.

한겨울에 도시 친구 셋이 놀러 온 적이 있다. 둘은 서울에서 왔고, 하나는 남쪽 지방에서 왔다. 그때 이곳 기온이 영하 이십 도까지 곤두박질쳤다. 친구들은 사흘을 보내는 동안 좀처럼 문 밖으로 나가지 않으려 했다. 잠깐 바람 쐬러 나갔다가도 진저리치며 후다닥 달려 들어왔다.

"와, 진짜 대단하네! 동태 될 뻔했어!"

나중에 한 친구 아내에게서 들었는데, 남편이 우리 집에 다녀온 소감을 딱 한 줄로 이렇게 말했다고 한다.

"이가 갈린다."

추위에 어찌나 고생을 했던지, 생각만 해도 이가 갈린다는 뜻이었다.

친구들이 우리 집에 놀러 오는 날엔 한낮에 이불과 요를 내다가 햇볕에 널었다. 그리고 집 안을 깨끗이 치웠다. 원두막으로 올라가서 빗질하고 걸레로 돗자리를 잘 닦았다. 뒤이어 불판을 닦고 숯을 꺼내 놓고, 고기와 술이 넉넉한지 살펴 모든 준비를 마쳤다.

우리 가족뿐 아니라 모든 마을 사람들이 멀리서 손님이 오면 자기 집에 잠자리를 보아 놓고 재웠다. 면사무소 곁에 여관이 하나 있긴 했다. 손님을 그곳에 데려가서 재웠다는 사람은 보지 못했다.

그런데 어쩌다가 서울에 올라갔을 때, 나를 집에 데려다 재우거나 빈말로나마 자기 집에 가자고 한 친구는 단 한 명도 없었다. 여관이나 사우나탕으로 가서 자는 일을 당연하게 여기는 듯했다.

어느 겨울날 선배 작가와 머리를 맞대고 주고받을 얘기가 있었다. 선배는 저녁 시간에 맞추어 자기 집으로 오라고 했다. 마침 식구들이 다른 나라로 여행을 떠나서 선배 혼자 지내고 있었.

원주 기차역까지 차를 끌고 가서 뒷골목에 세워 놓았다. 기차로 갈아타고 서울로 올라가 지하철로 옮겨 타고 가다가 내려, 마을버스를 타고 선배 집으로 갔다. 시골집을 나선 지 네 시간이 지났다.

처음 가 본 선배 집은 아주 널찍했다. 방이 네댓 개는 돼 보였다. 다른 식구들이 없어 무척 조용했다. 선배가 중국 음식을 시켜 주었다. 거실에서 소주를 곁들여 음식을 같이 먹으며 이야기를 나누었다.

한번은 화장실에 다녀오다가 문이 열린 방을 슬쩍 들여다보았다.

'오늘 이 방에서 자게 되나? 벌써 이부자리를 깔아 놓았네.'

밤 열 시가 넘었을 때였다. 선배가 하품을 하며 말했다.

"이제 슬슬 일어나지? 내일 아침 일찍 볼일이 있어 그만 자야겠네."

그만 가 보라는 뜻이었다. 그 소리를 듣고 얼마나 놀랐는지 모른다. 그 집에서 자는 줄 알고 배낭에 속옷까지 챙겨 갔다.

쫓겨나는 기분으로 그 집에서 나왔다. 여관이나 사우나탕에서 잘 기분이 아니었다. 어서 빨리 서울을 뜨고 싶은 생각뿐이었다. 택시를 타고 청량리역으로 가서 막 떠나려는 기차에 올랐다. 원주로 가는 막차였다.

시골집에 돌아왔을 땐 온 세상 만물이 고이 잠든 새벽이었다. 밤하늘에 가득한 별들이 졸린 눈을 비비며 나를 멍하니 내려다보았다.

대문 없는 집

집을 새로 지을 때 담을 쌓고 대문을 만들까 했다. 그런데 다른 집들을 살펴보니 대문 있는 집보다 대문 없는 집이 훨씬 많았다. 대문 있는 집들도 대낮엔 모두 보란 듯이 대문을 활짝 열어놓았다. 마치 대문이 이렇게 말하는 듯했다.

'집 안에 사람 있으니까 볼일 있으면 어서 들어오세요.'

대문을 닫아 놓은 집엔 사람이 없다고 보면 틀림없었다. 이런 집 대문을 아무리 두드려 보았자 팔만 아팠다.

우리 마을은 도둑을 맞는 일이 없는 마을로 이름났다. 마을 어귀에 '범죄 없는 마을'이라는 팻말이 서 있었다. 이런 마을에서 담을 쌓고 대문을 만드는 일은 괜한 짓으로 여겨졌다.

그래서 마당을 터놓고 지내기로 했다. 다만 나무로 가로대를 만들어 다리에서 마당으로 들어오는 곳에 놓았다. 여러 날 가로대를 옆으로 치워 놓고 지낼 때도 많았다.

이제 우리 집은 초대하지 않은 손님이 언제 불쑥 들이닥칠지 모르는 집이 되었다.

이른 봄날 개들이 시끄럽게 짖어 창밖을 내다보고 눈을 번쩍 떴다. 우리 집 마당에 예닐곱 사람이 들어와 있었다. 모두 호미를 들고 쪼그리고 앉아 나물을 캐느라 정신이 없었다. 마당 한쪽에 그들이 타고 온 트럭과 승용차가 보였다.

그들에게도 두 눈이 있다면 그곳이 사람 사는 집 마당이라는 사실을 못 알아챌 리 없었다. 오래된 흙집 곁에 내 차가 서 있었다. 여기저기 물통이며 삽과 괭이와 퇴비가 놓여 있었다. 누가 봐도 사람이 살며 돌보는 땅이었다.

그런데 어떻게 차를 몰고 들어와 나물을 캐는지 알 수 없었다.

'나물을 캘 욕심에 아무런 생각이 없어졌을까?'

하지만 생각이 아주 없는 사람들은 아니었다. 모두 저들끼리 줄기차게 웃고 재잘댔다. 나물 캐는 재미가 쏠쏠한 듯했다. 하긴 며칠 안에 캐려고 놔두어서 온 마당에 나물이 가득했다.

물끄러미 쳐다보는 사이에 두 아낙네는 점점 더 마당 안쪽으로 들어왔다. 나중엔 원두막 옆쪽 우물가까지 다가와 냉이와 쑥과 달래를 캤다.

"흠, 흠. 어흠!"

현관문을 열고 앞뜰로 나가 헛기침했다. 하지만 아무도 고개를 들지 않았다.

얼마 뒤에 한 사내가 내 쪽을 쳐다보더니 허리를 폈다. 어금니로 담배를 물고 히죽 웃으며 물었다.

"어디 가면 취나물이 많나요?"

우리 집 마당엔 취나물이 없었다. 만일 집 안에 취나물이 많다고 대꾸하면, 두 말 않고 우르르 달려와 집 안으로 들어갈 것만 같았다.

손가락으로 집 뒤쪽을 가리키며 사내에게 대꾸했다.

"이리로 쭉 돌아가서 산으로 들어가세요. 취나물 천지에요."

사내가 트럭으로 재게 걸어가며 다른 아낙네들에게 외쳤다.

"여기선 그만하고 어서 취나물 캐러 갑시다."

봄나물을 캘 때가 지나도 비슷한 일은 끊이지 않았다. 한참 땀 흘리며 텃밭에 퇴비를 뿌리고 괭이질하던 어느 날이었다. 나이 지긋한 부부와 딸아이로 보이는 여자애가 다리를 건너 우리 집 마당으로 들어왔다.

처음엔 나를 보러 오는 줄 알았다. 그러나 세 식구는 내 쪽을 돌아보지도 않고 비닐봉지를 꺼내 들었다. 곧장 텃밭 오른쪽 바위로 올라가서 산딸기를 땄다.

'다른 사람 집 마당으로 들어섰으면 인사라도 해야 하지 않을까? 그리고 산딸기를 좀 따 가도 되겠냐고 물어야 옳지 않을까?'

나는 이런 일을 겪을 때 네 것 내 것 따지기가 좀 무엇했다. 그래서 사람들이 돌아 나가길 말없이 기다리는 쪽이었다. 그러면서도 마음 한쪽으로는 속을 끓이며 참는 내가 어리석고 딱하게 여겨지기도 했다.

우리 집으로 들어오는 다리 곁에선 뽕나무가 여러 그루 자랐다. 오월 중순을 넘어서면 오디가 까맣게 익었다. 지나가던 사람들이 봉지를 꺼내 들고 오디를 땄다. 어떤 사람들은 옆걸음으로 오디를 따다가 우리 집 마당으로 들어섰다.

어느 날 친구들이 여럿 놀러왔을 때도 그런 일이 있었다. 두 사람이 가로대를 돌아서 마당으로 들어와 쉬지 않고 오디를 땄다. 좀 그러다 말겠지 했는데 한참 지나도 돌아 나가지 않았다.

친구 하나가 뒤늦게 그 모습을 보고 대뜸 큰소리로 외쳤다.

"여보세요. 여긴 남의 집이에요."

당신들이 사는 집이 아니니까 무턱대고 들어오면 안 된다는 뜻이었다. 그러자 그 사람들은 군말 없이 밖으로 나갔다.

불청객들은 가을이 왔다고 해서 자기 집에 가만히 누워 있지 않았다. 다시 까만 봉지를 들고 우리 마을로 몰려왔다.

그들이 지나가다가 주고받는 소리가 귀에 잡혔다.

"괜찮겠어?"

"괜찮아. 저렇게 많은데 좀 가져가면 어때."

"만일 신고하면?"

"풋. 네가 시골 인심을 잘 모르는구나."

우리 집 아래쪽에 아주머니가 딸과 함께 사는 집이 있었다. 아주머니는 집 맞은쪽 밭에 밤나무를 키웠다. 봄날 밤나무 밑에 퇴비를 듬뿍 주고, 여름엔 열흘에 한 번씩 낫을 들고 풀을 깎아 주며 밤나무를 돌보았다. 가을이 오면 밤을 주워서 내다 팔아 살림에 보탰다.

밤이 잘 익어 저절로 툭툭 떨어지던 어느 날이었다. 낯선 사람들이 아주머니네 밭에 들어가 밤을 주웠다. 몇 알 재미삼아 줍는 사람들이 아니었다. 저마다 커다란 봉지에 가득 밤을 주워 담았다. 봉지를 새로 꺼내 들고 또 밤을 주웠다.

집 마당에서 그 모습을 지켜보던 아주머니가 용기를 냈다. 손을 내저으며 말했다.

"여보세요. 그렇게 밤을 많이 주워 가면 어떻게 해요."

낯선 사람들이 허리를 쭉 펴고 아주머니를 바라보았다. 오히려 어이없다는 표정을 지었다. 아주머니는 그 뒤로도 그들에게서 눈길을 떼지 않았다.

맨 앞에 선 사내가 봉지에 담았던 밤을 땅바닥에 도로 확 쏟아 버렸다. 사나운 목소리로 아주머니에게 받아쳤다.

"에이, 더러워서. 안 가져가면 되잖아요. 시골 인심이 원래 이래요?"

사냥꾼과 맞닥뜨리다

우리 마을 뒷산은 다섯 해에 한 해씩 수렵금지 구역에서 풀려났다. 이 해 겨울엔 날마다 달갑지 않은 손님들이 차 여러 대를 나눠 타고 몰려왔다. 산 아래 차를 세우고 짐칸에 놓인 우리를 열어 사냥개를 풀었다. 저마다 총을 한 자루씩 들고 산으로 올라갔다.

어떤 사냥꾼은 길을 잃고 헤매다가 우리 집 아래쪽 논을 지나 마당으로 올라섰다. 마침 멍멍이들에게 밥을 주다가 사냥꾼과 마주쳤다.

사냥꾼이 맥 빠진 얼굴로 물었다.

"어째서 노루며 멧돼지가 한 마리도 안 보여요?"

그걸 나한테 물어보면 어떡하나. 대꾸할 말이 떠오르지 않아 잠자코 있었다. 사냥꾼은 고개를 갸웃하고는 다리를 건너 사라졌다.

사냥꾼과 사냥개들한테는 산짐승을 쫓아 온 산을 뒤지는 일이 짜릿하고 신나는 일일지 모르겠다. 하지만 날마다 아침 산에 오르는 나로선 바싹 긴장되는 일이었다.

아랫마을 치호 형에게 사냥꾼 친구가 있었다. 치호 형이 내게 일렀다.

"사냥꾼들이 쏘는 산탄엔 작은 탄알이 가득 들어 있어. 목표물을 대충 겨누어 쏘아도 맞혀. 산에 오를 때 정말 조심해야 해."

한번은 사냥꾼 하나가 차를 몰고 곁으로 느리게 지나가며 물었다.

"어디 가세요?"

"산에요."

사냥꾼이 차를 멈추어 세우고 차창을 마저 내리며 말했다.

"너무 위험한데, 안 가시면 좋겠네요."

"서로 조심하면 되지 않겠어요?"

사냥꾼이 손으로 자기 머리를 가리켰다.

"그럼 이런 빨간색 모자를 쓰세요."

조수석에 앉은 사냥꾼도 빨간색 모자를 쓰고 있었다. 둘 다 군용 점퍼 차림이었다.

잠깐 머뭇대다가 영 마음이 놓이지 않아 집으로 돌아왔다. 내겐 빨간색 모자가 없었다. 일부러 빨간색 모자를 사러 시내에 다녀오기도 그랬다. 앞으로 산에 오를 일이 걱정되었다.

며칠 지나자 두려움이 어디론가 사라졌다. 동틀 때 다시 집을 나섰다.

'저들도 버젓이 두 눈이 있는데, 설마 사람 잡겠어?'

등산화를 신고 배낭을 메고 씩씩하게 뒷산 오솔길로 들어섰다. 간밤에 눈이 많이 내려 온 세상이 하얬다. 발에 밟히는 뽀드득 소리가 듣기 좋았다. 이따금 바람에 눈이 날렸다. 나뭇가지에 얹혀 있던 눈이 후두두 바닥으로 떨어졌다.

산꼭대기에 올라서 바위 사이에 쪼그리고 앉아 배낭을 열었다. 구운 고구마와 귤과 커피로 아침 식사를 했다. 그때부터 다시 눈이

2015- 3
원재길

내리더니, 갈수록 눈발이 굵어졌고 바람이 세게 불었다. 좀 더 있자 눈앞이 잘 보이지 않았다. 그러나 수천 번 오른 산이어서 길을 잃지 않고 잘 내려갈 자신이 있었다.

배낭을 도로 꾸리고 일어났다. 바로 그때 어디선가 개들이 컹컹 짖는 소리가 났다. 마을에 사는 개들이 이렇게 높은 곳까지 일부러 올라왔을 리 없었다. 그렇다면 저 개들은 토끼와 꿩, 노루와 고라니와 멧돼지를 쫓는 사냥개가 틀림없었다.

'총을 든 사냥꾼들이 사냥개들을 뒤따르고 있겠네!'

다시 그 자리에 웅크리고 앉아 쫑긋 귀를 세웠다. 이렇게 세찬 눈보라 속에선 사냥꾼들이 총을 잘못 쏘는 일이 벌어질 수 있었다.

휴대폰을 꺼내 음악을 크게 틀었다. 이곳에 사람이 있다는 사실을 사냥꾼들에게 알려야 했다. 밥 딜런이 이런저런 물음을 던지고는 바람만이 대답을 안다고 노래했다. 그러나 내게 아무 탈 없이 산에서 내려가는 방법은 일러 주지 않았다. 게다가 바람소리에 묻혀 노랫소리가 잘 들리지 않았다.

몹시 추운 날씨에 눈사람이 되어 가만히 앉아 있자니 온몸이 바짝 얼어붙었다. 눈보라가 그치기를 마냥 기다릴 수는 없었다. 다시 일어나서 천천히 둘레를 살피며 능선을 따라 걸었다. 이따금 사냥개 소리가 가까이 다가왔다가 멀어졌다.

여느 때는 두어 시간이면 산 아래로 내려올 수 있었다. 한 발 한 발 조심스럽게 걸어야 해서 무려 네 시간이 넘어서야 집에 이르렀다. 현관문을 열고 집 안으로 들어가자 비로소 마음이 놓였다.

거실 바닥에 털썩 앉아 숨을 길게 내쉬며 중얼거렸다.

"산짐승들이 사냥꾼한테 쫓길 때 어떤 기분일지, 이제 좀 알 것 같아!"

🎥 패닉 룸

데이비드 핀처, 2002, 미국

'패닉 룸'은 건물이나 가옥 안에 따로 지은 안전한 방이다. 자연재해와 침입자를 막고자 마련한 공간이다. 언제든지 경찰서와 소방서에 연락할 수 있는 통신설비를 갖추고 있다. 방공호와 비슷하다고 보면 된다.

이런 방을 말 그대로 안전한 방을 뜻하는 '세이프 룸'으로 부르기도 한다. 영어 단어 '패닉'은 돌연한 공포나 몹시 당혹스러운 상태를 뜻한다. 몹시 두려울 때 이런 방으로 숨어들 터인데, 그래서 그런 이름이 생겨난 듯하다.

영화 〈패닉 룸〉에서 이혼한 여인 멕(조디 포스터)은 딸 사라(크리스틴 스튜어트)와 함께 복층으로 지은 아주 널따란 집으로 이사 온다. 이 집 이 층 구석에 패닉 룸이 있다. 이곳엔 집 안 곳곳을 보여주는 모니터가 여러 대 놓여 있다. 여러 날 밖으로 나가지 않고도 지내게 해 줄 비상식량과 온갖 장비도 있다.

이사 온 첫날 한밤중에 세 남자가 문을 부수고 집으로 들어온다. 잠에서 깨어난 모녀는 패닉 룸으로 달아난다. 패닉 룸 밑바닥엔 비밀 금고가 있고, 금고 속엔 거액이 들어 있다. 도둑들은 집이 비어 있는 줄 알고 그 돈을 가져가려고 왔다.

모녀는 꼼짝없이 패닉 룸에 갇혔다. 도둑들이 그리로 들어오려 해서 달아날 길이 없다. 그 뒤에 온갖 사건이 꼬리를 물고 벌어진다. 결국 도둑들은 죽거나 경찰에 붙들리고, 모녀는 패닉 룸을 벗어나 자유를 되찾는다.

이 영화가 보여주듯이 때로는 집이 감옥이 될 수도 있다. 그리고 집 안에서 가장 안전한 방이 갑자기 가장 위험한 방으로 바뀔 수도 있다. 이런 일은 우리에게 집에 대해 저마다 갖고 있는 믿음을 되돌아보게 만든다.

만일 우리가 사는 집이 안전하고 편안하지 않다면, 우리는 집 안에 있기보다는 집 밖에 있기를 좋아하게 된다. 가령 집 가까이 야산이 있고, 폭우가 내리면 야산 비탈에서 흙이 쓸려 내려와 집을 덮칠 위험이 있을 때 그러하다.

여름날 바깥 온도보다 집 안 온도가 높을 때, 겨울날 바깥보다 집 안이 추울 때도 마찬가지다. 유난히 도둑과 강도가 많이 드는 동네에서 산다면, 집 안으로 들어가는 순간부터 마음이 불안할 수밖에 없다.

이따금 우리는 집을 나서는 순간 자유로움을 느낀다. 여러 날 여행을 떠날 때는 이런 느낌이 더욱 강렬해진다. 그러나 집 밖에서 한껏 자유를 누리다 보면 어느 때부터 점점 더 집이 그리워진다. 집으로 돌아와 두 다리를 쭉 뻗고 누우며 외친다.

'아, 집이 이렇게 좋은 곳이구나!'

이런 변덕은 우리가 지닌 감정이 얼마나 잘 흔들리는지 보여 준다. 나갈 때는 밖이 더 좋다더니, 들어올 때는 안이 더 좋다고 한다. 만일 집에게도 감정이 있다면, 오락가락하는 인간 앞에서 패닉에 사로잡히지 않을까 싶다.

🌿 시골 장례

어떤 축복

어느 봄날 저녁때였다. 동네 아주머니 여럿이 아랫마을 가게에서 탁자에 둘러앉아 있었다. 팔순이 넘은 할머니도 한 분 계셨다.

"안녕하세요?"

내가 인사를 하니 모두 웃으며 반겼다. 할머니도 활짝 웃으셨다. 오랜 세월 큰 병을 앓지 않고 살아온 분이셨다. 틀니를 새로 해 넣으셨는지 웃음이 아주 밝고 하얬다.

일주일쯤 지났을 때였다. 그날 가게에서 뵌 할머니가 돌아가셨다. 아침을 잘 드시고 방에 들어가셨는데, 자식과 며느리가 밭에 나가 일하고 돌아오니 그 사이에 세상을 뜨셨다고 했다.

동네 친구를 내 차에 태우고 함께 장례식장에 다녀왔다. 친구가 빙그레 웃으며 말했다.

"그 집 자식들 복이 터졌네."

내가 고개를 갸웃대며 물었다.

"집안 어른이 갑자기 세상을 뜨셨는데, 어떻게 자식들에게 복일 수 있지?"

"오래도록 병치레하다가 돌아가신 동네 어른들을 생각해 봐."

친구 말이 옳았다. 배우자와 자식들로선 밖에 나가 뭐라고 툴툴 거릴 수도 없었다. 그저 말없이 온갖 고생을 해 가며 병시중을 할 뿐이었다.

할머니 댁이 길가에 있었다. 할머니께선 돌아가시기 전날까지 텃밭에 야채를 잘 심어 가꾸셨다. 손자손녀들이 놀러 오면 고기를 싸 먹게 하려는 뜻에서였다.

장례를 치른 뒤에 그 집을 지나칠 때면, 고개를 돌려 그 집 텃밭을 바라보았다. 상추와 쑥갓 같은 야채가 넉넉하게 잘 자라고 있었다. 자기들을 정성껏 돌보던 할머니가 지금 이 세상에 없음을 저 야채들도 잘 알 것만 같았다.

우리 마을엔 이 할머니처럼 마지막 날을 병원이 아니라 댁에서 보낸 분이 많았다. 이런 분들을 병원에 입원시키면 오래 견디지 못 했다. 어서 집에 데려다 달라고 재촉하셨다.

그 까닭을 동네 형들이 주고받는 이야기에서 알아냈다.

"평생 논밭을 일구며 사셨고, 논밭에서 난 곡식 팔아 자식들을 길러 내셨잖아. 그러니 여기만큼 편한 데가 어디 또 있겠어."

"맞아. 논밭이 그분들에겐 집이나 다름없지."

시골 노인들은 자신이 죽을 때를 안다고 했다. 농작물이 자라서 열매를 맺고 시들어 죽는 일을 해마다 거듭 보고 겪으며, 자연에 몸을 맡기는 법을 깨달았기 때문인 듯했다. 그래서 병원에서 주사를 맞고 산소 호흡기에 기대며 목숨을 잇는 일을 괜한 짓으로 여겼다.

햇살 맑은 날, 동네 할아버지 한 분이 집 앞에 의자를 놓고 앉아 계셨다. 큰 병을 얻어 밖에 잘 나오지 못하고 늘 집 안에서 지내던 분이었다.

자전거를 타고 지나가다가 멈추어 섰다. 할아버지께 꾸벅 고개 숙여 인사하며 말했다.

"어서 나으셔야지요."

할아버지께서 힘없이 가늘게 웃으며 고개를 가로저으셨다.

"아니야, 다 살았어. 그만 가야지."

며칠 뒤에 그 분도 끼니때 음식을 드시고 방에 들어가셨다. 한숨 주무시다가 평온한 얼굴로 세상을 뜨셨다.

누가 요령을 피웠을까?

복숭아 과수원집 아저씨가 돌아가셨을 때 댁에서 장례를 치렀다. 문상객들은 조문을 마친 뒤에, 집 안이나 천막 아래 깔아 놓은 멍석에 둘러앉아 음식을 들었다. 농사일로 바쁜 사람들은 자리를 떴다가 돌아와 다시 끼여 앉았다. 온 동네가 들썩거리는 장례가 이틀째 이어졌다.

우체부도 지나다가 들러 음식을 들었다. 뒤늦게 소식을 전해 들은 이웃마을 사람들도 서둘러 다녀갔다. 어쩌면 고인께서도 병원이 아니라 댁에서 치르는 장례를 마음에 들어 하지 않았을까 싶었다.

사흘째 되는 날 아침에 상여가 나갔다. 나도 상여꾼이 되어 상여 오른쪽 맨 뒤에서 왼쪽 어깨로 상여를 멨다. 발인을 하고 상여가 나갈 때, 요령잡이인 선소리꾼이 요령을 흔들며 앞소리를 매겼다. 요령은 놋쇠로 만든 방울이 달린 종이었다.

곧이어 상여꾼들이 뒷소리를 했다.

"오호이, 오호."

상여는 생전에 고인이 땀 흘려 곡식을 가꾸던 밭을 지났다. 동네를 반 바퀴 돈 뒤에 집 뒤쪽 언덕으로 올라갔다.

한 시간 남짓한 동안이었다. 그런데 말 그대로 요령이 없어서인지 무척 힘들었다. 만일 내가 조금이라도 요령을 피운다면 상여가 한쪽으로 기울며 뒤집힐까 봐 걱정되었다. 그래서 온힘을 다해 상여를 들어 올리고 한 걸음 한 걸음 겨우 발을 뗐다.

상여가 줄곧 쉬지 않고 앞으로 나아가진 않았다. 다리를 건널 때마다 멈추어 섰다. 모든 상여꾼이 한참 상여소리를 주고받으며 제자리걸음을 했다. 벌써부터 어깨뿐 아니라 온몸이 쑤셨다.

나중에 들은 얘기로는 그렇게 죽자 사자 상여를 들어 올리려 애쓸 일이 아니란다. 모두 알맞게 힘을 써 가며 상여를 메더라도 상여가 쓰러지거나 자빠지는 일은 없다고 했다. 지금도 그게 무슨 말인지 잘 모르겠다.

'만일 모든 상여꾼들이 동시에 모두 요령을 피웠다간 큰일 나지 않을까?'

무덤을 파서 관을 묻고 흙을 덮은 뒤에, 무덤에 잔디를 깔아서 발로 밟았다. 열 명 남짓한 사람이 촘촘히 붙어 서서 잔디를 밟았다. 나도 그 일을 함께 열심히 했다. 잔디 밟기는 고인께서 편히 가시길 바라는 일이었다. 무덤 흙이 큰 비에 쓸려 내려가지 않도록 굳게 다지는 일이기도 했다.

한참 땀 흘려 가며 무릎이 시큰거릴 만큼 잔디를 밟고 또 밟았을 때였다. 저만치에서 지켜보던 누군가 외쳤다.

"그만, 그만. 그렇게 자꾸 밟을 거 없어."

그 소리도 무슨 말인지 알 수 없었다. 밟으라고 해서 힘껏 밟았을 뿐이었다. 멀찍이 떨어져 뒷짐 지고 있다가 갑자기 나무라선 안 될 일이었다.

무덤 만들기를 마치고, 다시 유족들이 상을 차려 놓고 절을 한 뒤에 장례는 끝났다. 상여꾼과 여러 일꾼들은 모닥불 곁에 쪼그리고 앉아 점심을 먹었다. 상여꾼들은 앞서 상여를 나를 때 수건을 하나씩 받았다. 수건을 목에 두르고 뿔뿔이 흩어져, 지칠 대로 지친 몸을 누이러 비척비척 집으로 돌아갔다.

영원한 잠

산속을 걷다가 곧잘 버려진 무덤을 만났다. 잔디가 벗겨지고 흙이 쏠려 내려가 무덤인지 아닌지 알아채기 힘든 무덤이 많았다. 봉분에서 버젓이 나무가 자라는 무덤도 있었다. 자손들이 찾아온 지 오래되었다는 얘기였다.

언제던가 추석을 며칠 앞두었을 때였다. 나이 지긋한 사내가 우리 집 마당으로 들어섰다.

"무슨 일이시죠?"

"예전에 여기에 뒷산으로 오르는 길이 있었거든요."

사내는 오랜만에 부모님 무덤을 찾아 왔다고 했다. 더는 나아갈 곳이 없는 담장 앞에서 고개를 갸웃거렸다. 넋 나간 표정으로 서 있더니 다시 고개를 흔들며 돌아 나갔다.

내가 알기에 그곳에 담장이 생긴 지 스무 해가 넘었다. 그 사내는 적어도 스무 해가 지나서 부모님 무덤을 찾아왔다. 그 동안 먼 곳을 떠돌았던 듯했다. 그날 뒷산에 올라 부모님 무덤을 잘 찾아냈는지 모르겠다. 무덤이 사라져 버렸을 수도 있기 때문이다.

자손들이 해마다 몇 번씩 찾는 무덤은 버려진 무덤과 뚜렷이 달랐다. 봉분에 잔디가 벗겨진 자리가 없었다. 둘레에 심어 놓은 회양목과 주목들이 잘 다듬어져 있었다. 추석이 막 지났을 때 가 보면 상석에 꽃이나 술병이 놓여 있었다.

우리 집 맞은편 산으로 막 들어선 곳에도 자식들이 자주 찾는 무덤이 있다. 어느 날 무덤 앞 상석에 막걸리가 놓여 있었다. 가까이 다가가 보니까 서울 사람들이 즐겨 마시는 '장수' 막걸리였다.

장수는 오래 산다는 뜻인데, 고인께서 그런 이름을 단 막걸리를 받으시면서 기분이 어땠을지 궁금해졌다. 살아 계실 때 잘해 드리라는 말이 떠올랐다.

죽음을 영면, 즉 영원한 잠이라고 말한다. 서양 사람들도 죽음을 영면으로 부른다는 사실을 움베르토 에코가 쓴 소설 『장미의 이름』을 읽고 알았다.

노인들은 젊은이들보다 잠이 적다. 어린아이는 일찍 잠자리에 들어 늦도록 자고, 노인들은 늦게 자서 새벽에 일찍 깨어난다.

아직 컴컴한 새벽에 밖에 나가 보라. 일찍 집을 나서 산책하는 사람들은 거의가 노인들이다. 간혹 젊은이들이 눈에 뜨인다. 밤새 놀다가 집으로 돌아가는 길이다. 집에 들어가자마자 픽 고꾸라져 잠을 자리라.

에코는 이렇게 말했다.

'사람들이 노년에 들어 나날이 잠이 줄어드는 까닭은 영원한 잠이 기다리고 있기 때문이다.'

그 잠이 영원한 동시에 편안한 잠이라면, 그 사람은 생전에 잘 살았다고 말할 수 있다.

황금 연못

마크 라이델, 1981, 미국

뉴잉글랜드에 황금 연못으로 불리는 호수가 있다. 이곳 별장에서 여든 번째 생일을 맞는 노먼(헨리 폰다)은 성격이 아주 괴팍하고 까다롭다. 다른 사람들과 이야기를 나눌 때 줄곧 빈정대고 비꼰다.

노먼은 늘 젊은이들과 맞서려 하고 걸핏하면 큰소리친다. 스스로 늙어 죽어 가고 있음을 받아들이지 않기 때문이다. 오히려 자기가 심장병을 앓고 있으며 치매 증상이 나타나고 있다는 사실에 짜증을 낸다. 세상에 이런 노인을 좋아할 사람이 없다. 오로지 아내 에텔(캐서린 헵번) 하나만 노먼을 아끼고 보듬고 달래며 기꺼이 말동무가 되어 준다.

노먼은 외동딸 첼시(제인 폰다)하고도 사이가 좋지 않다. 첼시는 노먼을 아빠라고 부르지 않는다. 노먼, 또는 '저 사람'이라고 부른다. 첼시가 어렸을 때부터 둘 사이는 어긋났다.

첼시가 어머니에게 말한다.

"만일 내가 아들이었다면, 아버지가 나를 이토록 차갑게 대하진 않았겠지요."

어머니는 다르게 생각한다.

"너를 누구보다 사랑하셔. 그런 마음을 잘 표현하시지 못할 뿐이야."

딸을 돌아보며 애타는 얼굴로 부탁한다.

"네가 먼저 아버지에게 따뜻하게 다가가면 안 되겠니?"

이 영화는 잘 늙어서 잘 죽어 가는 일이 얼마나 중요한지 우리에게 일깨워 준다. 누구나 늙고 병들어 죽어 가는 일을 피할 수 없다.

따라서 어느 누구에게도 자기가 이런 길을 걷고 있다는 이유에서 다른 사람을 괴롭힐 권리는 없다.

그리고 앞으로 더 오랜 날을 살아갈 사람들로선, 늙어 죽어 가는 이들이 겪는 고독과 불안과 공포를 좀 더 너그럽게 이해해 주면 좋을 듯하다. 이 영화에선 그 일을 에텔이 하고 있다. 노먼이 아무리 까다롭게 굴어도 되받아치지 않는다.

에텔은 딸이 다시 아버지를 헐뜯자 처음으로 화를 내며 힘주어 말한다.

"그 사람은 내가 사랑하는 사람이다. 함부로 말하지 마라."

사랑은 이해를 낳고, 이해는 불안을 덜어 준다. 이런 여러 감정들이 부드럽게 서로를 어루만질 때, 우리 모두는 죽음 앞에서 한층 따뜻하게 작별할 수 있다.

3부

자연환경에 익숙해지기

자연환경에 익숙해지기

 사계절

천둥번개 공포증에 대한 변명

천둥번개를 갖고 뭘 그리 벌벌 떠냐고요? 저도 도시에서 살 때는 천둥번개를 크게 두려워하지 않았답니다. 집 안에서 창문을 모두 닫고 음악을 듣거나 티브이를 보면 천둥이 치는지도 몰랐어요.

밖에 나가 돌아다닐 땐, 다른 소음 때문에 천둥소리가 잘 들리지 않았고요. 가까이에 피뢰침이 있는 높은 건물이 많아서 번개를 맞을 걱정도 없었지요.

"그럼 집에 피뢰침을 달면 되지 않겠어요?"

그렇게 말씀하실 줄 알았어요. 번개가 꼭 집을 내리치지 않더라도 일이 생기니까 문제지요. 번개는 공중에서 전기를 띤 입자들이 서로 부딪치며 일어나는 방전이잖아요. 이런 전기가 우리 집 개울 건너에 우뚝 선 전신주를 거쳐, 전깃줄과 전화선을 타고 집 안으로 들어와요. 그래서 온갖 가전제품과 전화기를 망가뜨린단 말이지요.

멀리서 천둥소리가 들려오면 모든 일 젖혀 놓고 재빨리 컴퓨터 전원을 꺼야 해요. 인터넷 선을 끊고 일반전화 코드를 뽑고 티브이 전원을 꺼야 하고요. 모든 플러그를 콘센트에서 빼 놓는 일도 잊으면 안 돼요.

한밤중에 벼락이 칠 때는 달리 할 수 있는 일이 없어요. 어떤 날엔 송전탑이 벼락을 맞았는지 전기가 나가요. 이럴 땐 동굴에 살던 원시인으로 돌아가요. 깜깜한 방에 촛불을 켜 놓고 우두커니 앉아 있다가 잠자리에 들지요.

여름날 한낮에 아랫마을에 친구를 보러 내려갔어요. 하늘이 좀 흐리긴 했지만 비가 올 것 같진 않았어요. 옥수수 밭에서 일하던 친구와 이런저런 이야기를 나누는데요. 갑자기 거칠게 바람이 불고 먹구름이 밀려오며 하늘이 어둑해지잖아요.

멀리서 작게 천둥이 울리더니, 잠시 뒤에 좀 더 가깝게 천둥이 울렸어요.

"이키, 안되겠다. 나중에 보자고."

부랴부랴 차를 몰고 집으로 돌아왔어요. 마당에 차를 세우고 내리기 무섭게 아주 가까이에서 번갯불이 번쩍이고 엄청난 천둥이 울렸어요. 앞산 나무들이 바람에 쓰러질 듯이 휘청거렸어요. 개들이 놀라서 뱅뱅 맴돌며 짖어댔어요. 곧이어 쏴아아 하고 소나기가 쏟아져 내리지 뭐예요.

집 안으로 달려 들어가는데 다시 천둥이 우르르 쾅 울렸어요. 그 순간 컴퓨터에서 퍽 소리가 났어요. 콘센트에 컴퓨터 플러그가 꽂혀 있고 인터넷 선이 이어져 있었거든요. 먼저 플러그를 뽑아 놓고 멍하니 천둥번개가 지나가기를 기다렸어요.

그렇게 천둥번개가 오래 치는 날은 드물었어요. 잦아들려고 하다간 다시 번쩍하며 울리기를 저녁이 지나 밤새 되풀이되었어요. 아침이 와서야 천둥번개가 사라지고 빗줄기가 가늘어졌답니다.

그날 아침나절은 천둥번개가 남긴 상처를 살피는 일로 보냈어요. 아니나 다를까, 컴퓨터가 먹통이 되었어요. 나중에 시내 수리점에 들고 가서 알아보니 모든 파일과 프로그램이 날아갔더라고요. 미리 이동식 디스크와 메일에 옮겨 놓지 않은 원고들이 모두 사라졌다는 얘기였어요. 팩시밀리도 망가졌고 인터넷 전화기도 먹통이 되었어요.

주방 쪽에선 물난리가 났어요. 간밤에 전기가 나가는 바람에 일반냉장고와 김치냉장고 전원이 꺼져, 주방 바닥에 얼음이 녹아 흐른 물이 흥건했어요. 무더운 여름날 냉장고 속에서 이미 썩어 가는 음식이 한두 가지가 아니었지요. 혹시나 하고 보일러실에 가 보았더니 퓨즈 여러 개가 나갔더군요.

"왜 이렇게 통화하기가 힘들어요?"

"사랑합니다, 죄송합니다, 고객님. 간밤에 벼락을 맞았다는 신고 전화가 많아서요."

통신회사와 전력회사에 사고를 알리면, 늦어도 그날 저녁때나 이튿날 오전엔 수리 기사가 와요. 그런데 이번엔 이틀이 지나서야 기사가 왔어요. 우리 집뿐 아니라 온 동네와 이웃 동네에서 수많은 집들이 피해를 입었대요. 이 집 저 집 돌다 보니 그제야 우리 집에 오게 되었다네요.

기사로선 별로 할 일이 없었어요. 다음에 새 제품을 갖고 오겠다며 인터넷 전화기만 들고 돌아갔어요. 망가진 팩시밀리는 내다 버렸고요. 보일러 퓨즈는 보일러 회사에서 기사를 오게 해 손보았어요. 가장 안타까운 일은 컴퓨터 하드디스크가 망가지면서 그동안 써 놓은 글이 몽땅 날아간 일이었지요.

　밤새 벼락이 친 다음 날 아침엔 어김없이 이웃집 할머니들이 찾아와요.

"한 번 가서 봐 줘요. 전기가 안 들어와 촛불을 켜고 밤을 보냈어요."

"전화기가 먹통이 되었고 물이 안 나와요."

　딱한 사정을 들으며 할머니들이 사는 집을 하나씩 돌아요. 내 솜씨가 닿는 것들은 손봐 드리고요. 여기저기 전화를 걸어 수리 서비스를 신청해 주고 집에 돌아와요. 그 사이에 오전이 훌쩍 흘러가서 배꼽시계가 꼬르륵 울려요.

　소설가 마크 트웨인이 쓴 에세이를 보면 피뢰침을 놓으러 다니는 사내 이야기가 나와요. 꼭 글을 쓰느라 정신없이 바쁠 때 사내가 찾아와서 외쳐요.

"피뢰침 놓으세요. 번개 맞으면 큰일 나요."

　그때마다 트웨인은 성가신 마음에 아무렇게나 대꾸하고 문을 탁 닫아요.

"놓든지 말든지 알아서 하시오!"

　마침내 마크 트웨인이 사는 집은 희한한 집으로 바뀌었어요. 머리에 잔뜩 침을 맞은 사람처럼 뾰족뾰족한 피뢰침 수십 개를 지붕에 얹은 집이었지요.

　우리 동네엔 한 번도 피뢰침 장사가 들른 적이 없어요. 지붕에 피뢰침을 놓아서 될 일도 아니었고요. 우리 마을에 있는 수십 개 전신주마다 피뢰침을 놓아야 하는데요. 통신회사와 전력회사에 민원을 넣더라도 그렇게 해줄 것 같지 않았어요.

천둥번개 때문에 신경을 곤두세우고 지내다 보면 훌쩍 여름이 가요. 가을날 태풍이 불 때도 천둥번개는 우리 집을 잊지 않고 찾아와요. 드디어 겨울이 오면 소나기가 내리더라도 두 다리 쭉 뻗고 지내게 돼요. 해가 바뀔 즈음이면 지난해 천둥번개 때문에 애먹은 일을 까맣게 잊지요.

그러나 때 되면 다시 봄이 오고 여름이 와요. 어느 날 갑자기 멀쩡했던 하늘에 먹구름이 덮이며 우르릉 쾅 하고 천둥번개가 우리 마을을 내리쳐요. 그 소리는 마치 내게 몹시 반갑게 인사하는 소리처럼 들린답니다.

"친구야, 안녕! 그동안 잘 지냈지?"

땔감 만들기

새 집을 지으며 전기보일러를 놓았다. 안 쓰는 방으로 더운 물이 들어가지 않게 막았다. 햇살 좋은 한낮엔 보일러를 거의 틀지 않았다. 그랬는데도 도시에서 살 때보다 난방비가 몇 곱절 더 나왔다. 바람을 막아 줄 구조물이 없고 모든 벽이 훤히 드러난 집이라서 그런 듯했다.

눈이 많이 내려 지붕을 두껍게 덮으면 집 안이 덜 추울 것 같지만 그렇지도 않았다. 지붕에서 눈이 얼었다 녹았다 하며 얼음장을 만들었다. 늘 천장 밑으로 윗바람이 불었고, 서까래에 매달린 거미줄이 바람에 흔들렸다.

친구 하나가 지나가다가 들렀다.

"뭐 해?"

"어서 와."

거실로 들어온 친구는 소파에 앉지 않고 가만히 서 있었다. 갑자기 얼어붙은 사람처럼 꼼짝도 하지 않았다. 커피를 타러 주방에 다녀왔더니 어디론가 사라졌다.

며칠 뒤에 다른 집에서 마주쳤을 때 물어보았다.

"그날 왜 그냥 갔어?"

친구가 엉뚱한 대꾸를 했다.

"좀 따뜻하게 살아."

어쩔 수 없이 거실 구석에 난로를 놓았다. 시월 말부터 사월 초까지 난로에 장작을 땠다. 이 시기를 겨울이라고 말할 수 있다면 우리 집은 일 년 가운데 절반이 겨울이었다. 난로를 때면서 일거리가 하나 더 생겼다. 땔감을 만드는 일이었다.

동네 친구가 방법을 일러 주었다.

"목재소나 숯 공장에서 땔감을 사다가 써. 오 톤 트럭으로 실어다 주는데, 너희 집 난로에 두 해 넘게 땔 수 있어."

나도 그러고 싶은데, 그게 쉽질 않았다. 마을길에서 우리 집 다리로 들어오는 길은 직각으로 휘어 있었다. 너무 길고 큰 트럭은 그리로 들어오기 힘들었다.

좀 작은 트럭으로 땔감을 실어다 주는 곳을 알아보다가 말았다. 지리산 친구는 목재소에서 일 톤씩 땔감을 사다가 쓴다고 했다. 어째서 이곳엔 그런 목재소가 없는지 알다가도 모를 일이었다.

이제 남은 방법은 한 가지뿐이었다. 차를 끌고 돌아다니며, 저절로 죽거나 솎아베기를 할 때 쓰러진 나무들을 눈에 뜨이는 대로 실어 오는 방법이었다.

난로를 놓은 첫 해엔 그날 땔 나무를 그날 마련했다. 날마다 동틀 때 톱을 들고 아래쪽 논을 지나 건너편 산에 올랐다. 그곳엔 지난봄에 베어 낸 나무들이 쌓여 있었다. 내 키 곱절쯤 되는 길이로 나무를 자르고 가지를 쳐 냈다.

두 손으로 나무를 하나씩 들거나 어깨에 메고, 나무 뒤쪽은 땅에 질질 끌며 산에서 내려왔다. 개울을 건너고 논을 지나서 우리 집 마당으로 나무를 날랐다. 이 일을 세 번 되풀이해서 나무 여섯 개를 모아 놓았다. 그 다음엔 난로에 들어갈 만한 크기로 나무를 잘라 토막을 냈다.

이튿날 아침이면 다시 톱을 들고 산에 올랐다. 장갑 두 개를 겹으로 끼었는데도 손이 시렸다. 누가 보면 참 독하다는 소리가 나올 만했다. 적어도 넉 달 동안 백이십 일에 걸쳐 똑같은 일을 날마다 되풀이했다. 스스로 운동 삼아서 한다고 여겼는데, 세상에 이런 운동을 하는 사람이 많진 않을 듯했다.

이듬해 겨울엔 한결 땔감 만드는 일이 쉬워졌다. 그보다 앞선 봄과 가을에 뒷산에선 나무를 솎아 내는 일이 이루어졌다. 아주 굵은 나무들은 모두 트럭으로 실어갔지만, 아직 쓸 만한 나무들이 많이 남아 있었다.

이 일은 생각만큼 쉽진 않았다. 차를 댈 수 있는 길에서 멀리 올라간 언덕 위에서부터 나무들을 하나씩 질질 끌거나 굴려야 했다. 여기저기 나처럼 난로에 땔 나무를 얻으러 온 사람들이 보였다. 모두가 몹시 추운 날씨인데도 입에서 더운 김을 뿜으며 나무를 끌고 당기고 굴렸다.

잠깐 쪼그리고 앉아서 쉬는데 동네 형이 다가왔다. 형이 웃으며 말했다.

"어제 목욕탕에 갔다가 몸무게를 쟀어. 나무를 나르는 일을 한 지 한 달 되었잖아. 그 사이에 몸무게가 십 킬로그램 빠졌더라고."

다시 보니 몸이 아주 날씬해져 있었다. 불룩 나왔던 아랫배는 어디로 갔는지 알 수 없었다. 나무 나르는 일은 식구들이 따뜻하게 지내게 해줄 뿐 아니라 몸 건강에도 좋은 일이었다. 너무 욕심을 부리지만 않는다면 머리를 맑게 해 주는 일이기도 했다.

그러나 세상에 나무 욕심보다 큰 욕심도 없는 듯했다. 어느 날 아침에 눈을 뜨자마자 밥 한 술 뜨고 산에 올랐다. 그날따라 여기저기에 누워 있는 참나무가 많이 보여 기분이 좋았다. 나무 가운데 참나무가 가장 잘 타며 열을 많이 내기 때문이었다.

칼바람이 휘몰아치는 날이라서 무척 추웠다. 여느 날처럼 장갑을 두 겹 꼈고 귀마개를 했는데도 손과 볼과 귀가 떨어져 나가려 했다.

서너 시간 동안 쉬지 않고 일했다. 온 뼈마디가 쑤셨고 입에서 단내가 났다. 쉰 개쯤 되는 나무를 산 위쪽에서 오솔길까지 끌어내려 잘 쌓아 놓았다. 어느덧 점심때가 지나서야 일을 마쳤다.

다음 날 아침을 먹은 뒤에 차를 끌고 나무들을 실으러 산에 다시 올라갔다. 그런데 믿을 수 없는 장면이 펼쳐져 있었다. 어제 기껏 산에서 끌어 내렸던 나무들이 모조리 사라져 버렸다.

'이럴 수가! 몽땅 가져갔잖아!'

누가 보더라도 일부러 땀 흘려 가며 산에서 끌어 내린 나무라는 사실을 잘 알 터였다. 그런데 어떻게 그럴 수 있는지 어안이 벙벙할 따름이었다.

물 걱정 노래
천둥번개는 반드시 소나기를 부른다네.
소나기가 오래 내리면 개울물 출렁 넘치고,

길이 번쩍 사라지고 둑이 투두둑 터지네.
이 마을 농부들, 천둥번개 잦아들길 기다려
삽 들고 논밭으로 달려 나가네.
옷과 속살 흠뻑 젖도록 돌아다니며,
무너진 둑 다시 쌓고 물길 터 준다네.

집 안에 있더라도 마음 놓을 수 있을까.
저 작가 양반, 흙집 마루 쪽 지붕이 새서
머리 긁으며 안절부절못하는 모습 보소,
서고 천장도 소나기 올 때마다 물이 줄줄 새서,
밤새 물 받고 물통 내다가 비우느라 잠 못 이루네.
물통 밖으로 물이 튀어 책들이 젖으니 어쩌나.

얼마나 힘들면 저리 땅 꺼지게 한숨 쉴까.
아이고, 졸려라. 눈꺼풀에 쇳덩이 얹었네.
어휴, 팔 아파라. 팔 떨어지면 글 어찌 쓰나.
이런, 다리가 후들후들.
까닥하면 물 바닥에 주저앉겠네.
그러나 하늘이 저 사람 미워 소나기 쏟아 부었을까.
그 까닭 말해 준다 해도, 저 사람이 알아들을까.

비가 많이 와도 걱정, 너무 안 와도 걱정.
이 마을엔 공동 수도가 없다네.
집집마다 땅속 흐르는 물 끌어 올려 쓰건만,
오래 가뭄 이어지면 그 물까지 바짝 마르네.

밥 짓고 몸 씻기 힘들어 어떻게 견디나.

개울 건너 혼자 사는 마음씨 착한 아저씨,
병들어 몸 안 좋고 머릿속도 흐린데,
그 나이에 참 고생 많소.
식사 마칠 때마다 함지박에 그릇 가득 담아 들고
설거지하러 개울로 내려오네.
이리 비틀 저리 비틀,
자빠질라, 엎어질라.

개울엔 그래도 흐르는 듯 안 흐르는 듯
물이 조금 남아 있네.
그 아저씨 휘청대다가 기어이 꽈당!
함지박 그릇 숟가락 젓가락 모조리 바닥에 쏟아져,
쨍그랑, 데굴데굴, 또르르르르.
아저씨 맨바닥에 털썩 앉아,
손등으로 땀 훔치고 쨍쨍한 하늘 올려다보네.

봄날 가물면 감자 농사 옥수수 농사 망치네.
서로 논에 물 끌어대느라
온 동네에 이런 난리가 또 있나.
이 물은 내 물, 저 물도 내 물.
이 사람아, 흐르는 물에 임자가 어디 있나.
개구리 알 낳은 논 바짝 타서 올챙이 못 깨어나네.

올해 모기와 파리들은 개구리 줄어 신났구나.

날 잡아 봐라, 개구리.

모두 어디 갔니, 개구리.

여름 가뭄엔 볏줄기 안 자라고 깨밭 타들어 가네.

되는 곡식 없고 안 되는 야채뿐.

가을 가뭄엔 배추와 무도 크지 못하고,

겨울 가뭄이라고 큰소리 안 치고 잠잠할 리 있나.

땅속까지 바짝 말라 마실 물마저 없네.

이리 눈 안 오면 내년 농사 어떻게 짓나.

물기 없으니 땅속 얼지 않아,

밭마다 온갖 병균 해충 봄까지 고스란히 살아남겠네.

이래도 걱정, 저래도 걱정.

멀리서 솥 작아서 밥 모자라 굶는 나보다 걱정 많냐며,

끝없이 들려오는 소쩍새 울음소리.

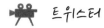 트위스터

안 드봉, 1996, 미국

'트위스터'는 우리말로 회오리바람을 뜻한다. 나선 모양으로 돌면서 이동하는 바람으로 선풍이라고도 불린다. 미국 중남부 지방에서 자주 일어나 수많은 사람 목숨을 앗아 가고 살림터를 쑥밭으로 만드는 '토네이도'가 바로 트위스터다. 언제 생겨나서 얼마나 강하게 불어올지 미리 가늠하기 어렵다. 그리고 트위스터는 갑자기 방향을 바꾸기 일쑤다.

영화 앞쪽에서 일가족이 트위스터가 닥쳐오자 부랴부랴 집을

나서 마당 땅속에 있는 대피소로 들어간다. 트위스터는 대피소 뚜껑을 들어 올리려 하고, 아빠는 뚜껑이 열리지 않도록 손잡이를 꼭 잡고 버틴다. 그러나 아빠는 별안간 뚜껑이 떨어져 나가면서 트위스터에 휩쓸려 하늘 높이 날아오른다.

조(헬렌 헌트)와 빌(빌 팩스톤)은 독립된 토네이도 연구소를 만들어 운영해 온 부부다. 어떤 일로 사이가 멀어져 이혼하려다가 토네이도를 쫓는 현장에서 다시 만난다. 그 뒤로 온갖 고생을 함께하며 아직 서로를 사랑하고 있다는 사실을 깨닫게 된다.

이 과정에서 두 사람이 겪는 모험은 잠깐도 눈을 떼지 못하게 만든다. 아름드리나무들이 뿌리째 뽑혀 날아가고, 젖소들이 고무풍선처럼 허공에 붕 떠서 찻길을 가로지른다. 대형 트럭들도 바람에 종이상자처럼 날리고, 주택이 통째로 데굴데굴 굴러간다.

두 시간 가까이 토네이도가 얼마나 무시무시한지 눈과 귀로 겪는 동안, 온몸에서 힘이 쭉 빠져 나간다. 이 영화가 보여 주는 폭풍은 실제 폭풍과 다르지 않다. 어느 봄날 토네이도는 미국 미주리 주와 다른 두 개 주에서 칠백 명에 이르는 인명을 앗아 갔다.

우리나라도 해마다 여름과 가을에 폭풍이 지나간다. 줄잡아 네 개 가까운 태풍이 불어 가면서 온 나라를 긴장과 공포에 몰아넣는다. 토네이도가 지역구 폭풍이라면 태풍은 전국구 폭풍이다. 어떤 해엔 토네이도로선 명함도 못 내밀 엄청난 피해를 남긴다.

시골 사람들은 도시 사람들보다 태풍에 민감할 수밖에 없다. 훤히 트인 들판엔 태풍을 막거나 가려 주는 구조물이 없다. 과수를 재배하거나 비닐하우스 농사를 짓는 농부들이 가장 태풍을 두려워하지 않을까 싶다. 전남 나주에서 태풍에 수확을 앞둔 배가 떨어졌을 때는 추석 차례 상에 배를 올린 사람이 드물었다고 한다.

자연 또는 신이 어떤 이유에서 아무렇게나 대상을 골라 공격하는지는 알 수 없다. 이 영화 첫 장면에서 하늘로 날아간 한 가정을 이끄는 가장, 후반부에서 집을 잃고 목숨까지 잃을 뻔했던 여주인공에게 이모뻘 되는 부인은 착하고 어진 사람들로 보인다. 느닷없이 큰 벌을 받을 만큼 큰 죄를 지은 사람들 같지 않다는 말이다.

그래서 몸소 자연재해를 겪은 사람들은 신이 진짜로 있긴 있는지 의심하곤 한다.

🌳 야생 동물

야생과 인간

야생과 인간은 함께 어울려 평화로이 살 수 있을까? 서로 영역을 침범하지 않으면 되겠지만, 영역이 겹칠 때는 갈등을 일으킬 수밖에 없다. 시골은 바로 이런 갈등이 끊이지 않는 곳이다. 갈등을 끝내고 평화를 이루는 길은 아주 멀거나 없어 보인다.

우리 마을 사람들은 곧잘 민가를 떠나 산에 올랐다. 산은 온갖 동물과 식물들이 태어나 자라는 곳이었다. 사람들은 산에서 땔감을 줍고 나물을 캐고 버섯을 땄다. 집으로 옮겨 심으려고 어린 소나무를 뿌리째 캐는 사람도 있었다. 어떤 사람들은 건강을 돌보고자 운동 삼아 산에 올랐다.

사람들이 산에 아무 때나 드나들 듯이, 산짐승들은 곧잘 민가로 내려왔다. 가장 중요한 까닭은 먹이를 찾아서였다. 그런데 사람들은 자기들이 먹을 곡식도 모자라다며 동물들이 산에서 내려오게 가만히 놔두지 않았다.

야생지대와 민간지대가 만나는 곳, 또는 야생지대로 한참 들어간 곳에 울타리를 치고 덫과 올무를 놓았다. 야생동물들은 어떻게든지 경계선을 넘어오려 하고, 사람들은 동물들을 막고자 수단 방법을 가리지 않았다.

도시에서 놀러온 이들은 이런 말을 입에 올렸다.

"고라니는 참 순하고 귀여운 짐승 같아요."

"산비둘기들이 떼 지어 날아다니는 풍경이 무척 평화로워 보여요."

"가까이에 멧돼지들이 많다니 정말 살기 좋은 곳인가 봐요."

나도 처음엔 그렇게 생각했다. 야생동물들을 늘 눈앞에서 볼 수 있다니 무척 신기했다. 개들이 한밤에 마을로 내려와 마당과 개울과 들판에서 돌아다닐 생각을 하면 기분이 사뭇 새로워졌다. 마치 원시로 돌아간 느낌이 들기도 했다.

그러나 이 마을 농부들은 농사철 내내 산에서 내려오는 짐승들 때문에 속을 끓였다. 멧돼지와 고라니는 고구마 밭을 파헤쳐 놓고 논에 들어가 벼를 마구 쓰러뜨렸다. 여름날 밤에 논밭에 가서 졸음을 쫓으며 곡식과 채소를 지키는 농부들이 적지 않았다.

밤늦게 누구를 볼 일이 있어 어느 집에 들른 적이 있다. 그 집 아주머니가 논 쪽을 가리키며 말했다.

"멧돼지와 고라니가 자꾸 들어와 벼를 쓰러뜨려요. 그래서 논에 나가셨는데 새벽에나 돌아오시겠지요."

고라니들은 어린 벼를 뜯어먹을 뿐 아니라 밤중에 차를 모는 일을 힘들게 만들었다. 언제 갑자기 고라니가 튀어나올지 몰라서 늘 정신을 바짝 차려야 했다.

이 녀석들은 풀숲에 가만히 있다가도 자동차 불빛만 나타나면 불쑥 찻길로 들어왔다. 얼핏 생각하기엔 불빛을 피해 달아날 듯하지만 그렇지 않았다. 불나방도 아닌데 왜 불빛 쪽으로 달려드는지 아무리 생각해도 알 수 없었다.

어느 해 텃밭에 옥수수를 여러 줄 심어 놓았다. 그러나 옥수수를 단 한 개도 먹지 못했다. 거의 다 익은 옥수수부터 사라져 갔기 때문이었다. 며칠 있다가 따야지 하고 놔둔 옥수수들이 감쪽같이 사라졌다.

처음엔 사람이 몰래 들어와서 따 가는 줄 알았다. 그런데 옥수수밭 뒤쪽 풀숲에 들어갔다가 범인이 짐승이라는 걸 알아냈다. 세상에 옥수수를 날로 먹는 사람은 없었다. 어떤 짐승이 옥수수 알을 갉아 먹고, 자루와 수염을 수북이 풀숲에 쌓아 두었다. 아마도 너구리나 오소리인 듯했다.

이듬해엔 멍멍이들이 사는 집 곁에 옥수수를 심었다.

'이제 개들이 무서워 가까이 다가가지 못하겠지.'

그런데 웬걸, 그해에도 옥수수를 먹지 못했다. 이번엔 어떤 짐승이 옥수수를 따 가지 않고 그대로 옥숫대에 매달아 놓고 갉아먹었다.

뜻밖에도 범인은 쥐였다. 멍멍이들에게 밥을 주러 가다가 보았다. 쥐들이 옥숫대를 타고 올라가 옥수수를 먹고 있었다.

이 얘기를 어느 자리에서 들려주었더니 모두 배꼽을 잡고 웃었다. 여름날 이웃집 아주머니들이 옥수수를 쪄 놓고 둘러앉은 자리였다.

명훈이 어머니가 고개를 끄덕이셨다.

"기껏 심어 놓고 남 좋은 일 하면 속상하지."

2015- 3
원재림

뒤이어 아주머니들은 멧돼지 때문에 벼농사를 망칠까 봐 걱정하는 말을 주고받았다.

"왜 자꾸 논에 들어가 휘젓고 다니는지 모르겠어요."

"우리 논도 벌써 몇 번이나 짓밟아 놓았다니까요."

아주머니 한 분만 말없이 느긋한 얼굴로 앉아 계셨다. 근수 씨네 어머니였다. 우리 집 바로 아래쪽에 있는 논 주인이었다.

근수 씨네 어머니가 기침해서 목을 가다듬고 말씀하셨다.

"우리 논은 아무 걱정 없어요."

다른 아주머니들이 눈을 동그랗게 뜨고 물었다.

"왜요? 밤마다 누가 나가서 지켜요?"

근수 씨네 어머니가 나를 돌아보고 웃으며 대꾸했다.

"작가님이 밤마다 마당에 나와 노래를 부르잖아요. 그 소리에 멧돼지들이 가까이 안 와요."

뱀 때문에 국화 밭을 없애다

여름날 해거름에 현관문을 열고 앞마당으로 나서는데 뱀이 보였다. 뱀은 서둘러 마당을 돌아 국화 밭으로 쏙 들어갔다. 가을이면 흰 국화가 흐드러지게 피는 아주 멋진 꽃밭이었다.

'뱀 때문에 아무 일도 못하겠네.'

그날 밤 잠자리에 들 때까지 줄곧 뱀 생각만 했다. 이튿날 아침에 한참 생각하다가 마음을 굳히고 국화를 모두 뽑았다. 족히 두어 시간 넘게 걸렸다. 그런데 뱀은 보이지 않았다. 아주 작은 지네와 이름 모를 벌레만 잔뜩 나왔다.

처음 이곳에 와서 낡은 흙집을 고쳐 지낼 때, 맨발로 풀밭을 돌아다니길 즐겼다. 밤에도 흙집에서 개울까지 맨발로 오갔다. 풀이

까칠하면서도 부드럽게 발바닥에 와 닿는 느낌이 좋아서였다.

어느 날 풀밭에서 뱀을 본 뒤로 위험한 놀이를 그만두었다. 까닥 잘못해서 독사한테 물리면 정말 큰일이었다. 독사 가운데 까치독사나 '칠점사'로 불리는 독사가 가장 독이 세다고 했다. 이웃마을에 사는 뱀 박사한테 들은 얘기였다.

"이 뱀한테 물리면 일곱 걸음밖에 못 가서 쓰러져요. 그래서 '칠보사'라고 부르기도 해요."

우리 집 마당엔 봄부터 가을까지 뱀이 자주 나타났다. 거의가 유혈목이 또는 율모기라는 뱀이었다. 주황색과 청색 무늬가 있는 뱀인데, 빛깔이 고와 꽃뱀이나 화사로도 불렸다.

이웃 면 약국에 들러 물어 보았다.

"율모기는 독이 없다던데 맞나요?"

이 약국 약사는 시를 써서 액자에 넣어 약국 벽에 걸어 놓았다. 명아주 지팡이를 만들어 다른 노인들에게 나눠 주는 멋진 노인이셨다.

"이 세상에 독이 없는 뱀이 어디 있나요. 독이 세거나 약할 뿐이지요."

백반 가루를 내밀며 덧붙였다.

"이걸 갖다가 온 마당과 풀밭에 뿌리세요."

그분이 시키는 대로 했더니 뱀이 사라졌다.

그러나 얼마 지나자 다시 뱀이 마당에 나타났다. 비 그친 날 햇볕에 몸을 말리려고 회양목 위에 똬리를 틀고 앉아 있거나 바위 틈새로 스르륵 지나갔다.

고구마 밭에서도 뱀을 보았다. 거실 바깥벽 아래쪽 땅으로 지나가는 뱀도 보았다. 올해 우리 집 마당에서 본 뱀 가운데 일 미터 길이쯤 되는 뱀만 열 마리가 넘었다.

뱀들은 집 밖에서만 돌아다니진 않았다. 몇 해 전 어느 날, 집 안에서 책상 앞에 앉아 일할 때였다. 오른쪽 책장 턱에 올려놓은 연필이 바닥에 툭 떨어졌다. 잠시 뒤에 이번엔 지우개가 툭 떨어졌다.

'뭐야? 지우개가 왜 저절로 떨어지지?'

고개를 갸웃거리며 돌아보았다. 책장 턱을 타고 내 오른쪽 어깨 가까이로 뱀 한 마리가 지나가고 있었다.

얼마나 놀랐던지 비명도 안 나왔다. 곧장 현관 중문 앞으로 쌩 달려갔다. 그 순간에 달리는 속도를 쟀더라면 세계신기록이 나왔을 게 틀림없었다. 빗자루를 들고 쌩 돌아와 손잡이 쪽으로 뱀을 탁 내리쳤다. 기껏해야 이삼 초밖에 안 되는 시간에 일이 마무리되었다.

머릿속으로 몇 가지 의문이 스쳐 갔다.

'뱀이 어떻게 들어왔지? 아까 공기를 바꾸려고 잠깐 열어 두었던 창으로 들어왔나?'

'만일 뱀을 놓쳤더라면, 그래서 책장 뒤쪽이나 침대 밑으로 뱀이 숨어 버렸더라면 어떻게 되었을까?

생각만 해도 온몸에 오싹 소름이 끼쳤다.

토지문화관에서 만난 동물학자가 이런 말을 했다.

"어린이들을 모아 놓고 쥐를 보여주었더니 모두 꺅 소리치며 달아났어요. 그런데 꼬리를 자른 쥐를 보여주었을 땐 너나없이 엄청 귀엽다며 서로 만지려 하더라고요."

인간은 누구나 길고 가는 것들을 싫어하게 돼 있다며 덧붙였다.

"아마도 본능이 아닐까 싶어요."

내 경우엔 뱀이 아담과 이브를 꼬여 죄를 짓게 만든 창세기 이야기, 중학생 때 읽은 미당 서정주가 쓴 시 「화사」 때문에 뱀을 더욱 싫어하게 된 듯했다. 미당은 화사, 곧 꽃뱀을 아름답고도 징그러운 동물로 보았다.

그러나 내 머릿속엔 '헛바닥이 날름거리는 붉은 대가리'와 '피 먹은 양 붉게 타오르는 입술' 같은 시구만 뚜렷이 새겨졌다. 뱀을 보면 전혀 아름답다는 느낌이 들지 않았다. 오로지 징그럽게 여겨질 뿐이었다.

뱀들은 쥐를 무척 좋아하는 듯했다. 우리 집 마당에선 쥐를 보기 어려웠다. 개구리 또한 뱀들이 좋아하는 먹이로 보였다.

어느 해 여름날 뱀이 개구리를 잡아먹는 모습을 보았다. 뱀은 턱을 한껏 벌려 개구리를 덥석 물었다. 그런데 개구리가 너무 커서 좀처럼 꿀꺽 삼키지 못하고 쩔쩔맸다. 개구리는 꽤 오래 지난 뒤에야 뱀 입속으로 사라졌다.

뱀에게 물어보았다.

"맛있니? 그렇게 통째로 먹어도 소화가 잘 될까?"

그제야 나를 알아본 뱀은 대꾸하지 않았다. 서둘러 철봉대 너머 풀숲으로 달아났다.

이 세상에 뱀이 없는 시골이 있다는 소리를 들어 보지 못했다. 시골에서 살다 보면 언제 뱀과 마주칠지 알 수 없었다. 뱀을 물리치는 방법을 두루 알아 두면 좋을 듯했다.

이웃마을 뱀 박사에게 다시 물어보니, 마당에 봉숭아를 심어 놓으면 뱀이 가까이 안 온다고 했다.

"봉숭아를 '금사화'라고도 부른다잖아요. 뱀을 물리치는 꽃이라는 뜻이지요."

"봉숭아처럼 예쁜 꽃이 어떻게 뱀을 물리칠 수 있지요?"

"뱀은 봉숭아꽃 향기를 싫어하거든요."

우리 집 앞뜰과 뒤뜰엔 일부러 씨를 뿌리지 않더라도 봉숭아가 자랐다. 그러나 해마다 뱀 수십 마리가 온 뜰에 나타났다.

담배가루를 뿌려서 보람을 느낀 적이 있긴 했다. 바르게 말하면 담배가루가 아니라 담배가루를 우려낸 물이었다. 들통에 물을 담아 놓고, 재떨이에 꽁초가 가득 쌓일 때마다 들통 속에 털어 넣었다.

여러 달 지나자 들통에 담긴 물이 시커멓게 바뀌었다. 몹시 쓴 냄새가 코를 찔렀다. 뱀뿐 아니라 뱀 할아버지도 이런 냄새를 싫어할 듯했다. 들통을 들고 다니며 담배가루 물을 풀밭과 돌담에 고루 뿌렸다. 그랬더니 한동안 뱀이 나타나지 않았다.

시골에서 산 뒤로 버릇이 하나 생겼다. 아침에 현관문을 열고 나설 때마다 먼저 신발 속에 뱀에 들어앉아 있지 않나 잘 살폈다.

그리고 온 마당을 둘러보며 뱀들에게 일렀다.

"어디 숨어 있니? 갑자기 나타나서 간 떨어지게 만들면 못 쓴다."

까마귀와 참새

예전에 이웃집에 초등학생 여자아이 셋이 살았다. 부모 곁을 떠나 할머니와 함께 지냈다. 막내가 아홉 살이었다. 그 아이가 여름날 동틀 녘마다 냄비를 두드리며 외치는 소리에 잠에서 깨어났다.

"탕탕탕, 탕탕탕! 워어이, 워어이!"

그 집에선 감자를 캔 밭에 콩을 심었다. 자꾸만 산비둘기들이 날아와 흙을 파헤쳐 콩을 꺼내 먹었다. 그래서 그 아이는 산비둘기들을 쫓으려고 냄비를 두드렸다.

가까이 가서 보니까 아직 졸음이 묻은 얼굴로 하품했다. 그러면서도 쇠막대기로 냄비를 두드리는 일을 멈추지 않았다. 톡 건드리면 그 자리에 털썩 주저앉을 듯했다.

우리도 해마다 텃밭에 감자를 키워서 캔 뒤에 콩을 심었다. 어느 날 밭에 가 보니 산비둘기들이 콩을 꺼내 먹고 있었다. 여러 날 뒤에 콩 싹이 올라와도 산비둘기들이 덤벼들었다. 한 뼘쯤 콩 줄기가 올라온 뒤에야 건드리지 않았다. 손가락으로 허공을 톡톡 치며 헤아려 보니, 콩 심은 자리에 절반 가까이 콩 줄기가 올라오지 않았다.

산까치도 산비둘기만큼은 아니더라도 온갖 씨앗을 물어 가고 싹을 못 쓰게 만들었다. 그러나 까마귀들은 농작물을 해치지 않았다. 대신에 닭장 위쪽 전깃줄에 앉아서 닭 주인을 애타게 했다. 이 녀석들은 닭장에 친 그물망에 난 틈을 노려보다가, 그리로 휙 날아 들어가 달걀을 훔쳐 부리로 물고 달아났다.

닭을 기르던 이웃집 아저씨가 전깃줄에 앉은 까마귀들을 보며 내게 물었다.

"작가 양반, 총 구해올 데 없을까?"

까마귀를 총으로 쏴서 없애고 싶다는 뜻이었다. 얼마나 까마귀들이 얄미우면 그런 생각을 했을까 싶었다.

사실 까마귀뿐 아니라 닭들도 달걀 맛을 잘 아는 듯했다. 우리 집에서 키우는 암탉들이 스스로 낳은 알을 깨뜨려 먹는 모습을 숱하게 보았다. 부리로 톡톡 쪼아 껍질을 깨고, 속에 든 노른자와 흰자를 알뜰히 빨아 먹었다. 보름쯤 잘 살펴서 그런 일을 막는 길을 찾아냈다.

이웃마을에 닭을 많이 기르는 농부가 있었다. 나보다 두어 살 아래인데 나를 형님이라고 불렀다.

어느 날 이 농부가 내게 물었다.

"형님 댁에서 키우는 암탉은 며칠에 한 번씩 알을 낳아요?"

"며칠이라니? 날마다 한 개씩 낳지."

농부 눈이 휘둥그레졌다.

"그래요? 우리 집 암탉이 모두 백오십 마리인데요. 날마다 거두어들이는 달걀이 쉰 개 밖에 안 돼요."

내가 그에게 일러 주었다.

"모이를 넉넉히 줘. 늦어도 오전 열 시 전엔 닭장에 가서 달걀을 거두어 들여."

닭장을 짓고 암탉들을 들여 놓은 첫해엔 까마귀가 아니라 참새들이 골치를 썩였다. 참새들은 내가 닭들에게 모이를 주고 돌아서기 무섭게 닭장으로 들어가 모이를 먹었다. 얼핏 보아도 서른 마리가 넘었다.

닭이란 동물은 꽤나 마음이 너그러운 듯했다. 곁에서 참새들이 모이를 훔쳐 먹든 말든 전혀 신경 쓰지 않았다. 닭들이 먹는 모이보다 참새들이 먹는 모이가 많아 보였다.

어쩌면 내게 이런 말을 하는 사람이 있을지 모르겠다.

"참새들도 먹고 살아야지요. 뭘 그리 야멸치게 굴어요?"

그런 생각을 안 해 보진 않았다. 하지만 닭장에서 짹짹거리며 닭모이를 말끔히 먹어 치우는 참새 소리를 듣고 있자면 마음이 편치 않았다. 참새들 때문에 닭들에게 다시 모이를 갖다 주는 일이 꽤나 번거로웠다.

좀 성긴 그물을 갖다가 닭장 둘레에 겹으로 쳤다. 그래도 참새들은 어떡해든 작은 구멍을 찾아 닭장으로 들어갔다. 할 수 없이 허수아비를 세우기로 했다. 내 키보다 높게 막대기로 십자가를 만들어 땅을 파고 곧게 세웠다. 낡은 셔츠를 걸치고 모자를 씌웠다.

삽을 원두막 쪽에 갖다 놓고 돌아오다가 허수아비를 보고 깜짝 놀랐다.

"어, 당신 누구야?"

진짜로 사람이 서 있는 줄 알았다. 내 셔츠를 입고 내 모자를 쓰고 있어, 내가 나를 바라보는 착각이 일었다.

허수아비 어깨를 툭툭 치며 힘을 불어넣어 주었다.

"파이팅! 너만 믿는다!"

한동안 참새들은 허수아비가 두려워 가까이 오지 않았다. 멀찍이 떨어진 감나무 가지에 떼 지어 앉아 숨을 죽였다.

그러나 참새들은 어느 때를 지나자 허수아비를 못 본 척하고 다시 닭장 속으로 떼 지어 날아 들어갔다. 허수아비가 길게 한숨 쉬며 중얼거리는 소리가 들려오는 듯했다.

'얘들아, 진짜 너무한다. 나를 이렇게 깔보아도 되니?'

그 뒤로 한 달쯤 지났을 때였다. 한밤중에 우리 집 아래쪽 논에서 총소리가 여러 발 울렸다. 그 소리에 개들이 월월 짖었다. 무슨 일인지 궁금했지만 밖에 나가 보지 않았다. '오발탄'이라는 단어가 떠오르면서 가슴팍에 후끈한 통증이 일었다.

이튿날 아침에 모이를 주러 닭장에 갔다. 어디에서도 참새 비슷한 새가 보이지 않았다. 참새뿐 아니라 다른 새들도 모두 사라졌다.

'와, 정말 신기하네!'

닭들에게 모이를 주고 뒷산에 다녀와 다시 잘 살펴보았다. 아랫집 논을 둘러보고 그 너머 밭쪽으로 귀를 기울여도 참새 소리가 들리지 않았다. 간밤에 울린 총소리에 모든 참새들이 겁먹고 멀리 달아나 버렸다.

새

히치콕, 1963, 미국

어느 겨울날 뒷산 꼭대기에서 독수리 세 마리를 보았다. 커다란 바위들이 많고 나무가 거의 자라지 않는 곳이어서, 독수리들에게 내 모습이 그대로 드러났다. 독수리 세 마리는 날개를 활짝 펼치고 부드럽게 머리 위로 날아왔다. 검은색 양탄자 세 장이 하늘에 나란히 펼쳐진 듯했다.

독수리들은 좀처럼 다른 데로 가지 않고 느리게 허공을 돌았다. 내가 달아날 곳이라고는 바위 절벽 쪽 밖엔 없었다. 키 작은 소나무 곁에 몸을 낮추고 독수리들한테서 눈을 떼지 않았다. 독수리들은 꽤 오랜 시간이 지나서야 다른 곳으로 날아갔다.

다 자란 독수리는 몸길이가 일 미터를 넘는다. 독수리들은 산짐승뿐 아니라 사람도 노린다. 경상남도 거창에서 전하는 설화엔 독수리가 아이를 채 갔는데, 다 자란 뒤에 되찾았다는 이야기가 나온다.

독수리 세 마리가 힘을 합하더라도 나를 채서 하늘로 날아오르긴 힘들었으리라. 그러나 비록 그렇더라도 나를 덮치려 했다면 달아나다가 크게 다칠 수도 있었다.

영화 〈새〉에서도 새 떼가 사람들을 공격한다. 처음엔 아무런 까닭 없이 그러는 것처럼 보인다. 하지만 눈여겨보면 여주인공 멜라니(티피 헤드렌)가 미치(로드 테일러)라는 남자와 만날 때마다 공격한다는 걸 알 수 있다.

미치는 어머니와 함께 산다. 어머니(제시카 탠디)는 아들이 멜라니와 가까워지는 일을 바라지 않는다. 새들이 이런 마음을 읽어 내고 둘을 떼어 놓고자 공격한다는 사실이 밝혀진다.

새들은 멜라니가 미치와 우연히 마주칠 건물 안으로 들어갈 때, 미치를 바라보고 빙긋 웃으며 선착장으로 돌아갈 때, 미치가 멜라니와 서로 다툰 뒤에 차를 몰고 떠나가는 멜라니를 사랑스러운 눈길로 쳐다볼 때, 그리고 두 사람이 속마음을 털어놓고 한층 가까워져 언덕길을 나란히 내려올 때, 기다렸다는 듯이 어딘가에서 나타나서 공격한다.

　현실에선 새들이 사람 마음을 읽어 내서 그 사람을 돕는 일은 벌어지지 않는다. 오히려 사람들이 지닌 뜻을 거스를 때가 많다. 그럴 때는 마치 사람들이 싫어하는 일만 골라서 한다는 느낌을 준다.

　새들이 민가에 내려와 피해를 주는 일을 막기란 매우 어렵다. 새들은 갈수록 빠르게 머리가 좋아지는데, 사람들은 머리가 좋아지는 속도가 더디기 때문이다.

　흔히 어리석고 우둔한 사람을 새대가리라고 부른다. 그 말이 얼마나 잘못되었는지는 새들한테 당해 본 사람만 안다.

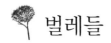 벌레들

곤충도 벌레다

'벌레'는 곤충을 비롯해 기생충 같은 하등동물을 통틀어 이르는 말이다. 꿀벌과 나비, 반딧불이, 여치, 베짱이, 메뚜기도 곤충이다. 얼핏 보기엔 벌레가 아닌 듯해도 벌레가 맞다.

이웃집 할머니는 손자손녀들을 보고 싶어도 못 보았다. 손자손녀들이 벌레가 두려워 시골집에 오지 않아서였다.

"어려서 몇 번 다녀갔어요. 온종일 비명을 질러 대던데, 작은 벌레들이 뭐 그리 무섭다는 건지!"

우리 마을 어른들 가운데도 유난히 벌레를 무서워하는 사람들이 있었다. 이들은 언제 어디서나 벌레를 볼 수 있는 시골에서 지금껏 편히 살지 못했다.

가게 곁에 나이가 일흔 살에 가까운 아주머니 한 분이 사셨다. 노인회장님 부인이었다. 이 분은 '벌레'라는 단어만 나와도 목을 움츠리며 진저리쳤다.

"으이고, 그런 얘긴 그만해요."

시골로 시집 온 지 오십 년이 다 되어 갔다. 그리 짧지 않은 세월인데, 그 동안 하루하루가 얼마나 소름끼치고 두려웠을까 싶었다.

아주머니는 겨울을 가장 좋아했다.

"이때는 벌레를 보기 힘들잖아요."

겨울에도 꼬물거리며 돌아다니는 벌레들이 없진 않았다. 하지만 한결 마음이 놓이는 모양이었다.

물론 아주머니가 모든 벌레를 싫어하진 않을 듯했다. 아주머니가 나비와 반딧불이를 보고 비명을 지르는 모습은 상상하기 어려웠다.

봄날 가장 먼저 눈에 뜨이는 곤충은 벌이었다. 우리 집 앞뜰에선 회양목 십여 그루가 자랐다. 내가 알기로는 우리 집에서 회양목보다 먼저 꽃을 피우는 나무는 없었다.

아주 작고 노란 회양목 꽃이 피어나면, 벌들이 꿀을 모으러 날아와 붕붕거렸다. 토종벌은 양봉보다 덩치가 작았다. 이런 벌은 사람을 잘 쏘지 않았다. 벌집에 바짝 다가갈 때나 덤벼들었다.

뒤이어 노랗고 하얀 나비들이 나타났다. 나비들이 날아다니는 모습을 한참 바라보고 있으면 정신이 하나도 없어졌다. 마치 바람에 날리는 종이쪽 같았다. 좀처럼 갈피를 잡지 못하고 헤매며 줄곧 중얼거리는 듯했다.

"이리 갈까, 저리 갈까. 저리 갈까 이리 갈까. 내 마음 나도 모르니, 어렵다 어려워!"

이따금 호랑나비가 눈에 뜨였다. 김홍도가 그린 그림을 보면 알수 있듯이, 무늬가 무척 곱고 촘촘하며 예뻤다. 호랑나비 스스로도 자기에게 그런 멋진 무늬가 있음을 잘 알리라 여겨졌다. 호랑나비끼리 서로 쳐다볼 때가 있을 테니까 말이었다.

여름에서 가을 사이엔 메뚜기와 여치와 잠자리들이 온 들판을 누볐다. 방아깨비와 풍뎅이도 어디서나 볼 수 있었다. 사마귀는 좀처럼 날아다니지 않았다. 무슨 생각이 그리 많은지 잠자코 앉아 있다간 이따금 머리와 앞발을 높이 들었다 내렸다.

세상에 그렇게 용감한 곤충은 드물 듯했다. 앞에 나뭇가지를 갖다 대면 대뜸 맞서 싸우려 들었다.

"날 우습게 보지 마. 한 방에 보내는 수가 있어."

어느 날 불 꺼진 방으로 들어갔더니 저만치 창문 쪽에서 반딧불이가 보였다.

"어, 반딧불이가 방으로 들어왔네!"

가까이 다가가 보니 창 밖에서 날아다니는 반딧불이였다. 어찌나 빛이 밝던지 방 안에 들어와 있는 줄 알았다.

여름날 밤엔 날마다 앞뜰과 텃밭 쪽에서 어둠 속을 날아다니는 반딧불이를 볼 수 있었다. 때로는 앞뜰 잔디밭에 내려앉아 반짝거렸다. 좀처럼 다른 곳으로 날아가지 않아서 손전등 불을 켜 비추어 보았다. 꼬물꼬물 기어 다니는 애벌레였다.

애벌레는 누가 자기를 밟을까 봐 힘껏 빛을 뿜으며 옹알거렸다.

"갑니다, 가요. 조심하세요."

이런 곤충과 벌레들은 나뿐 아니라 누구한테서나 사랑을 받았다. 사람을 해치지 않으며 겉모습과 몸짓 모두가 아주 귀엽고 예뻐서였다.

그런데 우리 마을엔 모든 사람이 진저리치며 외치게 만드는 벌레들이 한두 가지가 아니었다.

"으이그, 그런 얘기 그만하라니까요."

말벌과 한판 승부

오래된 흙집을 고쳐 지낼 때였다. 흙집 뒤쪽에 수풀이 우거져 있었다. 어느 날 아침 뒷간에 가다가 수풀 쪽을 바라보았다. 누런빛이 도는 흰색 공이 보였다. 아주 큰 수박만 했다. 앞쪽에 난 구멍으로 커다란 벌들이 드나들었다.

앞마당으로 가서 돌멩이를 잔뜩 주워 왔다. 열댓 발짝쯤 떨어진 곳에서 벌집을 겨누고 돌멩이를 몇 개 던졌다. 갑자기 윙 하는 소리가 들렸다. 벌집에서 십여 마리 벌들이 내게로 총알같이 날아왔다. 곧장 돌아서서 걸음아 나 살려라 하고 달아났다.

마침 목에 수건을 두르고 있었다. 수건을 손에 감고 마구 휘둘렀다. 얼마만큼 달리다가 돌아보니 벌들이 모두 어디론가 사라졌다. 만일 그때 수건이 없었더라면 끔찍한 일을 겪을 뻔했다.

그날 오후에 지나가다가 들른 동네 친구 재현이에게 말했다.

"뒤뜰에 벌집이 있는데 가서 볼래?"

재현이가 뒤뜰로 가더니 수풀을 바라보고 움찔했다.

"말벌집이잖아. 말벌이 막 날아다녔을 텐데 괜찮았어?"

"아까 뭔 일이 있었지. 저걸 어떻게 없앤다?"

"이따가 다시 올게. 뿌리는 모기약 준비해 놓아."

재현이는 저녁때 커다란 자루를 들고 돌아왔다. 날이 컴컴해질 때까지 이런저런 이야기를 나누며 기다렸다.

"자, 이제 슬슬 가 볼까."

재현이는 살금살금 수풀 쪽으로 다가갔다. 손전등 불을 켜 벌집을 비추었다. 곧바로 벌집 구멍에 대고 모기약을 마구 뿌렸다. 재빨리 쌀 포대를 벌집에 뒤집어씌우며 일을 마쳤다.

　우리 집 뒷벽에 붙은 전기 계량기엔 뚜껑이 덮여 있다. 어느 날 서고에 전기를 보내는 스위치를 올리려고 계량기 뚜껑을 열었다. 갑자기 계량기 속에서 무언가 쌩 날아와 왼쪽 가슴께를 탁 쏘았다.
　세상에 태어나 그렇게 따끔한 통증은 처음 느꼈다. 따끔하다는 말로는 많이 모자랐다. '따끔따따끔하다'는 말이 있다면 그때 느낀 통증을 좀 더 잘 드러낼 수 있을 듯했다.
　나를 쏜 녀석은 말벌이었다. 말벌은 곧 내게서 떨어져 나갔다. 빌빌거리며 저만치 날아가 풀숲으로 사라졌다. 벌들은 침을 쏘면 힘이 빠져 죽는다고 했다. 그 녀석은 목숨을 걸고 나를 쏘았다.
　"아이고, 아파라. 참 독한 녀석일세!"
　낯을 일그러뜨리며 손바닥으로 가슴을 덮었다. 겨우 걸음을 떼서 집 안으로 들어갔다. 윗옷을 벗고 거울을 바라보았다. 왼쪽 가슴이 벌개졌고 퉁퉁 부어 있었다.
　일주일 뒤까지 가슴께에서 통증이 이어졌다. 집에 있는 온갖 약을 바르며 참고 버텼다. 나중에 마을 친구들이 내 얘기를 듣고 모두 목을 움츠렸다.
　"말벌에 쏘이면 곧장 병원에 가야 해."
　"독이 머리까지 번지면 죽을 수도 있어."
　말벌들은 봄부터 여름까지 집을 지었다. 이때는 보름에 한 번꼴로 집 둘레를 잘 살폈다. 혹시 말벌이 집을 짓고 있나 해서였다. 올해만 해도 말벌집 네 개를 찾아냈다. 다용도실 문 바깥쪽 처마 밑에서 한 개, 보일러실에서 두 개, 옛날 흙집 마루 위쪽 천장에서 한 개를 찾아 없앴다.

말벌집을 없애는 일을 한낮에 해선 안 되었다. 두 눈 똑바로 뜨고 처다보던 말벌들이 날아와 공격하기 때문이었다. 말벌 한 마리한테 정수리 숨골을 쏘여도 죽는다고 했다. 만일 뒤로 벌렁 자빠져 누운 채, 수십 마리 말벌들한테 쏘이면 어떻게 될지는 굳이 말할 것도 없었다.

말벌집을 발견하면 날이 어두워지기를 기다려야 했다. 벌들은 어둠 속에선 제대로 힘을 쓰지 못했다. 아침나절에 말벌집을 보았다면 그날 온종일 아무 일도 못한다고 봐야 옳았다. 말벌 생각에 일이 손에 잡힐 리 없었다. 어떤 때는 말벌이 유난히 시끄럽게 윙윙대는 소리가 귓가에 울리는 듯했다.

지금 이 순간에도 우리 집 어딘가에서 말벌들이 또 다른 집을 짓고 있을 것만 같다.

진드기에 대한 투념

친구야, 다른 사람들이 너를 보면 '진드기'라고 부르잖아. 왜 네가 이런 별명을 갖게 됐는지 잘 모르겠다고 했지? 그래서 요 며칠 동안 진드기라는 벌레에 대해 곰곰이 생각해 보았어.

『화엄경』을 읽다 보니까 이런 말이 나오더라.

'티끌 하나에도 우주가 들어 있다.'

아무리 하찮아 보이는 미물 속에도 우주가 들어 있다는 말이지. 이 말을 이렇게 바꿀 수 있겠어.

'만일 우주가 없다면, 태양과 달과 별이 없다면, 티끌 하나도 존재할 수 없다.'

그러니 작은 벌레 하나도 함부로 죽여선 안 되겠어. 나 또한 그런 마음을 갖고 살려고 애써. 집 안에 들어온 거미와 개미 한 마리도 함부로 죽이지 않으려 해. 얇은 종이로 잘 감싸서 마당에 내다가 풀밭에 내려놓지.

하지만 그 일이 늘 뜻대로 되진 않더라고. 눈에 뜨이는 대로 눈 하나 깜박이지 않고 해치우는 생명체들도 있거든. 손을 내저어 쫓으면 악착같이 다시 달려들며 괴롭히는 파리와 모기들이 그래. 다짜고짜 살갗에 달라붙어 피를 빨아먹으려 드는 진드기도 그렇고 말이야.

세상 만물은 저마다 존재하는 까닭이 있다잖아. 파리는 동물 시체나 쓰레기를 분해시키는 일을 해. 모기는 한밤에만 피는 꽃들이 수정하는 일을 도와줘. 그런데 조물주께서 진드기를 만든 까닭은 알다가도 모르겠어.

우리 집 풀밭엔 봄이 와서 날이 따뜻해질 때부터 서늘한 바람이 부는 가을까지 진드기가 들끓어. 진드기는 누구보다도 멍멍이들을 괴롭혀. 처음엔 멍멍이 얼굴에 한두 마리가 달라붙어. 일일이 손가락이나 집게로 떼어 내서 없애지.

여러 날 잊고 지내다가 다시 멍멍이 얼굴을 잘 들여다보곤 깜짝 놀라게 돼. 눈꺼풀과 눈꼬리와 콧등과 턱뿐 아니라 귓바퀴와 목덜미에도 진드기들이 잔뜩 붙어 있거든.

어떤 녀석들은 피를 잔뜩 빨아들여 팥알처럼 통통하게 몸통이 불어나 있어. 귓속까지 들어가 피를 빨아 먹기도 해. 그대로 놔두었다간 더욱 깊이 들어가 고막을 망가뜨려 귀머거리를 만들지도 몰라.

멍멍이들은 아무 말 못하고 낑낑거릴 뿐이야. 자기 몸에서 피를 빨아 먹는 진드기 때문에 얼마나 힘들까 싶어. 진드기가 달라붙은 자리마다 엄청 가렵고 근질거리지 않겠어? 하도 많이 피를 빼앗겨 어지럼이 일기도 하겠지.

진드기가 너무 많이 달라붙었을 때는 약국에서 약을 사 와. 물에 약을 개서 진드기가 달라붙은 곳에 발라 주고 털을 비벼 거품을 내. 그러면 진드기들이 툭툭 떨어져 나가.

멍멍이들은 온몸에서 가려움이 가시니까 폴짝폴짝 뛰며 아주 좋아해. 그러나 열흘이나 보름쯤 지나면 다시 얼굴에 진드기가 들러붙어.

세상엔 멍멍이들처럼 유난히 진드기가 잘 타는 사람들이 있어. 물론 몸에 진드기가 잘 달라붙지 않는 사람도 있지.

나는 안타깝게도 진드기가 잘 타는 쪽이야. 아무리 조심해도 살 갗에 진드기가 달라붙어. 어떤 때 진드기는 살 속으로 파고들어. 그 자리가 가려워 소독약을 바르면, 곧 보글보글 거품이 일며 진드 기가 기어 나와. 그렇게 징그러울 수가 없지.

진드기한테 물린 자리는 날마다 아무리 약을 많이 발라 줘도 덧 나. 희한하게 고름이 생기면서 온종일 가려워. 밤에 자다가 깨어나 기 일쑤야. 갈수록 상처가 더욱 커지면서 고름이 계속 나와. 병원 에 갔더니 약을 바르고 항생제를 처방해 주더라고.

그러나 모두 쓸데없는 짓이야. 봄여름에 진드기에 물리면 가을 이 가고 찬바람이 불 때까지도 상처가 가라앉질 않아. 기온이 영하 로 뚝 떨어지고 한 해가 끝나갈 즈음에야 상처가 천천히 아물지.

어떤 해엔 이런 상처가 난 자리가 스무 군데를 넘었어. 양쪽 다 리 곳곳이 곪은 채 길게는 일고여덟 달을 보내. 그동안 내 입에선 줄기차게 진드기에 대한 푸념이 흘러나와.

진화생물학자 가운데 재레드 다이아몬드라는 사람이 있어. 현 대에도 부족사회 생활을 하는 뉴기니 족 같은 사람들을 오래 연구했어. 그가 쓴 글을 보면, 원시림 속에 사는 벌레들이 어떤 곳 벌레들보다 독성이 강하다는 사실을 알 수 있어.

각다귀와 거머리, 이, 모기, 진드기 따위에 물려서 죽는 사람이 한둘이 아니래. 살갗 속에 알을 낳는 벌레들도 있대. 알에서 새끼가 나오면서 농양을 일으키고, 상처가 다 낫더라도 영원히 지워지지 않을 흉터를 남긴다네.

우리 마을에도 뉴기니 족이 사는 원시림처럼 진드기가 많아. 나만큼이나 진드기가 잘 타는 사람도 적지 않지. 어느 아주머니는 봄부터 가을까지 나와 똑같은 증상으로 고생하셔. 아니, 나보다 증상이 훨씬 심해. 오래도록 병원을 내 집 드나들 듯 하며 치료를 받아 보고, 좋다는 약을 다 구해서 발라 보았지만 헛일이었어.

아주머니는 혹시 문둥병에 걸렸나 해서 검사를 받아본 적도 있대. 누구 입에서 진드기 소리만 나오면 한숨을 푹 쉬며 툴툴거리셔.

"어서 이사를 가든지 해야지, 더는 시골에서 못 살겠네요."

조물주께선 왜 진드기를 만드셨을까? 오로지 인간과 동물들을 괴롭히려고? 적어도 진드기 같은 존재는 되지 말아야지 하고, 굳게 마음먹게 해 주려고?

이런, 내가 괜한 얘기를 한 모양이네.

친구야, 네가 얼굴이 그렇게까지 빨개지면서 숨을 몰아쉴 줄은 몰랐어. 우리 다른 이야기 하자.

어, 갑자기 왜 일어나? 어디 가?

철갑을 두른 지네

원주 시내에서 닷새마다 열리는 장에 가면 바짝 말린 지네를 볼 수 있었다. 참 징그럽게 생겨서 온몸이 오싹해졌다. 한두 마리가 아니라 수십 마리, 수백 마리가 바닥에 쫙 깔려 있었다.

지네 장수에게 물어보았다.

"말린 지네를 어디에 써요?"

"몸속에서 피가 잘 돌게 해서 관절염과 신경통을 가라앉혀요."

지금껏 우리 집에서 지네를 스무 마리 넘게 보았다. 집게손가락 길이쯤 되는 지네를 본 횟수만 세면 그러했다.

거실 바닥을 기어가는 지네도 보았고, 침실에서 이불 위를 기어 가는 지네도 보았다. 지네는 아주 어렸을 때는 개미만 해서 잘 눈에 뜨이지 않았다.

아침에 깨어났을 때 다리에서 무언가에 물린 자국을 보고 놀란 적이 있다. 아마도 지네한테 물리지 않았나 싶다. 잠결에 무언가 스멀스멀 살갗 위로 기어가는 느낌에 깨어난 날이 한두 번이 아니었다.

지금 내 오른쪽 가슴 밑에도 무언가에 물린 자국이 있다. 열흘 전에 잠을 자다가 물렸다. 아침에 깨어나서야 가슴이 따끔거려서 알았다. 마치 누가 손톱으로 할퀸 듯한 자국이 났다.

벌건 자국은 하루 다르게 옆으로 번져 갔다. 나중엔 살갗이 손바닥 너비로 벌게졌다. 하루에도 몇 번씩 누군가 바늘로 콕콕 찌르는 듯한 통증이 일었다. 어떤 때는 바늘 정도가 아니라 송곳에 찔리는 아픔에 신음하며 허리를 구부렸다.

이웃 마을에 사는 소설가 친구도 나와 같은 일을 겪었다. 어느 날 여럿이 막걸리를 마시는 자리에서 지네 이야기가 나왔다. 이 친구가 엉거주춤 일어나더니 바지를 내리고 허벅지에 난 상처를 보여 주었다.

"며칠 전에 자다가 지네한테 물렸어."

그 집도 우리 집처럼 흙벽돌과 나무만으로 지었다. 가끔 천장에서 지네가 이불로 뚝 떨어진다고 했다.

한 사람이 그 친구에게 말했다.

"입을 꼭 다물고 자야겠네. 지네가 입속으로 떨어져 목젖을 물면 안 되잖아."

우리 마을엔 지네를 말벌과 독사만큼이나 두려워하는 사람들이 많았다. 한결같이 말벌을 조심하라고 할 때와 비슷한 말을 입에 올렸다.

"지네를 우습게 보면 큰 코 다쳐."

"지네한테 물리면 목숨을 잃을 수도 있어"

그런 말을 듣고 나면 더욱 지네를 꺼리게 되었다. 내가 우리 집 안에서 본 지네들은 몸통이 검고 머리와 꼬리는 주홍색이었다. 다리는 밝은 갈색을 띠었다. 다리 숫자가 마흔 개쯤 돼 보였다.

그토록 많은 다리를 한꺼번에 움직이는 지네를 보면 비명을 지를 틈이 없었다. 재빨리 빗자루건 책이건 손에 잡히는 대로 들고 지네에게 달려가 힘껏 내리쳤다.

지네는 껍질이 보통 단단하지 않았다. 마치 쇠붙이를 겉에 붙인 갑옷인 철갑을 두른 듯했다. 아무리 내리쳐도 꿋꿋이 앞으로 나아갔다. 용감한 군인처럼 오로지 전진하고 또 전진할 뿐이었다. 지네가 부르는 군가가 들리는 듯했다.

"우리는 뒷걸음질이 무언지 모른다네. 모든 벽 뚫고 담 넘어 앞으로 나아간다네. 백만 대군도 우리를 막을 수 없다네."

지네는 조금도 전진하는 속도를 늦추지 않았다. 소파 밑이나 책장 아래로 쏙 들어가 버릴까 봐 온 힘을 다해 다시 지네를 공격했다.

드디어 지네가 힘이 빠져 멈추어 서면 수건으로 잘 감쌌다. 얇은 종이로 감쌌다간 종이를 뚫고 손가락을 쏠 수도 있었다. 곧장 현관 문을 열고 마당 저쪽으로 멀리 수건을 던져 버렸다.

지네는 나무 밑처럼 축축한 곳을 좋아한다고 들었다. 지네를 막으려면 집 안을 늘 보송보송하게 해 놓고 사는 수밖에 없었다. 가끔 집 안 구석구석에 살충제를 듬뿍 뿌려서, 지네가 즐겨 먹는다는 작은 벌레와 거미를 없애 주면 더 좋다고 했다.

지네가 한번 나타났다 하면 늘 어지럽던 집이 아주 깨끗하게 바뀌었다.

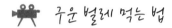
구운 벌레 먹는 법

밥 돌먼, 미국, 2006

빌리(루크 벤워드)는 남달리 비위가 약한 아이다. 걸핏하면 허리를 구부리고 웩웩거린다. 그러나 동생 우디(타이 패니츠)는 형과 딴판이다. 아무렇게나 음식을 질질 흘리며 먹고, 일부러 더럽고 지저분한 짓을 골라서 한다. 빌리는 동생이 그럴 때마다 구역질한다. 뱃속에 든 음식을 토하기도 한다.

낯선 곳으로 이사한 빌리는 학교 가기가 싫다. 여러 아이들이 자기를 길들이려고 애쓰며 짓궂게 굴어서다. 처음 학교에 간 날부터 아이들은 빌리 도시락에 몰래 지렁이를 가득 집어넣는다. 그 뒤로 날마다 빌리를 '웜보이'라고 부르며 놀린다. 벌레 또는 지렁이 소년이라는 뜻이다.

마침내 빌리는 골목대장 조(애덤 힉스)가 이끄는 아이들한테 시달리는 일에 지친다. 어느 날 얼떨결에 화를 내며 말한다.

"나는 지렁이 열 마리쯤은 가볍게 먹을 수 있어."

골목대장 조가 헛웃음 지으며 받아친다.

"네가 지렁이를 먹나 못 먹나, 나하고 내기할까? 내기에서 지는 사람이 바지에 지렁이를 가득 넣고 다니기야."

빌리는 선뜻 그러기로 약속한다. 그러나 지렁이를 먹는 일은 상상만 해도 끔찍하다. 스스로 비위가 무척 약하다는 사실을 잘 알면서 그런 내기를 하다니, 자기가 정신이 나갔다는 생각밖에 안 든다.

서로 약속한 날이 왔다. 빌리는 다른 아이들이 튀기고 볶고 지진 지렁이를 한 마리씩 먹는다. 두 눈을 감고 진저리 치며 지렁이를 삼키는 모습이 참으로 볼 만하다. 다른 아이들도 그 모습을 보며 똑같이 진저리 치고 구역질한다.

이 내기는 지렁이 한 마리를 잔소리꾼 교장 선생님이 먹게 되면서 무승부로 끝난다. 빌리는 한바탕 난리를 치르는 사이에 다른 아이들과 한층 가까워진다. 골목대장 조 또한 빌리에게 손을 내민다. 즐겁고 섬뜩하고 시끄러운 소동이 그렇게 막을 내린다.

우리 가족이 서울을 떠나 원주에 온 지 열 달쯤 지났을 때였다. 우연히 평창 어딘가에서 열리는 곤충 캠프를 알게 되어 딸아이를 보냈다. 여느 도시 아이들처럼 벌레를 호랑이만큼이나 무서워하고 뱀처럼 징그럽게 여기던 아이였다.

아이는 여러 날 선생님과 다른 아이들과 함께 산속과 들판에서 지냈다. 그동안 곤충들이 어떻게 태어나 어떻게 자라는지 보고 배웠다.

캠프에 다녀온 아이는 벌레를 두려워하던 마음이 깨끗이 사라졌다. 뿐만 아니라 벌레들을 보면 활짝 웃으며 무척 반가워했다.

"어머나, 애 좀 봐. 정말 예쁘다!"

벌레를 손바닥에 올려놓고 뭐라고 중얼거리며 이야기를 건넸다. 그리고 얌전하게 벌레를 도로 풀숲에 놓아주었다.

나는 딸아이와 달리 어려서부터 벌레를 조금도 겁내지 않았다. 아직 도시로 바뀌지 않은 서울 변두리에서 태어나 날마다 논밭 사이에서 뛰어놀며 자라서인 듯했다. 꼬물꼬물 기어가는 지렁이, 털이 수북한 송충이를 손가락으로 잡는 일쯤은 아무 일도 아니었다.

벌레건 이 세상 어떤 일이건 익숙해지기까지엔 시간이 걸린다. 사람에 따라서 그 과정이 말도 못하게 힘들 수 있다. 하지만 잘 견뎌 내면 반드시 그만한 보람이 뒤따른다.

개와 닭

개가 닭 보듯이?

돌돌아, 네가 강아지 때 함께 산에 오르던 일이 떠오르는구나.
나 혼자 산길을 걷는 일도 즐거웠지만, 너와 같이 걸으면 또 다른
재미가 있었지. 네가 어찌나 신바람 내며 재롱을 부리던지 저절로
웃음이 나왔어. 갑자기 냅다 달려와 내 손을 혀로 쓱 핥고는, 이 바
위 저 바위에 올라갔다가 나무 뒤로 사라졌다가 다시 반짝 나타나
쏜살같이 달려오곤 했지.

그런데 갈수록 너는 내게서 점점 더 멀어졌어. 나중엔 함께 걷는
다고 말하기 어려웠어. 나는 나대로 너는 너대로 산책하다가, 이따
금 우연히 다시 만났다간 헤어지는 식이 되었어.

어느 날 산에서 내려와 윗집을 지날 때, 네가 별안간 그 집 닭장
으로 달려갔던 일 떠오르지? 닭들이 날개를 퍼드덕거리며 꼬꼬 울
고 한바탕 난리가 났지. 어떻게 닭장에서 나왔는지, 닭장 곁 수풀

에서 혼자 모이를 쪼던 닭이 한 마리 있었어. 너는 그 닭을 보자마자 쏜살같이 달려갔고, 나는 너를 쫓는 추격전이 벌어졌지.

그 집 뒤뜰에서 닭이 너한테 붙들렸어. 막대기를 내저어 가까스로 너와 닭을 떼어놓았어. 그때 네가 나를 돌아보았는데, 입에 닭 털을 한 움큼 물고 히죽 웃고 있더라. 무슨 대단한 일이라도 한 듯한 얼굴이었어. 다행히 그 닭은 어깻죽지 털이 뽑혔을 뿐 목숨을 건졌어. 뒤늦게 달려 나온 주인 품에 안겨 닭장으로 돌아갔지.

다음 날부터 너는 튼튼한 쇠줄로 네 집에 묶여 지내는 신세가 되었어. 시무룩한 얼굴로 나를 바라볼 때마다 마음이 아팠지만 어쩔 수 없었단다. 닭들을 가만히 놔두었더라면 얼마나 좋아. 지금껏 나와 함께 아침마다 등산을 즐길 수 있었을 텐데 안타깝구나.

그해 가을날 저녁때 시내에 나가서 일을 보던 중이었어. 아랫마을 사람 하나가 전화를 걸어왔는데, 목소리가 몹시 퉁명스러웠어.

"한 마리는 다리를 저는 하얀 개고, 또 한 마리는 누렁이야. 작가네 개들이 맞지? 우리 집 닭 아홉 마리를 모조리 물어 죽였으니까, 와서 봐."

서둘러 집에 돌아왔다. 마당 한쪽에 묶여 있어야 할 너와 곰돌이가 보이지 않더라. 어떻게 둘 다 줄이 풀렸는지 알다가도 모르겠더구나.

이튿날 아침에야 너희가 돌아왔어. 둘 다 도로 묶어 놓고 집을 나섰어. 먼저 농협에 가서 닭 값으로 물어 줄 돈을 찾았어. 엊저녁에 나한테 전화를 걸어온 사람네 집으로 갔어. 토종닭 한 마리에 얼마쯤 하는지 동네 친구에게 미리 물어 알아 놓았지.

닭들을 잃은 그 집 주인은 얼마나 성난 표정이었는지 몰라. 눈에서 불꽃이 튀어 똑바로 쳐다보지 못하겠더구나. 집 주인은 나를 닭장으로 데려갔어. 너희가 아니라 내가 닭들을 물어 죽이기라도 한 것처럼 딱딱거렸어.

"저 지경을 만들어 놓으면 어떡해."

그분이 가리킨 닭장 안쪽과 바깥쪽 여기저기에 닭들이 죽어 널 브러져 있었어. 닭장을 잘 살펴보니 뒤쪽에 철망이 뜯어진 자리가 있더라. 너희가 그리로 들어가서 닭들을 해친 듯했어.

그분은 내게 목장갑과 삽을 내밀었어. 그리고 휙 돌아서서 어디론가 사라졌어. 나더러 닭들을 묻으라는 얘기였지. 마당 한쪽 구석에 구덩이를 넓고 깊게 파서 닭들을 한 마리씩 들어다 넣었어. 닭 무덤 만들기를 마쳤을 때 기다렸다는 듯이 그분이 다시 나타났어.

내가 목을 움츠리고 죽어 가는 목소리로 말했어.

"정말 죄송합니다. 이제 어떻게 하면 좋을까요? 닭 값을 마련해 왔는데요."

쭈뼛거리며 지갑이 든 바지 주머니에 손을 넣었어.

그분이 고개를 가로저었어.

"그럴 것까지는 없고, 다른 닭들을 구해다가 닭장에 넣으면 되겠어."

그날 온종일 닭 아홉 마리를 구하느라 이 동네 저 동네를 뒤지고 돌아다녔어. 우리 동네엔 닭을 많이 길러 보았자 대여섯 마리를 넘지 않는 집뿐이었어.

저녁때 충주까지 가서 닭을 수천 마리 기르는 농장을 찾아냈어. 거기서 닭 아홉 마리를 사다가 그 집 닭장에 넣었지.

그 일이 있고 나서, 행여나 너희를 묶은 목줄이 또 풀릴까 봐 신경을 더 많이 쓰게 되었어. 하지만 목걸이와 쇠줄을 잇는 고리가 언제 닳아서 끊어질지 누가 알겠니.

며칠 전에도 아랫마을 사람 하나가 전화를 걸어왔어.

"개가 닭들을 잔뜩 죽였는데, 혹시 그 집 개 아닌가요? 개를 붙잡아 묶어 놓았으니까 어서 와 보세요."

가슴이 덜컥 내려앉더라.

"잠깐만요."

휴대폰을 귀에 댄 채, 집 안에서 마당으로 달려 나갔어.

저만치에서 너희가 바닥에 배를 깔고 엎드려 따사로운 햇살을 즐기며 잠들어 있더구나. 얼마나 기뻤는지 몰라. 여느 때보다 너희가 예뻐 보이더라고.

길게 한숨을 내쉬고 가슴을 쓸어내렸어. 전화를 걸어온 이에게 씩씩하게 목청껏 대꾸했지.

"다른 집에 알아보세요. 우리 집 개들은 아주 잘 있답니다!"

개를 기우는 까닭

우리 가족은 지금껏 이 마을에서 모두 여섯 마리 개를 키워 보았다. 알로와 곰돌이, 호돌이, 돌돌이, 돌돌이 2세, 꼬맹이였다. 곰돌이와 호돌이는 알로가 낳은 아들이었다. 돌돌이 2세는 돌돌이가 뒷집 암캐와 사랑에 빠져 낳은 아들이었다. 꼬맹이 엄마는 이웃집에서 아직 살고 있고, 아빠는 그 집 솥으로 들어갔다.

지금 우리 집엔 돌돌이 2세와 꼬맹이가 살고 있다. 돌돌이 2세는 자기 아빠 이름대로 돌돌이로 불린다. 꼬맹이는 처음 우리 집에 왔을 때 태어난 지 한 달 열흘쯤 된 강아지였다. 덩치가 아주 작아서 꼬맹이라고 불렀다. 이젠 돌돌이보다 덩치가 커졌다. 하지만 새로 이름을 지어 주기도 무엇해서 그냥 꼬맹이로 부른다. 돌돌이와 꼬맹이는 나란히 앞마당에 묶여 있고, 저마다 자기 집이 있다.

2015-3
원재길

우리가 개들을 줄에 묶어 기르는 까닭은 한 가지였다. 그대로 놔두면 다른 집에 가서 닭을 물어 죽이거나 부엌에 들어가 그릇을 깨뜨리며 말썽을 피웠다. 몇 번 안됐다는 생각에 줄을 풀어 주었는데, 그때마다 기다렸다는 듯이 일을 저질렀다.

우리 마을 개들을 잘 살펴보니 집집마다 개를 키우는 까닭이 달랐다. 어떤 사람들은 집 안에서 개를 키우며 모든 일을 함께했다. 이런 개들은 덩치가 아주 작아서 많이 먹지 않고 많이 싸지 않았다. 그리고 목욕을 시키는 데 시간이 얼마 안 걸렸다.

이런 개들은 주인에게 고양이와 비슷한 동물이었다. 온종일 두드러지게 하는 일이 없었다. 그저 주인과 더불어 같은 공간을 나누어 쓸 뿐이었다. 밥도 같이 먹고 티브이도 같이 보고, 잠도 같은 이불 속에서 잤다.

사냥용이나 호신용으로 개를 키우는 이들도 있었다. 이런 개들은 여간 사납지 않았다. 피플테리어나 도베르만 같은 개들은 도무지 사람을 두려워하지 않았다. 집에서 데리고 있을 때는 반드시 아주 튼튼한 쇠줄로 묶어 놓았다. 그리고 개집 둘레에 튼튼한 철망을 쳤다.

우리가 키우는 개들은 사냥용이나 호신용이 아니고 경보용에 가까웠다. 낯선 사람이 나타났을 때 월월 짖어 경보를 울리는 일을 했다. 만일 개들이 없다면 누가 우리 집 마당으로 들어왔다는 사실을 알아챌 길이 없었다. 집 안에서 조용히 글을 쓰거나 쉬고 있는데, 갑자기 누가 현관문을 탕탕 두드린다면 얼마나 놀라겠는가.

개들이 짖는 소리를 들으면 저 멀리 다리 건너에서 지나가는 사람을 보고 짖는지, 아니면 우리 집 마당으로 들어오는 사람을 보고 짖는지 알아챌 수 있었다. 누가 우리 집 마당으로 들어설 때는 개

두 마리가 함께 아주 열심히 짖었다.

그때 창문으로 내다보면 틀림없이 누군가 마당을 질러 집으로 다가오고 있었다. 전기 사용량 검침원이나 택배 배달부, 여호와의 증인, 또는 이웃 사람들이었다.

우리 개들은 딱 한 사람한테는 안 짖었다. 바로 우체부였다. 지금껏 우리 동네에 우편물을 가져와 나눠 주는 일을 했던 사람이 네댓 명이었다. 우리 개들은 그 가운데 어느 누가 올 때도 짖지 않았다. 우리가 늘 우체부를 반갑게 맞는 모습을 보아서 그러는 듯했다.

어느 날 동네 친구가 다른 마을 친구를 데리고 놀러 왔다. 얼굴이 아주 큰 사내였다. 어렸을 때 읽은 큰바위얼굴 이야기가 떠올랐다. 나란히 앞뜰에 앉아 커피를 마셨다.

큰바위얼굴이 대뜸 내게 물었다.

"개고기 안 드시지요?"

"어떻게 알았어요?"

큰바위얼굴이 저만치에서 노는 우리 집 개들을 손으로 가리켰다. 그때 우리는 개를 세 마리 길렀다. 아침저녁으로 잘 먹여서 모두 살이 투실투실했다.

큰바위얼굴이 빙긋 웃으며 대꾸했다.

"저렇게 살찐 개가 세 마리나 되잖아요."

우리 마을에 사는 개 네댓 마리 가운데 하나는 복날을 넘기기 어려웠다. 이런 개들은 식용으로 볼 수 있었다.

언제던가 우리 집 암캐가 새끼를 네 마리 낳았다. 이웃집 할머니가 마당으로 들어서며 강아지들을 돌아보고 말씀하셨다.

"올해는 개를 한 마리 키워 볼까 해요."

그 할머니가 개를 키우는 모습을 본 적이 없었다. 갑자기 개를 키워 보시겠다니 혼자 사시기가 무척 외로우신 듯했다.

한 달쯤 지나서 강아지들이 젖을 떼었다. 하얗고 예쁜 강아지 한 마리를 품에 안고 다리 건너 할머니 집으로 갔다.

할머니가 강아지를 보고 활짝 웃으셨다.

"아이고, 그 사이에 많이 컸네!"

"암캉아지니까 새끼를 낳게 하시면서 잘 데리고 지내세요."

강아지가 내 손에 들린 채 앞으로 나아갔다. 할머니가 두 손을 내미셨다.

바로 그때, 할머니 입에서 뜻하지 않았던 소리가 흘러나왔다.

"올 여름 복날에 우리 사위 오면 잡아 먹여야지."

강아지는 할머니 손바닥에 내리려는 찰나, 허공을 질러 돌아와 다시 내 품에 안겼다. 그대로 돌아서서 강아지를 집으로 데리고 왔다. 우리 집 강아지를 보신용으로 바칠 생각이 눈곱만큼도 없었다.

할머니는 그날 일 때문에 무척 서운하셨던 듯했다. 나를 보면 슬며시 다른 데로 가셨다. 이웃 사람들한테 서운한 마음을 내비치셨다는데, 그 말씀을 그대로 옮기면 이렇다.

"세상에 강아지를 주려다가 도로 갖고 가는 법이 어디 있어요."

수탉 울음을 좋아한다고?

지금 우리 집 마당엔 오래된 흙집과 벚나무 사이에 닭장이 있다. 닭장엔 암탉 세 마리가 산다. 암탉들은 날마다 알을 한 개씩 꼬박꼬박 낳는다. 보면 볼수록 참 신통하다. 암탉들에게 옥수수 가루와 쌀겨를 섞은 사료와 풀과 물을 먹일 뿐이다. 그런 것들이 어떻게 노른자와 흰자와 껍질로 이루어진 타원형 공으로 바뀌는지, 마법이 따로 없다.

유정란은 암탉 몸속에서 난자와 정자가 만나 수정이 된 알이다. 이런 알을 얻으려면 수탉을 키워야 한다. 하지만 우리 집에선 수탉을 키우지 않는다. 한번 수탉을 키운 적이 있긴 하다. 울음소리가 너무 시끄러워 견디기 힘들었다. 이 닭은 뒷집에 놀러 갔다가 개한테 물려 죽었다. 개 앞에서도 높고 날카로운 노래 솜씨를 뽐내다가 변을 당했는지 모른다.

수탉은 새벽에만 운다고 여기는 이들이 있다. 그러나 전혀 그렇지 않다. 여름날엔 새벽 세시에서 세시 반 사이에, 겨울날엔 여섯시쯤에 갑자기 울어 잠에서 깨어나게 만든다. 그 뒤로도 해질 무렵까지 이십여 차례 운다. 한 번 울음보가 터졌다 하면 몇 분 동안 줄기차게 소리를 내지른다. 세상 어디에서도 그런 울보를 보기 어렵다.

수탉 울음은 옥타브가 높고 데시벨이 강하다. 먼 거리에서 울어도 가까이 들린다. 한참 글을 쓰는데 수탉 울음이 들리면 손을 멈추게 된다. 머릿속이 엉망으로 어질러져서 마음을 다잡기까지 한참 걸린다.

지난해 늦봄에 이웃 마을 어느 집에 들렀다. 집 주인이 서재 창밖에 바짝 붙은 닭장을 가리켰다.

"지은 지 얼마 안 돼요. 암탉 열다섯 마리와 수탉 세 마리를 넣었어요."

서로 이야기를 나누는 중에도 수탉들이 줄기차게 울어 댔다. 집 주인이 웃으며 말했다.

"나보다 수탉 울음을 좋아하는 사람은 없을 거예요."

흐뭇한 얼굴로 닭장을 내다보며 덧붙였다.

"아마도 내가 닭띠여서 그런가 봐요."

한 달 뒤에 그 집을 다시 찾았다. 집 주인 얼굴이 십 년은 늙어 보였다. 처음엔 딴 사람인 줄 알았다.

그가 절레절레 고개를 흔들었다.

"수탉 울음 때문에 새벽마다 잠을 설쳤어요. 한낮에도 온종일 울어 대니 시끄러워 살 수가 있나요. 당장 닭장을 없애려 해요."

얼마 전에 이웃 마을에 이사 온 부부도 같은 일을 겪었다. 침실 창문 가까이 옆집 닭장이 있었다. 온종일 수탉뿐 아니라 암탉도 여간 큰 소리로 울지 않았다.

남편이 참다못해 옆집 주인을 찾아갔다.

"닭장을 다른 데로 좀 옮겨 주세요."

옆집 주인이 떨떠름한 얼굴로 대꾸했다.

"알았으니까 기다려 봐요."

그러나 보름이 가고 한 달이 가도 닭들은 그곳을 떠나지 않았다.

남편이 다시 옆집 주인을 찾아가서 말했다.

"닭 때문에 많이 힘드네요. 너무 시끄럽게 울어서 새벽마다 잠에서 깨어나요."

옆집 주인이 버럭 짜증을 냈다.

"세상에 닭울음 소리에 잠에서 깨어난다는 사람은 처음 봐요."

도시에서 변호사로 일하는 친구가 부부 집에 놀러왔다. 하룻밤 자다가 새벽에 닭소리에 깨어났다. 그 뒤로 더는 잠을 이루지 못했다.

그 친구는 아침을 먹는 자리에서 부부에게 말했다.

"내가 도와줄까? 서로 얼굴 보지 않고 끝낼 수 있어. 경찰서에 전화 한 통만 하면 돼."

그 친구 말로는 소음에 관한 법 규정이 따로 있었다. 이웃 사이에 닭 울음을 놓고 소송이 벌어진 적도 여러 번 있는데, 닭 주인이 이긴 일은 한 번도 없다고 했다.

"어떤 경우에도 닭장은 옆집에서 멀리 떨어져야 한다는 얘기야."

우리 마을 친구들이 온종일 수탉들이 목이 터져라 우는 까닭에 대해 주고받았다.

"사람도 목이 컬컬하면 일부러 헛기침하잖아."

"에이, 아무리 그래도 그렇게 큰 소리를 내지르진 않지. 암탉들 앞에서 잘난 척하느라 그럴 거야."

"어쩌면 햇빛 때문인지도 몰라. 동틀 때부터 해질 때까지 울잖아."

"그럼 온종일 깜깜한 곳에 넣어 두면 안 울겠네!"

닭들이 억울하게 여길 이야기를 했는데, 한껏 자부심을 높여 줄 이야기가 없지 않다. 원주에서 말년에 생명운동을 펼친 장일순 선생님이 한살림모임 창립 강연에서 이런 말씀을 하셨다.

"아마 서너 살 때인 것 같은데, 명절이 되면 별식이 많잖아요. 이것저것 먹다 보면 배탈이 나지요. 요즘에야 뒷간이 집 안에 다 있지만, 그때는 삼사십 미터 떨어진 곳에나 대개 있었습니다.

볼일은 낮이나 아침에 훤할 때 보는 법인데요. 밤에 배탈이 났으니 뒷간에 가야겠고, 뒷간엔 불도 없는데다 네댓 살 아이들은 가랑이를 쭉 벌려야만 널빤지에 오를 수 있거든요.

그래서 자꾸 칭얼거리면 어른들이 등불을 켜서 변소 앞까지 데려다주면서, '저기 닭장 앞에 가서 구부렁구부렁 큰절을 세 번 해라. 밤똥은 닭이나 누지, 사람도 밤똥을 누더냐' 하고 말씀하셨어요. 그러면 '밤똥은 닭이나 누지, 사람도 밤똥을 누더냐' 하면서 세 번 큰절을 하고, 후련하게 방으로 들어와 잠을 잔단 말이에요.

그런 생활을 어려서 했어요. 그러니까 동심의 세계에서는 '내가 인간인데!' 하고 잘났다는 생각이 없었다고요. 이 점에 있어서는 닭이 나보다 낫구나 하고 생각했지요."

이곳 강원도에서나 밤똥과 닭 이야기가 전하는 줄 알았다. 그런데 얼마 전에 어머니께서 오셔서 닭장을 바라보고 같은 말을 중얼거리셨다.

"닭이나 밤똥을 누지, 사람도 눈다더냐."

어머니는 경기도 하남에서 태어나서 그곳에서 자랐다. 강원도뿐 아니라 경기도에서도 그런 말이 전한다고 봐야겠다.

어린 시절에 나도 밤똥을 누러 가며 어머니한테 그런 말을 듣지 않았을까 싶다. 우리 집 뒷간 옆에 닭장이 있었다. 뒷간에서 일을 보고 나서 닭들에게 넙죽 큰절을 올렸는지도 모른다.

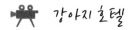 강아지 호텔

소어 프류덴탈, 2009, 미국, 독일

앤디(엠마 로버츠)와 브루스(제이크 오스틴)는 부모를 잃고 이 집 저 집 옮겨 다니며 살아가는 남매다. 두 아이는 프라이데이라는 강아지를 키운다. 이번에 새로 들어간 집에선 강아지를 키우지 못하게 한다.

남매는 프라이데이에게 보금자리를 마련해 주려고 돌아다니다가 버려진 호텔을 발견한다.

"와, 이런 곳이 숨어 있었네! 프라이데이가 지내기에 딱 좋겠어!"

호텔엔 이미 두 마리 개가 살고 있다. 누군가 기껏 기르다가 내버린 개들이다.

남매는 애견센터에서 일하는 직원한테서 도움을 받아 동네 골목을 떠도는 개들을 모은다. 그리고 동물보호소에 갇힌 개들을 탈출시켜 호텔로 데려온다.

"우리, 이 호텔을 '강아지 호텔'로 만들자."

"그래, 멋지게 잘 꾸며 보자."

강아지들은 호텔에서 마음껏 뛰어논다. 맛있는 음식을 실컷 먹고 깨끗한 화장실을 쓴다. 어느 강아지는 신발 뜯기를 무척 좋아한다. 남매가 주워 온 운동화들을 실컷 물어뜯으며 신바람 낸다. 이렇게 사는 개들이 사오십 마리로 늘어난다.

경찰과 동물보호소 사람들이 호텔로 들이닥친다.

"너희 지금 여기서 뭐 하니? 모두 꼼짝 말고 그대로 있어!"

그들은 강아지 호텔을 없애고 개들을 붙잡아 가려 한다. 서로 쫓고 쫓기는 소동이 벌어진다. 길 가던 사람들이 시끄러운 소리를 듣고 호텔로 몰려온다.

남매를 맡아 돌보는 사회복지사가 앞으로 나선다.

"개들을 붙잡아 죽이기 전에 내 말 좀 들어 보세요. 이 개들은 한때 사람들과 행복하게 살았어요. 그런데 갑자기 사람들이 마음이 바뀌어 개들을 때리고 굶기더니 밖에 내다버렸어요."

모든 사람들이 숨소리도 내지 않고 귀담아듣는다.

사회복지사가 침착하게 덧붙인다.

"이 남매도 가족 없이 외롭게 살아왔어요. 버림받은 개들을 데려다가 사랑이 넘치는 가족을 만들었어요. 우리에게 이 가족을 깨뜨릴 권리가 있을까요?"

누군가 짝짝 손뼉을 친다. 손뼉 소리가 점점 커지고, 와아 하는 함성이 울려 퍼진다.

이따금 새벽에 운동 삼아 별빛을 받으며 마을길을 오르내린다. 어느 집을 지나든지 개들이 내 발소리를 듣고 짖는다. 줄에 묶이지 않은 개들은 집 밖으로 나와 폴짝폴짝 뛴다. 개들이 사람 숫자보다 많은 듯하다.

주인에게 사랑을 듬뿍 받는 개들도 있다. 거의 버려진 개들도 적지 않다. 눈만 봐도 어떤 개인지 알 수 있다.

주인이 밥을 제때 주지 않고 걸핏하면 때리는 개들은 두 눈이 공포에 사로잡혀 있다. 뒷다리 사이로 꼬리를 넣고 으르렁거리는데 눈빛에서 증오심이 번득거린다. 주인뿐 아니라 모든 사람을 몸서리날 만큼 미워한다.

개를 보면 주인이 어떤 사람인지 알 수 있다고 했다. 개들은 주인을 닮기 때문이다. 성품이 좋지 않은 사람은 개를 안 키우는 쪽이 낫다. 어떤 사람인지 금세 들키기 때문이다.

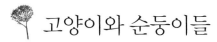

고양이와 순둥이들

고양이 이해하기

한때 도시에서 주택 반지하방에 살았다. 그 집에 아주 덩치 크고 나이 많은 고양이가 있었다. 우리가 사는 방 쪽으로 가려면 담장과 집 사이에 난 좁은 길을 지나야 했다.

늘 고양이가 그곳에 앉아 졸았다. 그 집엔 햇살 좋고 바람 솔솔 부는 베란다도 있고 부드러운 잔디밭도 있었다. 그런데 그늘지고 습한 곳이 뭐가 그리 좋은지 알 수 없었다.

"애, 좀 지나가게 저리 비켜."

고양이는 몇 번 말해도 못 들은 척했다. 막대기를 찾아서 들고 온 뒤에야 눈을 가늘게 뜨며 쳐다보았다. 아주 못마땅한 얼굴로 느리게 일어나 다른 데로 갔다.

서로 실랑이를 벌이는 일이 되풀이되면서 갈수록 고양이와 멀어졌다. 나날이 나를 바라보는 고양이 눈이 매서워졌다.

제법 굵은 비가 내리던 날 밤이었다. 집 안에서 혼자 창가 책상 앞에 앉아 책을 읽고 있었다. 갑자기 고양이가 앞뜰 저쪽에서 반지하방 유리창으로 냅다 달려와 몸을 날렸다. 유리창이 깨질 듯한 소리가 났다.

비는 더욱 세차게 쏟아져 내렸고, 고양이는 연거푸 유리창으로 몸을 날렸다. 등골이 오싹해지면서 소름이 끼쳤다. 어렸을 때 한여름날 밤에 이불 뒤집어쓰고 보았던 납량 특집 드라마가 떠올랐다.

얼마 뒤부터 고양이는 또 다른 낯선 행동을 했다. 어느 날 아침 밖에 나가려고 현관문을 열고 깜짝 놀랐다. 죽은 쥐가 신발 위에 놓여 있었다. 그런 일이 여러 번 이어졌다.

집 주인에게 수돗세를 내는 자리에서 이 이야기를 꺼냈더니 웃으며 말했다.

"서로 잘 지내보자는 뜻에서 그랬겠지요."

정말 그럴까? 앞서 유리창에 온몸을 던졌을 때도 같은 뜻에서였을까? 내가 고양이가 아니니 그 마음을 알 도리가 없었다.

몇 해 전에 나라에서 큰 선거가 치러질 때였다. 찬조 연설자가 후보자 하나를 추어올리는 말을 하다가 개 이야기를 꺼냈다.

"이 분처럼 동물을 사랑하는 사람도 보기 드물어요. 댁에서 기르던 개한테도 듬뿍 정을 쏟아부었지요. 그랬더니 그 개는 주인에게 보답하는 뜻에서 날마다 한 마리씩 쥐를 잡아다가 현관 앞에 갖다 놓았답니다."

누구는 개가 쥐를 잡아다 바쳐 감동하고, 또 누구는 고양이가 쥐를 잡아다 바쳐 소스라치게 놀라니, 세상 일이 참 묘하다는 느낌이 들었다.

우리 마을에선 강아지뿐 아니라 고양이를 집 안에 붙들어 두기 어려웠다. 둘 다 햇살 좋고 널찍한 마당과 들판에서 뛰어놀기를 워낙 좋아하기 때문이었다. 주인이 현관문을 열고 마당으로 나갈 때 슬며시 따라 나갔다.

밖에서 노는 동안, 진드기는 말할 것도 없고 온갖 벌레들이 털에 달라붙었다. 다시 집 안에 들일 때마다 몸을 씻기고 털을 빗겨 주어야 했다.

몇 년 안쪽에 고양이가 부쩍 늘어났다. 줄에 묶여 지내는 우리 집 개들이 시끄럽게 짖을 때 창밖으로 고개를 돌리면 고양이가 보였다. 까만 고양이, 누런 고양이, 하얀 고양이들이 온 마당을 휘젓고 돌아다녔다.

고양이는 새끼를 자주 낳는 동물인 듯했다. 어느 섬에서 쥐를 없애려고 고양이를 들여다 키웠는데 더욱 큰 일이 벌어졌다. 몇 년 사이에 고양이들이 온 섬을 뒤엎어 버렸다. 섬마을 사람들은 집 밖에서 생선을 말리는 일을 그만두었다. 고양이들이 모조리 낚아채 가서였다.

어떤 사람은 생선을 빨랫줄에 매달아 놓고 밤에 몰래 지켜보았다. 고양이들은 담장 위로 올라가서, 허공을 붕 날아 빨랫줄에 매단 생선을 낚아채 사뿐히 땅에 내렸다.

하긴 내가 이 집에서 본 쥐들도 높이뛰기 솜씨가 뛰어났다. 앞마당에 닭들을 풀어 기르던 때였다. 어느 날 닭들에게 모이를 듬뿍 주고 집 안에 들어왔다. 창밖을 내다보고 눈이 휘둥그레졌다. 쥐 여러 마리가 달려들어 닭 모이를 먹고 있었다. 닭들은 쥐들이 모이를 빼앗아 먹는데도 가만히 놔두었다.

밖으로 달려 나가 쥐들을 쫓았다. 한참 골똘히 생각하다가 모이통을 줄로 매달았다. 닭들이 모이를 먹어야 하니까 너무 높지 않게 모이통을 허공에 띄웠다. 내 손으로 두 뼘쯤 되는 높이였다. 흐뭇하게 웃으며 집 안으로 돌아 들어왔다.

다시 창밖을 내다보는데, 쥐들이 폴짝 뛰어 사뿐히 모이통에 올라탔다. 쥐들이 그렇게 높이 뛰는 줄 미처 몰랐다. 자기 몸통 길이보다 몇 곱절 높은 곳까지 뛰어오르다니 정말 놀라웠다.

이제 남은 길은 한 가지뿐이었다.

'촘촘한 철망과 각목을 사다가 닭장을 지어 쥐들이 들어가지 못하게 해야지!'

그즈음에 글 쓰는 일로 바빠서 그 일을 미루었다. 쥐들은 줄곧 닭 모이를 먹고 살이 통통하게 쪘다. 새끼까지 낳아 예닐곱 마리로 불어나서 모이통 주위를 맴돌며 배불리 행복하게 살았다.

지난해까지만 해도 우리 집 마당에 돌아다니는 고양이가 두세 마리였다. 지금은 한 곳에 십여 마리씩 모여 있기도 했다. 이처럼 빠르게 늘어나다간 언젠가 온 동네를 고양이들이 뒤덮을 수도 있었다.

고양이들은 청소차가 실어 가게 내놓은 쓰레기 봉투를 발기발기 찢어 놓았다. 풀숲과 개울가 비탈에서 쓰레기를 도로 주워 담느라 진땀을 흘리기 일쑤였다. 고양이들은 뻔질나게 닭장 가까이 다가가 닭들을 겁주었다.

그리고 현관 앞 잔디밭까지 올라와 보란 듯이 아무 데나 똥을 누었다. 마당 탁자에 음식물을 놔두면 잠깐 자리를 비우기 무섭게 채갔다. 게다가 하루에 열두 번씩 개집 앞을 오갔다. 개들이 너무 짖어 대서 잔뜩 목이 쉬게 만들었다.

나는 나대로 고양이 때문에 개들이 짖을 때마다 하던 일을 멈추어야 했다. 고양이들이 정말 중요한 일이 있어 우리 집에 왔다면, 그 일만 보고 그만 돌아가 준다면 더 바랄 게 없었다.

뭐든지 너무 많으면 말썽을 일으킨다. 돈도 그렇고 자동차도 그렇고, 사람도 그렇고 고양이도 그렇다.

토끼를 기울 때 알아야 할 것들

시내 아파트에서 살 때 토끼 한 쌍을 키웠다. 한 마리는 다리를 절었다. 우리는 가끔 토끼들을 품에 안고 공원에 가서 놀았다. 둘 다 바닥에 내려놓으면 몹시 놀라 말똥말똥한 눈으로 쩔쩔맸다. 그러나 조금씩 움직이는 공간을 넓히다가 풀숲으로 다가갔다. 재빨리 달려가 토끼를 붙잡아 왔다.

아파트 베란다에 토끼장을 놓고 토끼들을 넣어 두었다. 때가 되면 사료를 주고 물을 갈아 주며 정성껏 돌보았다.

'가만있어 보자. 집에 뭘 놓고 왔더라?'

푹푹 찌는 여름날 어디 멀리 갔다가 뒤늦게 토끼들에게 물을 안 주고 온 일이 떠올랐다. 토끼들이 목말라 쓰러져 신음하는 모습이 머릿속에 그려졌다.

'이렇게 더운 날 정말 너무하세요.'

모든 일을 제쳐 두고 서둘러 차를 몰고 집으로 돌아갔다. 열어 놓은 차창으로 뜨거운 바람이 획획 날아들었다.

"조금만 기다려라. 제발 살아 있어 다오!"

토끼들은 잔뜩 더위를 먹어 비실거렸지만 목숨이 붙어 있었다. 가슴을 쓸어내리고 숨을 길게 내쉬며, 그릇에 시원한 물을 가득 담아 주었다.

토끼들을 거실로 들여 풀어 놓고 지낸 날도 많았다. 둘 다 바닥이 미끄러워 잘 달리지 못했다. 다리를 저는 토끼는 바닥에 배를 깔고 납작 엎드려 있다시피 했다.

토끼들은 온종일 아무 소리도 내지 않았다. 밥을 주면 앞니가 톡 튀어나온 입을 오물거리며 냠냠 먹었다. 이럴 때 '냠냠'은 소리시늉말이 아니라 꼴흉내말로 여겨졌다. 어떻게 저리 조용한 동물이 다 있을까 싶었다.

어느 날 아침에 보니까 한 마리가 꼼짝 않고 누워 있었다. 전날까지만 해도 전혀 이상한 느낌이 없었다. 토끼는 그렇게 조용히 살다가 조용히 떠났다. 뒷산에 토끼를 안고 가서 잘 묻어 주었다.

얼마 뒤에 나머지 한 마리도 조용히 세상을 떴다. 다시 뒷산에 올라 잘 묻어 주었다. 연거푸 같은 일을 겪고는 오래도록 마음이 좋지 않았다. 그래서 굳게 다짐했다.

'다시는 무슨 일이 있어도 토끼를 키우지 않겠어.'

그런 다짐을 시골에서 사는 동안 까맣게 잊었다. 우리 마을엔 짚공예로 이름난 노부부가 살고 있었다. 두 분은 연립주택 같은 토끼장을 이 층으로 지어 놓고, 어른 토끼와 아기 토끼를 많이 키웠다.

"와, 정말 귀엽네요! 아기 토끼 두 마리만 주세요."

뒤뜰에 널빤지와 그물로 토끼집을 만들고 아기 토끼들을 넣어 키웠다. 동네 아이들이 토끼를 보러 몰려왔다.

아이들은 자기 집에 돌아가자마자 엄마에게 토끼를 사달라고 졸랐고, '안 돼' 하는 짧고 차가운 대꾸를 들었다. 다음 날도 다음다음 날도 우리 집에 와서 토끼를 구경하고 아쉬운 얼굴로 돌아갔다. 그런데 이 토끼들도 몇 달 뒤에 하나씩 하늘나라로 떠나갔다.

동물을 키우려면 그 동물에게 알맞은 환경과 음식을 잘 알아 두어야 했다. 우리는 그걸 잘 몰랐다. 모르면 알려고 애써야 하는데 그러지 않았다. 그래서 착하고 얌전한 토끼들이 오래 흙 내음과 맑은 공기를 마시며 살게 해 주지 못했다.

뒤늦게 토끼들이 어떤 체질과 습성을 지니고 있는지 알게 되었다. 어떤 자리에서 토끼를 오래 길러 본 사람한테서 들었다.

"토끼들은 습기에 약해요. 토끼장 안을 늘 보송보송하게 만들어 줘야 해요. 그리고 물이 많이 들어 있는 풀을 먹이면 배탈 나요."

그가 내게 물었다.

"토끼가 세상을 뜰 즈음에 어떤 똥을 누던가요?"

잘 떠오르지 않아 머뭇거렸더니 스스로 대꾸했다.

"토끼는 변비를 앓는 듯이 보일 때가 정상이에요. 토끼 똥은 환약처럼 동글동글하면서 질지 않고 되어요."

토끼들이 보기에 늘 묽은 똥을 누는 닭들은 정상이 아니었다. 어서 빨리 약을 먹어야 했다.

돼지와 소

어렸을 때 집에서 돼지를 쳤다. 대문을 나서 오른쪽으로 바깥마당을 빙 돌아가면 돼지우리가 있었다. 집 뒤뜰 우물 쪽에서 사립문을 나서도 돼지우리에 이를 수 있었다. 그 시절을 떠올릴 때면 등골이 오싹해지는 일이 머리를 스쳐 갔다.

추석을 앞두었을 때였다.

"꼬리를 꽉 잡고 당겨. 그래, 이쪽으로 돼지를 몰아."

삼촌과 여러 청년들이 돼지를 잡으려고 우리에서 억지로 끌어냈다. 청년 하나가 도끼로 돼지를 냅다 내리쳤다. 돼지는 뒤통수에 도끼날이 박힌 채, 목이 터져라 꿱꿱 울며 우물을 빙빙 돌았다.

이곳 시골 마을에 살면서도 돼지를 잡는 모습을 여러 번 보았다. 어린 시절에 본 모습과 크게 다르지 않았다. 돼지를 꼭 잡아야 하다면, 돼지에게 덜 고통스러운 방법을 쓰면 좋을 듯했다. 그리고 돼지가 숨이 끊어지기 전까지는 소리 내 웃거나 왁자하게 떠들지 않았으면 싶었다.

어린 시절에 본 우리 집 돼지는 돼지답게 무척 먹성이 좋았다. 호박을 줘도 잘 먹고 풀을 한 다발 뜯어 줘도 잘 먹었다. 먹다 남은 밥과 반찬을 줘도 잘 먹었다.

아이들은 저마다 집에 가서 온갖 음식을 다 가져왔다. 돼지가 먹나 보려고 돌처럼 딱딱한 누룽지를 던져 주었고, 곰팡이가 핀 떡을 주기도 했다.

"와, 진짜 잘 먹는다! 우적우적 씹는 소리가 엄청나게 커!"

음식을 가려 먹는 사람은 성격이 까다롭다고 했다. 그런 점에서 뭐든지 잘 먹던 우리 집 돼지는 마음씨가 부드러운 동물이었다. 한 번도 벌컥 화를 내거나 소리치는 모습을 보지 못했다. 그저 꿀꿀댈 뿐이었다.

이 시골 마을엔 돼지를 치는 집이 드물었다. 한두 집 있다고 하는데 두 눈으로 보진 못했다. 그러나 소는 많이 보았다. 소를 키우는 집에선 늘 부지런히 소에게 먹일 꼴을 마련했다. 때로는 다른 먹이를 집으로 나르기도 했다.

마을 사람이 우리 집에 들렀다가 저만치 바위를 타고 넝쿨을 뻗는 호박을 보고 멈칫했다. 바위 사이에 아주 큰 호박이 열려 있었다.

"저 호박, 먹을 거예요?"

너무 커서 어떻게 먹으면 좋을지 알 수 없었다. 예전에 커다란 호박 여러 개를 따다 놓았는데, 겨울이 가기도 전에 모두 썩어 내다버린 일이 있었다.

곧바로 고개를 가로저었다.

"아니요."

"그럼 내가 가져갈게요. 소한테 먹이려고요."

여름날 마을을 오르내리는 길엔 가장자리에서 풀이 웃자랐다. 그래서 점점 길이 좁아졌다. 소를 기르는 사람 하나가 하루 날 잡아 예초기를 들고 와서 풀을 모조리 베어 경운기에 실었다. 이 풀을 집에 가져가서 소에게 먹였다.

다른 사람들은 좁아지는 길을 넓히는 일을 한 그 사람을 칭찬했다. 그러나 사실 그 사람은 소에게 먹이려고 풀을 베었을 뿐이었다. 자기에게도 좋고 마을에도 좋은 일을 한 셈이었다.

우리 마을에선 사람 숫자가 줄어드는 속도만큼이나 소가 줄어드는 속도가 빨랐다. 만득이는 한때 소를 열 마리 키웠다. 갈수록 사료 값은 꾸준히 오르는데 소 값은 떨어졌다. 그래서 소를 하나둘 내다 팔았다.

소들에게 꼴을 주고 물을 먹이는 만득이에게 물어보았다.

"어미 소 한 마리와 송아지 두 마리밖에 안 남았네. 송아지들을 계속 키우려고?"

"좀 더 자라면 내다 팔려고 해."

소들이 들판에서 한가로이 풀을 뜯는 모습은 시골 풍경을 한층 아름답고 풍요롭게 만들어 주었다. 이런 풍경은 달력에 많이 나왔고, 많은 화가들이 그림으로 남겼다.

요즘엔 작은 시골 마을에서 그런 풍경을 보기 어려웠다. 모든 소들을 온종일 축사에 가두어 키웠다. 어떤 집 축사는 벽이 너무 허술해 늘 바깥바람이 드나들었다. 겨울날 소들이 무척 추울 듯했다.

질척거리는 축사 바닥엔 쥐들이 들끓었다. 모든 집에서 소들이 병 날까 봐 걱정되어 항생제를 많이 먹이고 주사기로 몸속에 넣었다.

광우병에 대한 공포가 온 나라에 널리 퍼진 적이 있다. 그때 미국에서 소고기를 들여오는 일을 막으려고 시위가 벌어졌다. 그즈음에 우리나라에서 살던 외국인 환경운동가가 쓴소리를 했다.

"이 나라에선 항생제로 오염된 소를 키우잖아요. 이런 소를 먹으면 수입 소를 먹을 때보다 위험해요."

🎥 템플 그랜딘

믹 잭슨, 2010, 미국

템플 그랜딘(클레어 데인즈)은 네 살이 넘은 뒤에도 말을 할 줄 몰랐다. 다른 아이들과 어울려 놀지 않았고 장난감을 주면 마구 부서뜨렸다. 여러 사람과 같이 있는 데서 바닥에 납작 엎드려, 팔다리를 마구 흔들며 빽빽 소리치기 일쑤였다.

엄마(줄리아 오몬드)는 템플을 병원에 데리고 갔다.

템플을 진찰한 의사가 말했다.

"자폐아 증상을 앓고 있네요. 엄마 아빠한테 포옹을 많이 받지 못하고 자라더라도 이런 일이 생겨요."

엄마가 고개를 가로저으며 맞받아쳤다.

"제가 다가갈 때마다 뿌리쳐요. 그러니 어떻게 껴안을 수 있겠어요."

"어쨌든 자폐아들을 다루는 학교에 보내도록 하세요."

엄마는 의사 말을 듣지 않았다. 템플을 보통 아이들이 다니는 학교에 넣었다. 더욱 마음을 기울이고 애정을 쏟으며 템플을 잘 보살폈다.

이윽고 템플은 말문이 열렸지만 아주 빠르게 말했다. 게다가 같은 말을 되풀이했다. 다른 아이들은 템플을 괴물 같다며 놀렸다. 그때마다 템플은 책으로 아이들을 때렸다.

선생님들은 템플이 어떤 아이인지 알려고 애쓰지 않았다.

"쟤 때문에 다른 아이들이 너무 힘들어해요. 학교를 그만두게 해야겠어요."

템플은 여러 학교를 옮겨 다녔고, 열다섯 살 때 뉴햄프셔 기숙학교에 들어갔다. 이 학교엔 개와 돼지, 소, 말 같은 동물이 많았다. 템플은 다른 아이들처럼 동물들과 가깝게 지냈다. 나날이 마음이 부드럽고 차분해졌다.

방학 때 템플은 아주 큰 목장을 하는 이모 집에 가서 지냈다. 말과 소를 잘 관찰하더니 이모에게 놀라운 이야기를 들려주었다.

"지금 저 동물들이 어디를 바라보고 무슨 생각을 하는지 알아요. 동물들이 지닌 눈으로 볼 수 있거든요."

〈템플 그랜딘〉은 제목과 같은 이름을 지닌 동물학자를 다룬 영화다. 아주 시원스럽고 당당한 성격을 지닌 템플은 여느 자폐아들이 겪기 마련인 외로움과 따돌림을 모두 이겨냈다. 대학에서 심리학과 동물학을 공부해 박사 학위를 받았다.

템플은 동물들이 어떤 때 두려움과 불안감을 느끼는지 알아냈다. 그때그때 동물들과 감정을 주고받는 능력이 뛰어났기 때문이다. 아무리 거친 동물도 템플이 다가가 뺨을 쓰다듬어 주면 곧 얌전해졌다.

템플이 목장 주인들을 찾아가서 말했다.

"소들이 다니는 통로를 곡선으로 바꾸세요. 그러면 소들이 서로 부딪혀 멍들거나 다리가 부러지는 일이 줄어들어요. 소들에게 좋은 일은 사업에도 좋아요."

처음엔 모두 템플을 비웃었다. 하지만 템플이 만들어 낸 여러 장치와 방법을 실제로 써 보니, 모든 소들을 한결 쉽게 키울 수 있었다.

템플이 지닌 능력은 남을 배려하는 능력으로 볼 수도 있다. 배려는 누구를 도와주거나 보살펴 주려고 마음을 쓰는 일이다.

모든 배려는 서로 처지를 바꿔 놓고 생각할 때 이루어진다.

'만일 내가 저 사람에게 거칠게 행동하면 저 사람 기분은 어떨까.'

동물들을 대할 때도 마찬가지다.

'만일 내가 저 돼지를 함부로 다루면 저 돼지 기분은 어떨까.'

동물들을 배려하는 일 하나만으로도 마음을 잘 닦을 수 있다.

4부

느리고 건강하게 살기

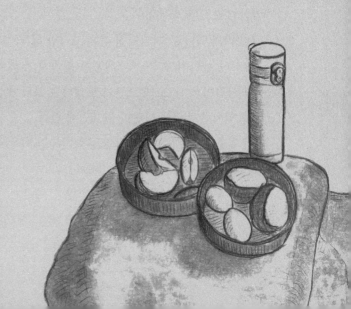

🐕 교통과 교육

즐거운 버스

이 마을에선 모든 일이 도시보다 느렸다. 아무리 둘러보아도 도시보다 빠른 일을 찾을 수 없었다. 아침에 가스가 떨어져 전화로 주문했을 때, 그날 안에 갖다 주면 두 손 잡고 고마워할 일이었다.

이튿날 한낮까지 가스를 안 갖다 줘서 다시 전화한 적도 있었다.

"깜박 잊으셨나 해서요."

"그럴 리가 있나요. 기다리신 김에 조금만 더 기다리세요."

냉장고나 세탁기 같은 전자제품이 망가져 전화로 알려도 며칠 뒤에나 사람이 왔다. 모레 오전에 오겠다는 사람이 글피 오후에 오고, 금요일에 오겠다는 사람이 월요일에 왔다.

이런 일을 자주 겪는 시골 사람들은 좀처럼 서두르지 않았다. 그리고 다른 사람에게 재촉하지도 않았다.

한번은 동네 친구 하나와 어디 좀 같이 가려고, 시간을 정해서 동네 어귀에서 만나기로 약속했다. 그곳에 가서 아무리 기다려도 안 오기에 집에 가 보았다. 그 친구는 거실에서 느긋하게 밥을 먹고 있었다.

"아직 집에 있으면 어떡해."

친구가 나를 쓱 돌아보고는 좀 빠르게 수저를 놀리며 대꾸했다.

"거의 다 먹어 가."

도시에서 살다가 시골로 온 사람들로선 고개를 갸웃거릴 일이 너무 많았다. 도시 사람들은 무엇보다도 '빠름'을 으뜸으로 여겼다. 광고에 이런 문장이 자주 나왔다.

'빠르면 좋고 편리한 것이고, 느리면 안 좋고 불편한 것이다.'

그러나 모든 일이 빠르게 이루어진다고 해서 삶이 더 느긋해지진 않았다. 도시 사람들은 늘 서두르면서 시간에 쫓기며 살았다. 빨라질수록 더 바빠졌다.

정직한 광고주라면 이런 문장을 써야 옳았다.

'빠름은 얼핏 보기에나 좋을 뿐이다. 삶을 한층 팍팍하고 거칠게 만든다.'

날마다 버스가 우리 집 앞까지 느릿느릿 올라왔다. 아침 일곱 시, 오후 네 시, 오후 아홉 시, 그렇게 세 번이었다. 아침 일곱 시 버스엔 타고 내리는 사람이 없었다. 오후 아홉 시 버스도 마찬가지였다. 아예 안 올라올 때가 올라올 때보다 훨씬 많았다.

오후 네 시 버스가 나타나면 모두 쳐다보았다. 누군가 한마디 던졌다.

"버스가 오네."

하루 일을 마쳐야 할 때가 다가온다는 뜻이었다.

우리 마을 길에선 승용차 두 대가 마주 보고 달릴 때, 한 대는 중

간에 멈춰 서야 했다. 그만큼 길이 좁았다. 버스가 저 멀리서 나타
나면 미리 빈터를 찾아서 차를 그곳에 대야 했다. 길 위에서 버스
와 딱 마주쳤다간 둘 다 옴짝달싹 못했다.

시골 어디에서나 서둘러 차를 몬다고 해서 빨리 간다는 법이 없
었다. 느긋하게 운전하는 버릇을 들이지 않으면, 차 밑바닥이 꺼지
게 한숨 쉬며 머리를 쥐어뜯을 일을 자주 겪게 돼 있었다. 면소재
지나 시내에서 누군가를 만나기로 약속했을 때는 미리 집을 나설
수록 좋았다.

우리 집에서 아랫마을 큰길까지 십 리쯤 되었다. 중간에 앞서 가
는 경운기를 만날 때가 있었다. 경운기엔 뒤쪽을 바라보는 거울이
없었다. 경운기를 모는 사람이 귀가 어두워 아무리 경적을 울려도
못 들을 때가 있었다.

그러면 큰길에 이를 때까지 천천히 경운기를 따라가는 수밖에
없었다. 일이 분이면 갈 길을 십 분 넘게 걸리기 일쑤였다.

이따금 버스를 타고 시내에 나갔다. 집에서 시내까지 차를 몰고
가면 사십 분쯤 걸렸다. 그런데 버스를 타고 가면 곱절이 걸렸다.
버스가 이 동네 저 동네 고루고루 들르기 때문이었다.

우리 마을에서 시내까지 버스에서 내리지 않고 간 사람은 나 하
나뿐이었다. 다른 사람들은 모두 중간에 타서 중간에 내렸다. 그러
나 시간이 더 걸릴 뿐, 어쨌든 정해진 시각에 버스는 시내로 들어
갔다.

시내에 사는 어떤 여자 분이 있었다. 이분은 곧잘 버스를 타고 우
리 마을에 왔다. 어둠이 내릴 때 다시 버스를 타고 시내로 돌아갔
다. 버스로 시골 길을 오가는 일이 그렇게 즐겁다고 했다.

"승객이 많지 않을 때는 하모니카를 불어요. 기사 아저씨가 뒷거

울을 보며 웃으세요."

이분은 동네 할머니 할아버지들 심부름으로 시내 병원에서 약을 타 왔다. 미리 부탁 받은 물건을 사오기도 했다.

"버스가 꼬불꼬불한 강변길을 달릴 때, 강물과 건너편 산과 하늘을 천천히 둘러봐요. 그러면 얼마나 기분이 느긋해지고 머리가 맑아지는지 몰라요."

우리 마을 노인들은 면사무소 앞쪽에서 볼일이 있으면 아침 일곱 시 버스를 타고 나갔다. 주로 방앗간이나 상점, 미장원에 들렀다. 거의가 몇 시간 안쪽에 일을 마쳤다. 그 뒤엔 이 집 저 집 들러가며 시간을 보냈다.

우리 마을에서 차를 몰고 일 보러 나온 사람을 만나면, 그 사람이 일을 마칠 때를 기다렸다가 함께 동네로 돌아왔다. 나도 그곳에 나갔다가 여러 번 우리 마을 할머니들을 모시고 왔다.

할머니들에게 물었다.

"차를 몰고 나온 우리 마을 사람을 못 만나신 적도 있겠네요?"

"있지요."

"그럴 땐 어떻게 하세요?"

"버스로 들어가지요."

면사무소 앞에서 오후 세 시 삼십 분쯤에 떠나서 우리 마을로 가는 버스를 탄다는 말씀이었다. 오전 열 시에 볼 일을 마쳤을 땐, 다섯 시간 넘게 버스를 기다려야 했다.

"시간이 너무 남아서 따분하시겠네요?"

할머니들이 느긋한 얼굴로 웃으며 대꾸하셨다.

"따분하긴요. 이 사람 저 사람 만나다 보면 금방 시간 가요."

자연 속에서 배우다

오래된 흙집을 고쳐 쓸 즈음에 우리 딸아이는 중학생이 되어 있었다. 새로 집을 지은 해엔 고등학교에 올라갔다.

딸아이는 대학에 가서 디자인을 공부하기로 마음먹었다. 그래서 시내에 있는 미술학원에 다녔다. 그때 우리나라에선 집에서 혼자 그림을 그리고 솜씨를 익혀 대학에 가는 아이가 거의 없었다. 이른바 입시 정보를 알아야 하고, 자기가 가고 싶은 대학에서 바라는 그림을 잘 그릴 수 있어야 했다. 미술학원은 이런 일을 도와주었다.

딸아이가 미술학원에서 보내는 시간이 갈수록 늘어 갔다. 자정 넘어 집에 돌아올 때도 있었다. 딸아이가 시골집에서 편히 지낼 때는 주말뿐이었다. 일요일 아침에 늦잠 자고 일어나서 강아지를 방 안에 들여 품에 안고 책을 읽기도 했다.

어려서부터 책 읽기를 무척 좋아해서 책에서 손을 뗀 날이 없었다. 내일 학교에서 시험을 치르는데도 오늘 밤 동화책과 그림책을 읽다가 잤다. 아이 방 침대 곁에 쌓인 책이 내 방에 있는 책보다 많아 보였다.

딸아이는 멀리서 내 친구가 식구들을 데리고 놀러오면, 그 집 아이들과 꼭 붙어 다니며 즐겁게 놀았다. 아이들을 데리고 마당을 돌다가 꽃밭 앞에 나란히 쪼그리고 앉아 꽃들을 바라보았다.

초등학교 때 곤충캠프에 다녀온 뒤로 잘 아는 곤충이 많았다. 우리 집 꽃밭에 나타난 나비와 벌과 딱정벌레와 장수하늘소와 도롱뇽과 도마뱀을 가리키며, 아이들에게 곤충들이 저마다 지닌 버릇과 특성을 일러 주었다.

주말에 우리 가족은 곧잘 가까운 곳을 돌며 바람을 쐬었다. 호젓

한 시골 풍경 속에 자리한 식당에서 점심을 들고 강둑길을 걷기도 했다. 강가에 내려가 물수제비를 뜨며 한낮 햇살을 즐긴 날도 많았다. 어느 날엔 이미 수확을 마친 감자밭에 들어가, 아직 덜 여물거나 푸른빛이 들어서 버려둔 감자들을 주웠다.

우리 세 식구는 저마다 믿는 종교가 달랐다. 딸아이는 가톨릭을 믿었고 아내는 불교를 믿었다. 나는 아무것도 안 믿거나 모두 믿었다. 저마다 다른 종교를 가졌지만, 종교 문제로 서로 갈등을 빚은 일은 단 한 번도 없었다. 석가탄신일에 우리 가족은 절에 다녀왔고, 성탄절엔 성당에 다녀왔다.

어느 해엔 일요일마다 세 식구 모두 면사무소 곁에 있는 성당에 가서 미사를 올렸다. 신부님께선 우리 딸아이 세례명을 잘못 기억하셨다. 그래서 엉뚱한 세례명으로 부를 때마다 우리 세 식구는 서로 눈을 맞추고 웃었다.

시골 성당은 늘 조용했다. 커다란 나무가 서 있는 앞뜰 풍경마저 좀 쓸쓸하다는 느낌을 주었다. 신부님뿐 아니라 신도들 가운데 말을 빠르게 하는 사람이 아무도 없었다. 경건함은 조용하면서 차분한 느낌과 서로 닮아 보였다. 가톨릭을 믿지 않는 사람일지라도 가끔 시골 성당에 들러 보면 좋을 듯했다.

신부님은 여러 번 우리 집에 다녀가셨다. 봄날 거실에서 따사로운 햇살과 부드러운 바람을 즐기며 우리 가족과 마주앉아 포도주와 떡을 드셨다. 가을날엔 앞뜰에서 감을 주워 멍멍이들에게 갖다 주셨다.

아내가 시내에서 하는 그림책 일이 늘어나면서 주말에도 집을 비울 때가 있었다. 그런 날엔 나 혼자서 딸아이를 데리고 성당에 갔다. 딸아이와 나란히 앉아 보내는 한 시간이 무척 귀하면서 안타

깝게 여겨졌다.

이따금 언젠가는 이 아이가 이곳을 떠나겠구나 하는 생각에 기분이 가라앉았다. 그런 날엔 딸아이만 성당으로 들여보내고 밖으로 나갔다. 딸아이가 미사를 올리는 동안, 나 홀로 강둑길을 저 끝까지 걸어갔다가 왔다.

딸아이는 시골에 새로 지은 집에서 딱 세 해를 살았다. 대학생이 되면서 집을 떠나갔다. 지금 딸아이는 대학을 마치고 디자인 일을 하는 직장에 들어간 지 세 해째 되었다. 서울에서 자취 생활을 하며 잘 지내고 있다.

앞서 서울에서 만났을 때, 살짝 열린 가방에 든 책 여러 권이 보였다. 아직도 어디에서나 틈만 나면 책을 읽는다고 했다. 요즘 들어 친구들에게 가장 아끼는 물건을 사진으로 찍어 보내라고 해서, 그 물건들을 종이 한 장에 그리는 아주 재미난 일을 즐기고 있었다.

딸아이는 서울을 뜬 뒤로 원주 시내와 이곳 시골에서 일곱 해밖에 보내지 못했다. 그러나 이곳에서 살았던 시간과 추억들이 오래도록 가슴속에서 반짝반짝 빛나리라 믿는다. 그래서 오늘과 앞날을 한층 넉넉하고 여유롭게 꾸며 주면서, 때로 힘들 때 힘과 용기를 북돋워 주리라 믿는다.

매년 시월 첫 번째 일요일이면 이웃 동네 초등학교에서 체육대회가 열렸다. 동창생들이 모여 친목을 다지는 모임이었다. 이 학교를 나온 동네 친구가 말했다.

"내가 학교 다닐 때는 전교생 숫자가 삼백 명이 넘었어."

이 학교는 오래 전에 문을 닫았다. 그 뒤로는 지금껏 이런저런 단체에서 빌려 쓰고 있다.

예전에 우리 면엔 초등학교가 네 개 있었다. 지난 십여 년 사이에 학교 세 개가 문을 닫았다. 지금은 학교 하나만 면사무소 뒤쪽에 남아 있다. 얼마 전에 이 학교 아이들이 나가는 공부방에 들렀다. 아이들에게 글 쓰는 일에 얽힌 이야기를 들려주고 이런저런 것들을 서로 물어보는 시간을 가졌다.

주민들이 조금씩 돈을 보태서 운영하는 이른바 주민자치 공부방이었다. 그날 내가 만난 아이들은 스무 명이 좀 넘었다. 이 아이들이 다니는 학교 전교생이 쉰 명이었다. 팔 년 전에 백오십 명이었다고 했다. 저학년 숫자가 고학년보다 적다니, 앞으로도 꾸준히 학생 숫자가 줄어들 듯했다.

공부방 양쪽 벽에 책장이 길게 놓여 있었다. 시내 도서관에서 보내온 책, 면에 사는 사람들이 기증한 책들이 가득 꽂혀 있었다. 책장 위쪽에 아이들이 그린 그림이 붙어 있었다.

아이들이 늘 보는 자연 풍경이 그림 속에 담겨 있었다. 산과 들판, 꽃과 동물과 곤충과 물고기와 강물이 모두 살아서 움직이는 듯했다.

아이들에게 물어보았다.

"이다음에 글 쓰는 일을 하고 싶은 사람 있어요?"

스무 명 남짓한 아이 가운데 대여섯이 손을 들었다.

다시 아이들에게 말했다.

"그림 그리는 일을 하고 싶은 사람, 손들어 봐요."

이번에도 그만한 숫자가 손을 들었다. 절반이 넘는 아이들이 그림을 그리거나 글 쓰는 일을 하고 싶어 했다. 모두가 상상력이 풍부할 때 할 수 있는 일이었다.

퍼뜩 이런 생각이 머릿속을 스쳤다.

'여기엔 학원이 하나도 없잖아. 아이들은 학교와 이곳 공부방을 나선 뒤엔, 밤에 잠자리에 들 때까지 저마다 자유롭게 시간을 보내. 혼자서 생각할 시간이 많다는 얘기지.'

생각하는 시간은 곧 상상력을 키우는 시간이었다.

아이들과 헤어져 공부방 선생님과 이야기를 나누었다. 도시에서 살다 오신 선생님이었다. 선생님이 말씀하셨다.

"그림뿐 아니라 아이들이 쓴 글을 보면서 무척 놀랄 때가 많아요."

또 다른 이야기도 들려주셨다.

"이곳 아이들은 누구를 따돌린다거나 괴롭히는 일이 없어요. 서로 얼마나 잘 도와주고 감싸 주는지 몰라요."

공부방을 나서 그 앞 골목에서 만난 공부방 운영자도 비슷한 말을 했다.

"아이들을 힘들게 하는 사람은 모두 어른들이에요."

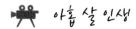 아홉 살 인생

윤인호, 2004, 우리나라

〈아홉 살 인생〉은 달동네와 시골 풍경을 배경으로 초등학교 삼학년 아이들이 살아가는 이야기를 다룬다. 시대는 요즘은 아니고 적어도 삼사십 년 전으로 보인다.

산동네 아이들이 많다 보니 가난 때문에 벌어지는 일이 많다. 어떤 아이는 강냉이를 먹고 싶은데 돈이 없다. 멀쩡한 구두를 들고 가서 강냉이와 바꾸려 한다.

또 어떤 아이는 한쪽 눈이 안 보이는 엄마한테 색안경을 사 드리고 싶어 한다. 그래서 몰래 아이스케이크 장사를 해서 돈을 모은다. 어떤 아이는 짝꿍이 맛있는 반찬이 가득한 도시락을 먹자, 곁에 앉아 슬금슬금 쳐다보며 입맛을 다시다가 자기 도시락을 도로 가방에 넣는다. 도시락을 못 싸 오는 친구와 자기 도시락을 나눠 먹는 아이도 있다.

어린이 네 명이 이야기를 이끌어 간다. 이 가운데 하나는 엄마가 없고, 또 하나는 아빠가 없다. 서울에서 살다가 전학 온 여자아이 장우림(이세영)도 아빠를 사고로 여의었다. 다른 아이들에겐 그 일을 숨긴다. 어떤 때는 스스로도 아빠가 아직 살아 있다고 믿는다.

이 아이는 아빠가 세상을 뜬 일로 받은 상처에서 좀처럼 헤어나지 못한다. 그래서 아빠가 외국에 나가 계시다고 속이면서, 다른 아이들을 얕보고 서로 다툰다. 그러나 다시 서울로 학교를 옮겨 가며 작별 인사를 하는 자리에서, 모든 비밀을 털어놓고 펑펑 눈물을 쏟으며 덧붙인다.

"여러분, 그동안 정말 미안했어요. 이렇게 모두 말하고 나니까 참 후련해요."

다른 아이들도 이 아이가 그동안 얼마나 외롭고 힘들었을지 생각하며 눈물을 흘린다. 모두 서로를 용서하며 좋지 않았던 감정을 푼다.

이 영화엔 아이들끼리 서로 때리는 모습도 그렇고, 어른들이 아이들을 때리는 모습도 숱하게 나온다. 선생님(안내상)이 주인공 여민이(김석)를 때리는 장면은 눈 뜨고 보기 힘들다. 여민이가 짝꿍 우림이한테 심술 나서 우림이 구두를 몰래 물에 담갔다가 들켰을 때다. 선생님은 손목시계를 풀고 깍지를 껴서 손가락에서 뚝뚝 소리를 낸다.

뒤이어 우림이 구두를 들어 여민이 머리를 마구 내리친다. 한쪽

볼 살을 잡고 다른 쪽 뺨을 연거푸 때리고, 비틀대며 돌아선 아이 등을 앞발차기로 걷어찬다. 잠깐 쉬었다간 다시 냅다 달려들어 또 후려치고 때리고 돌려 친다.

그 시절엔 그랬다. 학기 초에 담임 선생님을 잘못 만났다간 일 년 내내 불안에 떨어야 했다. 선생님은 판결관이면서 집행관이었 다. 선생님 생각이 늘 옳을 수는 없었다. 그래서 억울하게 벌을 받 는 아이들이 생겨났다.

내가 몸소 겪은 바로는 중고등학생 때 국어 선생님이 아이들을 가장 덜 때리거나 거의 안 때렸다. 수학 선생님과 영어 선생님이 가장 잘 때렸고 세게 때렸다. 과목마다 그 과목을 가르치는 선생님 에게 주는 스트레스가 다른 듯했다. 수학과 영어 속엔 교사 성격을 거칠게 만드는 무언가가 숨어 있는 듯했다.

이 세상에 거친 사랑을 좋아하는 어린이는 없다. '사랑의 매'는 거친 어른들이 지어낸 말이다.

🐕 통신

아무리 느려도 인터넷

충주 시골 마을에 처음 들어갔을 때는 휴대폰이 터지지 않았다. 강가 쪽 길에 나가야 통화가 됐다. 인터넷도 들어오지 않았다. 바깥과 통신할 수 있는 수단은 우편과 집전화뿐이었다.

그때는 그러려니 하고 살았다. 시골집에 있으면 오히려 마음이 편안하기까지 했다. 바깥세상에서 떨어져 나와 고립될 때 느끼는 여유로움이 이런 거구나 싶었다.

그곳에서 지낸 지 한 해가 지났을 때 휴대폰이 터졌다. 느닷없이 벨이 울릴 때마다 깜짝깜짝 놀랐다. 그다지 기쁘지 않았다.

그러나 얼마 지나자 더는 놀라지 않게 되었다. 오히려 오랜 시간 휴대폰 벨이 울리지 않으면, 전화가 왔는데 놓쳤나 해서 휴대폰을 들여다보았다. 휴대폰이 내 삶 속으로 점점 깊이 들어왔다.

이 마을에 처음 왔을 때도 휴대폰이 터지지 않았고 인터넷이 안되었다. 서둘러 집 전화를 놓았다. 전화 모뎀으로 인터넷을 연결해서 뉴스를 보고 메일을 주고받았다.

메일로 원고지 열 매쯤 되는 글을 보내는 일에 몇 십 분이 걸렸다. 밖에 나가 멍멍이들에게 밥을 주고 어슬렁대다가 돌아왔는데도 아직 원고가 다 가지 않았다.

그때는 그러려니 했다. 얼마 뒤에 휴대폰이 터졌다. 집 나간 아이가 돌아온 듯 무척 반가웠다.

새 집을 짓고 나서 지붕에 접시 안테나를 올렸다. 그 안테나로 전파를 받아서 인터넷에 들어갔다. 전화 모뎀을 쓸 때보다 속도가 빨랐다. 그러나 동영상을 받는 일은 엄두를 내지 못했다.

갈수록 마음이 바빠지고 참을성이 줄었다. 충주 시골 마을에서 살 때와 크게 달랐다. 어떤 길을 자전거로 느긋하게 잘 다니다가 자동차로 쌩쌩 달려도 성이 안 차는 것과 비슷했다.

이따금 내가 시골에서도 도시처럼 살려고 하는구나 하는 생각이 들었다. 그럴 때면 천천히 뒷짐 지고 마당을 돌며 나를 돌아보고 뉘우쳤다.

'아무리 느려도 인터넷은 인터넷이잖아. 느리게 살려고 와 놓고선 자꾸 딴소리하면 안 되지!'

우체부도 동네 사람

날마다 우체부들이 빨간 오토바이를 타고 산골 마을로 올라왔다. 붕 하고 다리 건너 우리 집 마당으로 들어오거나 그대로 지나쳐 오솔길 따라 더 올라갔다.

산책하다가 위쪽 집을 지날 때, 그 집 마당에서 우체부가 주인과 마주앉아 커피를 마시는 모습을 곧잘 보았다. 두 사람은 서로 형님 아우 하면서 이야기를 나누었다. 그 집 주인은 시내에서 살다가 왔고 우체부와 오래 알고 지낸 사이가 아니었다. 그러나 우체부를 같은 동네 사람이나 다름없게 여겼다.

어느 우체부는 내 나이 스무 살 때 자주 어울렸던 대학 선배와 비슷하게 생겼다. 오래 전에 연락이 끊어진 선배였다. 둘 다 작달 막하면서 찐빵처럼 얼굴이 동그랗고 통통했다. 우체부를 볼 때마다 그 선배가 떠올랐다.

'요즘 어디서 무얼 할까? 잘 지내겠지?'

찐빵 우체부 형은 우리 집에 등기우편물을 들고 오면 곧 돌아가지 않을 때가 많았다. 먼저 오토바이 엔진부터 껐다. 나와 함께 감나무 그늘로 들어가자마자 이야기보따리를 풀었다.

"건넛마을 김 서방네 있잖아요. 아까 오다 보니까 어미개가 강아지를 일곱 마리나 낳았더라고요."

"와, 진짜 많이 낳았네요!"

"아랫마을 박 서방네 아들이 취직이 되어 어제부터 직장에 나간다네요. 참 잘되지 않았어요?"

한참 만에 찐빵 형은 뒤늦게 우편물을 건네주고 몹시 아쉬워하는 얼굴로 돌아갔다.

우체부들은 저마다 우편물을 날라다 주는 마을이 한 해를 걸러가며 바뀌었다. 지금껏 이 마을에서 찐빵 형 말고도 네댓 명쯤 되는 우체부를 보았다.

모든 우체부들이 일하는 중에 그다지 서두르는 빛이 없었다. 잔칫집에 들렀을 땐 한 상 잘 받아먹었다. 무거운 물건을 옮기는 노인을 볼 땐 오토바이에서 내려 얼마만큼 날라다 주었다.

온갖 일을 다 보며 우편물을 나르다 보니 좀 늦게 우체국으로 돌아갈 때가 있었다. 어느 날 해거름에 차를 몰고 집을 나서 마을길을 내려가는데, 우체부 오토바이가 바짝 뒤따라 왔다. 좀 속도를 높였더니 오토바이도 더 빨리 달려왔다.

나도 모르게 우체부와 경주를 벌이게 되었다. 오토바이는 좀 멀어졌다간 금세 뒤쫓아 왔다. 스무 고개를 넘고 서른 굽이를 돌아 면사무소 앞에 이르렀다. 차를 세우고 내리는데, 우체부가 나를 돌아보고 씩 웃으며 오토바이를 몰고 쌩 지나갔다. 바로 찐빵 형이었다.

그때껏 오토바이가 그렇게 빠르게 달리는지 몰랐다. 늘 굼뜨고 느긋해 보이던 우체부가 때로는 그렇게 서두를 수 있는지도 알지 못했다.

여러 날 지나서 찐빵 형이 오토바이가 아니라 트럭을 몰고 우리 집에 들렀다. 아마도 쉬는 날인 듯했다.

찐빵 형이 마당에 서 있던 내게 손을 흔들어 보였다. 트럭 짐칸에서 라면상자를 들어내서 앞에 들고 다가왔다.

"그게 뭐예요?"

찐빵 형이 밝게 웃으며 상자 뚜껑을 열었다. 상자 속엔 닭 두 마리가 찰싹 붙어 앉아 있었다.

"토종닭이에요. 한번 키워 보면 재미날 거예요."

아직까지 닭을 키워 보지 않았을 때였다. 그러나 그즈음에 워낙 바빠서 닭을 돌볼 자신이 없었다.

"제가 요즘 좀."

찐빵 형은 다짜고짜 상자에서 닭들을 꺼내 끈으로 다리를 묶었다. 단풍나무 밑동에 맞은쪽 끈을 돌려 묶고 허리를 바로 폈다.

"이렇게 며칠 묶어 놓았다가 풀어 주면 멀리 가지 않아요. 한 마리는 암탉이니까 유정란 낳게 해서 잘 드세요."

　우리 마을 사람들은 너나없이 우체부와 가까이 지냈다. 우체부에게 미리 말해 놓으면 이런저런 물건을 사다 주었다.
　우편물을 부칠 때 우체국까지 가지 않아도 되었다. 우체부에게 돈과 함께 건네면 대신 부쳐 주었다. 이튿날 우체통을 열어 보면, 작은 비닐봉지에 우편물을 부치고 남은 돈이 영수증과 함께 들어 있었다.
　우체부는 마을 사람들과 허물없이 지내다가 오해를 사기도 했다. 밖에서 낯선 사람들이 들어오는 일이 드문 마을이라서 생기는 오해였다.
　어느 날 찐빵 형이 우리 이웃집에 들렀다. 그 집 아주머니가 우편물을 받으며 마루를 가리켰다.
　"금방 감자를 쪘어요."
　찐빵 형은 여러 아주머니들과 함께 마루에 앉아서, 맛있게 감자를 먹으며 쉬다가 돌아갔다.
　얼마 만에 아주머니 한 분이 퍼뜩 놀란 표정을 지었다.
　"어머나, 어디 갔지?"
　아주머니는 마루 이곳저곳을 살피고 들추어 보았다.
　"왜요? 뭐가 없어졌어요?"
　"내가 돈을 들고 있다가 여기 내려놓았거든요. 근데 감쪽같이 없어졌어요."
　아주머니가 가리킨 곳은 아까 찐빵 형이 앉아 있던 자리였다.
　이튿날 낮에 다시 찐빵 형이 오토바이를 몰고 나타났다. 찐빵 형을 기다리고 서 있던 아주머니가 벌게진 얼굴로 대뜸 목소리를 높였다.

"그렇게 안 보았는데, 사람이 그러면 못 써요."

찐빵 형이 쩔쩔매며 더듬었다.

"무슨 말씀이신지."

"꼭 말을 해야 알아요?"

아주머니는 마른침을 삼켰다. 번득이는 눈으로 찐빵 형을 노려보며, 어제 없어진 돈 이야기를 입에 막 올리려 했다.

바로 그때 마루 밑에서 무언가 기어 나왔다. 그 집에서 기르는 멍멍이였다. 멍멍이는 입에 지폐를 물고 있었다.

아주머니 얼굴이 더욱 빨개졌다. 한 손으로 멍멍이 목덜미를 잡아서 들어 올렸다. 다른 손으로 옆머리를 긁으며 찐빵 형에게 말했다.

"죄송해유."

이 마을 사람들은 정말 죄송할 때는 '죄송해요'라고 말하지 않았다. '죄송해유'라고 말해야 그 마음을 상대가 잘 받아 주리라 믿는 듯했다.

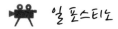 일 포스티노

마이클 래드포드, 1994, 이탈리아

영화 제목은 '우체부'를 뜻하는 이탈리아 말이다. 네루다(필립 느와레)는 칠레 시인이자 사회운동가이면서 공산주의자다. 낭만과 서정이 넘치는 연애시, 칠레와 중남미 역사를 생동감 있는 문체로 다룬 서사시로 널리 알려졌다.

네루다는 칠레에 들어선 독재정권이 자기를 붙잡으려 하자 나라 밖으로 달아난다. 이탈리아 섬마을로 가서 아내와 함께 지낸다. 경치가 무척 아름다운 칼라 디스트로라는 마을이다.

세계 곳곳에서 네루다에게 편지가 날아온다. 네루다 시를 좋아하는 사람들, 네루다에게 어려움을 털어놓고 도움말을 들으려는 이들이 보낸 편지다. 우체국에선 이 섬에서도 외딴 곳에 있는 네루다에게 편지를 날라다 줄 우체부를 찾는다.

아버지와 둘이 사는 어부 마리오 루폴로(마씨모 트로이시)가 그 일을 맡는다. 수줍음을 잘 타는 청년이다. 마을 처녀 베아트리체 루소를 사랑한다. 그러나 어떻게 고백하면 좋을지 몰라 속을 끓인다.

마리오는 날마다 네루다를 만나면서 서로 점점 가까워진다. 네루다한테서 은유를 다루고 시를 쓰는 법을 배운다. 연애시로 이름난 시인을 스승으로 모시게 되었으니, 이런 행운이 또 있을 수 없다. 어느 날부터 마리오는 시를 써서 베아트리체에게 갖다 바친다. 그래서 결국 베아트리체와 결혼하게 된다.

네루다는 망명 생활을 마치고 조국 칠레로 돌아간다. 그 뒤로 마리오에게 아무런 소식을 보내오지 않는다. 하지만 마리오는 전혀 실망하지 않는다. 언젠가는 네루다가 자기를 찾아오리라 믿기 때문이며, 둘이 나누었던 우정은 어떤 일로도 빛바래지 않으리라고 여기기 때문이다.

마리오는 네루다를 다시 만났을 때 들려주려고 섬마을 곳곳을 돌며 아름다운 소리들을 녹음한다. 파도치는 소리, 성당에서 울리는 종소리, 어부들이 배에서 그물을 끌어 올리는 소리들이다.

도시에선 이 영화에서처럼 우체부와 가까이 지내며 우정을 쌓는 일을 꿈꾸기 어렵다. 우체부들이 너무 바쁘기 때문이다. 우체부들은 쌩 와서 쌩 돌아간다. 서로 얼굴을 제대로 바라볼 틈이 없다. 그래서 도시에서 살 때 만났던 우체부 가운데 얼굴이 떠오르는 사람이 단 하나도 없다.

이 마을에 사는 동안, 여러 우체부를 만나서 많은 이야기를 나누었다. 글 쓰는 일이 어떤 일인지 들려주고, 참나무에 표고버섯을 키우는 법을 배우기도 했다. 아직 약속이 이루어지진 않았지만, 언제 시간 날 때 술 한 잔 나누자고 다짐한 우체부도 있었다.

우리 마을을 멀리 벗어난 곳에서도 곧잘 우체부들과 마주쳤다. 그때마다 서로 외쳤다.

"어, 여긴 어쩐 일이세요?"

"아, 난 또 누구신가 했네!"

한번은 강 건너에 있는 온천에서 목욕하다가 우체부를 만났다. 너무 뜻밖이어서 한참 서로 쳐다보고 멍하니 있다가 동시에 활짝 웃었다.

우체부들은 나를 다른 사람으로 착각할 때도 있었다. 워낙 많은 사람들과 알고 지내서 그런 듯했다. 어느 날 면사무소 곁에 있는 이발소에서 그런 일이 있었다.

이발사가 내 머리를 깎는 중에, 우체부가 문을 열고 들어왔다. 우체부는 거울에 비친 내 얼굴을 보고 대뜸 물었다.

"머리 깎으러 왔어? 잘 지내고?"

서로 반말을 하는 사이는 아니었다. 빙그레 웃으며 우체부에게 대꾸했다.

"예, 잘 지냅니다. 잘 지내시지요?"

우체부는 내 목소리가 낯설었던지 다시 한 번 거울을 잘 들여다보았다. 흠칫하더니 쑥스럽게 웃으며 대꾸했다.

"예, 잘 지냅니다."

🐕 무얼 먹을까?

가게에 두부가 없다

우리 마을엔 가게가 딱 하나뿐이다. 말 그대로 구멍가게다. 이 가게에선 냉장고 밖에 오래 놔둬도 괜찮은 음식 재료만을 판다. 라면과 통조림, 국수, 당면 따위다.

빨간 그물망에 세 개씩 담긴 구운 달걀도 있다. 이 달걀은 어디서 구웠는지, 얼마나 오래 밖에 놔둬도 되는지 알 수 없다. 달걀 껍질을 벗기면 흰자가 아니라 짙은 잿빛을 띤 질긴 고무가 나온다.

오징어포와 쥐포와 멸치도 있다. 술 한 잔 마실 때 같이 먹기 좋은 안주다. 족발도 눈에 뜨인다. 언제던가 동네 친구와 함께 이 족발을 안주 삼아 막걸리를 마셨다. 그런데 어찌나 족발이 딱딱하던지 이가 다 부서지는 줄 알았다.

친구는 족발을 뜯다가 탁 내려놓았다. 손으로 턱을 감싸고 같은 소리를 되풀이했다.

"아, 시려. 아, 시려."

나중에 알고 보니 전자레인지나 뜨거운 물로 데워 먹는 족발이었다. 그러면 한결 부드러워졌고 양이 크게 늘어났다.

이 가게엔 다른 맛을 더하거나 따로 손보지 않은 이른바 천연 음식 재료가 전혀 없다. 두부도 없고 콩나물도 없고 어떤 야채도 없다. 과일도 없고 생선도 없다.

여름날엔 열 시, 겨울철엔 아홉 시면 가게 문이 닫힌다. 과자 한 봉지를 사려 해도 그때 전엔 가게에 가야 한다.

"아주머니, 아주머니."

애타게 부르며 문을 두드리면 아주머니가 나올 때도 있고 그렇지 않을 때도 있다. 아주머니 마음이다.

이따금 아주머니가 볼일이 있어 시내에 나간다. 그런 날엔 온종일 꼭 잠긴 가게 문을 두드리다가 뚱한 얼굴로 돌아서는 사람들을 볼 수 있다.

우리 마을에서 가장 가까운 식당이 삼십 리 밖에 있다. 일부러 밥 한 끼 사 먹으러 다녀오기엔 너무 멀다. 천연 음식 재료를 파는 상점도 멀리 떨어져 있다.

그래서 우리 마을 사람들은 손님이 온다거나 하면 미리 장을 봐 놓았다. 그리고 산과 들과 강에서 풀과 열매를 따고 물고기를 잡아서 많은 음식을 만들어 먹었다.

지금껏 우리 마을에 사는 거의 모든 친구네 집에 가서, 그 집 부인이 만든 음식을 먹어 보았다. 놀랍게도 어느 아낙네나 음식 솜씨가 아주 빼어났고 어떤 음식이나 무척 맛깔스러웠다.

봉구 아내는 김치를 잘 만들었다. 이 집 김치를 한 번 먹어 본 사람은 그 맛을 좀처럼 잊지 못했다. 가까이 지내던 이웃마을 목사님은 봉구에게 넌지시 말해서 몇 번이나 김치를 갖다 먹었다. 나 또한 집에 손님들이 올 때, 봉구네 집에 들러 묵은 김치를 얻어다 먹은 일이 많았다.

"비법이 뭐야?"

"글쎄, 뭐 그런 게 따로 있겠어?"

봉구도 아내가 김치를 맛있게 만드는 비법을 잘 알지 못했다. 어쨌든 그 집 김치는 입에 착착 달라붙으면서 식욕을 한껏 돋우었다.

만득이 부인은 반찬을 잘 만들었다. 풋고추를 잘게 썰어 넣은 양념만으로 만든 반찬은 겉보기엔 그저 맵기만 할 듯했다. 그러나 뜻밖에도 달고 고소한 맛이 섞여 있었다. 고슬고슬한 밥에 한 숟갈 얹어 비비면 금세 밥 한 공기를 비울 수 있었다. 그 집 음식은 멸치조림도 맛있고 생선조림도 맛있었다. 만득이 부인을 조림나라 여왕으로 부를 만했다.

게다가 만득이 부인은 국을 아주 맛있게 끓였다. 고기 한 점 안 들어간 국인데, 한 술 떠먹으면 시원하면서 깊은 맛에 입안이 황홀해졌다. 어느 날 가만히 지켜보았더니, 재료에서 한껏 맛이 우러나게 약한 불로 아주 오래 국을 끓였다.

병득이 아내는 매운탕 솜씨가 남달랐고 손이 아주 빨랐다. 다른 친구 네댓 명과 같이 개울에서 물고기를 잡아서 그 집에 들고 간 적이 있었다. 친구들끼리 식탁에 앉아 기다리는 동안, 안주인은 밥을 새로 짓고 찌개를 끓였다.

"많이 시장하지요? 조금만 기다려요."

우리가 소주를 두어 잔 주고받기도 전에 이미 음식을 다 만들어 식탁에 내왔다. 매운탕엔 어느 결에 수제비까지 빚어 넣었다. 매운

탕은 오래 끓여야 제맛이 나는 법이었다. 그러나 그 집 매운탕은
때에 따라선 서둘러 끓여도 스스로 알아서 맛을 냈다.

아마도 우리 동네에서 근수만큼 음식을 잘 만드는 남자는 없을
듯하다. 이 친구가 왜 조리업계로 나가지 않았는지 모르겠다. 덩치
에 어울리지 않게 도마에서 칼질하는 손놀림이 쟀다. 미각이 뛰어
나서 조금도 싱겁거나 짜거나 맵지 않게 음식을 만들었다.

어찌 된 일인지 맛있게 만들지 못하는 음식이 없었다. 근수가 지
금 음식을 만들고 있다는 얘기가 퍼지면, 위아래 동네에서 수많은
사내들이 차를 끌고 몰려왔다. 밑반찬부터 찌개와 탕과 국과 조림
에 이르기까지 아주 맛났다.

그동안 우리 가족 입을 즐겁게 해 준 천연 재료와 음식들에게 바
치는 노래를 지어 보았다.

자연이 베푸는 음식을 찬미하다

우리 집 마당 어디에나 활짝 꽃피듯이 잎 펼치는 냉이, 호미로
캐어 흙 털어 가며 잘 씻어, 냄비에 물 붓고 된장 풀고 멸치 넣고 한
소끔 끓인 뒤에 한 줌 넣어, 좀 더 보글보글 끓여 떠먹으면 밥에 김
치만 있어도 봄날 향기로운 뜰이 온 식탁으로 번지네.

누가 잘 돌보다가 버려둔 달래 밭 있다 하여, 멀리 가서 한 바구
니 캐서 탐내는 사람들에게 다 주고 봄비 맞으며 돌아왔더니, 우리
텃밭 감나무 밑 바위틈과 흙집 앞뜰 뒤뜰에도 실타래같이 무더기
로 자라고 있어, 잘 씻고 다듬어 간장에 담가 놓았다가 먹을 때, 쌉
쌀한 줄기 맛 매콤한 뿌리 맛 어우러져 머릿속 맑아지고 입속 오래
도록 풋풋하고 싱그럽네.

아침 산에 올랐다가 내려올 때마다 취나물 한 줌씩 뜯고 두릅 여

남은 개씩 따 와서 끓인 물에 살짝 데쳐, 막 지은 밥에 얹고 고추장 참기름 깨소금 달걀부침 함께 넣어 썩썩 비벼 먹으니, 늘 똑같은 비빔밥인데도 전혀 물리지 않고 마냥 향기롭고 부드러워, 밤에 잠자리 들 때면 내일은 뒷산 어디로 가서 산책도 하고 취나물 두릅 볼까 하는 마음에, 가슴 설레고 두근거리기를 한 달 내내 되풀이하다가 봄이 다 가는 줄 모르네.

어제 돌 많은 산길 오르다가 골짜기에 가득한 씀바귀와 고들빼기 보고, 오늘 호미 들고 다시 그곳에 가 부드럽고 여린 싹 골라 수북이 캐 와서, 물에 씻고 또 씻어 뻣뻣한 줄기 뿌리 잘라 내고 여러 날 물에 담가서 쓴 물 빼낸 뒤에, 여느 김치 담그듯이 멸치액젓 마늘 양파 고춧가루 넣고 잘 버무려 놓으니, 언제 먹어도 쌉쌀하고 또 쌉쌀하며 한 해 지나도록 그 맛 그대로여서, 이 집 저 집에서 맛 좀 보자고 하여 나눠 주어도 많이 남아, 오늘 다시 식탁에 올라 쌉쌀한 감칠맛이 어떤 맛인지 혀끝 코끝 머리끝 알알해지도록 보여 주네.

해마다 봄날 여름날 담가서 백 일 놔두었다가 잘 걸러, 해 넘긴 뒤에 그냥 먹거나 물에 타 먹거나 음식에 넣어 먹는 매실효소 오디효소 민들레효소 보리수효소 복숭아효소, 반찬 만들 때 넣으면 맛 더욱 살려 주고 목마를 땐 갈증 달래 주고, 기운 없을 때 힘 불어넣어 주고 속 아프거나 꽉 막혔을 때 더는 안 아프고 뻥 뚫리게 해 주니, 음료 가운데 이런 음료 없고 약 가운데 으뜸이네.

가을에 추석 지나서 산에 올라 운 좋게 여러 개 따다 놓고, 지금 먹을까 나중에 먹을까 한참 생각하다가 지금 먹게 만드는 송이버섯, 나무에 올라 주렁주렁 열린 감 한껏 따고 후드득 떨어뜨려, 겨울에 두고두고 먹을 만큼 남기고 모조리 큰 항아리에 넣어 두었다가 봄날 걸러 내고 또 걸러 내서 병에 담가 놓으니 시큼한 감식초되어, 언제 물에 타 마셔도 좋고 여름날 국수 삶아서 한 숟갈 떠 얹고 비비면, 감에서 어찌 이토록 새콤달콤한 맛이 나오나 하여 누구든지 목으로 국수 부드럽게 넘기며 감꽃처럼 눈 동그랗게 뜨고 웃음 짓게 하네.

부드러운 연둣빛 뽕잎 따서 아홉 번 덖어 놔두었다가 따끈한 물에 넣어 우려내서 마실 때마다 구수한 맛 그대로인 뽕잎차, 산에서 길게 뻗은 잎사귀 어린 난 같기도 하고 백합 같기도 한 둥굴레 뿌리 캐 와서, 말리지 않고 그대로 끓여 마셔도 어디에서 사다가 끓여 마시는 맛보다 고소한 둥굴레차, 된장국에 넣어 끓일 때 입속 가득 짙은 향 금세 온 얼굴로 번지는 쑥, 고기 싸서 먹어도 되고 양념 넣고 무쳐 먹어도 속 든든해지는 잎사귀 널따란 머위.

겨울 들어설 때 잘 익은 무 골라서 소금물에 하루 담갔다가 항아리에 넣고, 소금물 붓고 가마솥에서 한 번 삶은 볏짚 두르고 큼지막한 돌 얹어 해 바뀔 쯤부터 하나씩 꺼내 송송 썰어 먹으면, 달고도 짠 맛이 잘 어우러져 자꾸자꾸 집어 먹게 돼 다른 반찬들 골내고 시샘하게 만드는 짠지.

이 모든 식물과 열매와 뿌리에게 축복 있기를!

도토리묵 만들기 특강

우리 동네 뒷산엔 참나무가 참 많아요. 가을이면 온 산 바닥에 도토리가 쫙 깔려요. 지난해까지만 해도 도토리를 줍지 않고 놔두었어요. 미끌미끌하고 떨떠름한 도토리묵을 별로 좋아하지 않았거든요. 그런데 올가을 들어 별안간 도토리묵이 먹고 싶어지더라고요.

날마다 아침에 산에 오르내리며 도토리를 주워 배낭에 넣어 왔어요. 앞마당에 비닐을 펼치고 도토리를 잘 깔아 놓고, 다음 날 또 주워다가 깔아 놓았어요. 그러기를 보름쯤 하니까 도토리가 꽤 많아졌어요. 두세 말은 되지 않을까 싶었어요. 자루에 도토리를 모두 담아 개울로 들고 가서 물에 담갔어요. 이틀이 지나 도토리를 건져 다시 볕에 널었지요.

여러 날 뒤에 바짝 마른 도토리 껍질을 깠어요. 아침 먹고 두어 시간, 점심 먹고 한 시간, 그렇게 일주일쯤 돌멩이로 도토리를 비벼 껍질을 깠어요. 아주 단순한 일인데도 엄청 재미있더라고요. 한참 도토리를 까다가 그만 일어서는데 허리가 곧게 펴지지 않았어요. 주먹으로 등허리를 두드리며 꾸부정하게 서 있자니 웃음이 나왔지요.

돌멩이로 아무리 비벼도 껍질이 벗겨지지 않는 도토리가 세 알 가운데 한 알쯤 되었어요. 이 도토리들은 일일이 하나씩 손으로 깠어요. 아무리 까고 또 까도 끝이 보이지 않았어요. 세상에 태어나 무언가를 그렇게 많이 까기는 처음이었어요.

마침내 도토리 껍질을 다 벗긴 뒤에 다시 볕에 사흘 말렸어요. 틈날 때다가 도토리 알갱이를 쪼갰어요. 도토리는 두 쪽으로 이루어져 있는데, 이미 벌레 먹은 도토리가 적지 않았어요. 이런 도토리를 골라 버렸어요.

도토리를 다시 자루에 담아 이웃마을 친구에게 들고 갔어요. 그 집에 분쇄기가 있었거든요. 도토리를 빻아 가루를 만들었어요. 짙은 갈색 도토리가 뽀얗게 바뀌었어요. 도토리 가루를 집에 가져와 절반은 냉동실에 넣고, 나머지를 들고 수돗가로 갔어요.

물 다섯 말쯤 들어가는 들통 두 개를 깨끗이 닦아 놓았어요. 그 곁에 쪼그리고 앉아 대야에 물을 알맞게 받았어요. 대야 위에 광목을 펼치고 도토리 가루를 세 컵씩 얹어 치댔어요. 도토리 가루보다 한결 짙은 갈색 물이 나왔어요.

그 물을 들통에 붓고, 다시 대야에 물을 받아 광목으로 감싼 도토리 가루를 치댔어요. 광목에서 나오는 물 빛깔이 엷어질 때까지 같은 일을 되풀이했어요. 어깻죽지가 떨어져 나갈 듯이 아파 오더군요.

광목을 펼치니 검은 흙 같은 찌꺼기가 남아 있었어요. 찌꺼기를 버리고 광목을 물에 빤 뒤에, 다시 처음부터 똑같은 일에 들어갔어요. 아침에 손댄 일이 점심때가 되어서야 끝났어요. 다섯 말들이 들통 두 개가 갈색 물로 가득 찼지요.

이틀이 지나자 녹말이 가라앉으며 물이 한결 맑아졌어요. 신기하게 바닥에 앙금이 생기더군요. 물을 조심스레 따라 버리고 다시 들통에 물을 부었어요. 쓴맛과 떫은맛을 없애는 이 일을 네댓 번 더 했어요. 앙금을 걷어 내 앞마당에 간 비닐에 올려놓고 얇게 펴서 말렸어요. 앙금이 마르자 채를 들고 앉아 덩어리를 비벼서 으깼어요.

마침내 도토리를 빻아온 지 닷새 만에 고운 가루를 만들었어요. 도토리가루를 한 컵 떠서 냄비에 넣고 물 여섯 컵을 부어 잘 섞었어요. 약한 불에 올려놓고 눌어붙지 않고 걸쭉해질 때까지 나무주걱으로 잘 저었어요. 그릇에 옮겨 담아 하루쯤 놔두었더니 알맞게 굳었어요. 도토리묵이 완성되었지요.

먹기 좋게 도토리묵을 잘라서 오이와 간장과 깨소금과 참기름을 섞어 먹었어요. 어찌나 맛있던지 눈물이 나오려 하더군요. 사실 너무 고생해서 눈시울이 시큰해졌는지도 모르겠어요. 도토리와 씨름하다 보니 한 달이 훌쩍 흘러가서, 어느새 가을이 가고 찬바람이 쌩 불어왔답니다.

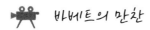 ## 바베트의 만찬

가브리엘 액셀, 1987, 덴마크

바베트(스테판 오드랑)는 프랑스 파리에서 살다가 프랑스 혁명 때문에 남편과 아들을 잃는다. 간신히 달아나 사촌한테서 도움을 받아 배를 타고 덴마크 바닷가 마을로 온다. 마을 사람 모두가 청교도를 믿으며, 모든 즐거움과 욕망을 물리치면서 살아간다.

바베트는 이곳에서 이웃 노인들을 돌보며 살아가는 자매(보딜 크예르, 브리기테 페더슈필)를 찾아가 무릎을 꿇고 빈다.

"달리 갈 데가 없습니다. 제발 저를 거두어 주세요."

그 뒤로 바베트는 집안일을 하고 자매를 도우며 산다. 자매 아버지는 한때 이 마을 교회에서 목사로 일했다. 지금은 이 세상 사람이 아니다.

바베트는 열다섯 해가 지났을 때 복권에 당첨되어 꽤 많은 돈을 받는다.

두 자매는 그 일을 축하해 주면서도 걱정이 많다. 서로 작은 소리로 주고받는다.

"돈이 많이 생겼으니까 더는 여기서 살고 싶지 않겠지."

"그동안 우리를 많이 도와주었는데, 참 아쉽게 됐어."

목사가 이 세상에 태어난 지 백 년 되는 날이 다가온다. 바베트는 자매에게 부탁한다.

"제가 그날 만찬을 준비해서 마을 사람들에게 대접하게 해 주세요."

자매는 이런 일로 바베트에게 폐를 끼칠 수 없다며 고개를 가로젓는다. 그러나 바베트는 쉽게 물러나지 않는다.

"지금껏 제가 한 번이라도 어떤 부탁을 한 적이 있나요?"

그렇게 해서 바베트는 만찬 준비를 맡는다. 복권 당첨금을 모두 털어서 가장 좋은 음식 재료를 주문한다. 어느 날 이 재료들이 배에 실려 바다를 건너온다. 어마어마하게 큰 거북과 수십 마리 메추라기들이 보인다.

자매와 마을 사람들은 몹시 놀란 얼굴로 온몸을 움츠린다. 늘 소박한 음식을 먹으며 살아온 사람들이다. 맛있거나 푸짐한 음식을 먹으며 즐거움을 누리는 일을 죄악으로 여긴다.

모두 서로에게 다짐한다.

"그날 음식이 아무리 맛있더라도 절대로 맛있다는 말을 입에 올리지 말기로 합시다."

만찬 날 마을 사람들이 식탁에 둘러앉는다. 바베트가 만든 음식이 하나둘 나온다. 하나같이 처음 맛보는 음식인데 기막히게 맛있다. 그러나 모든 사람들이 겉으로 드러내지 않고 그저 부지런히 음식을 먹을 뿐이다.

그 자리엔 멀리서 온 손님이 한 사람 있다. 한때 파리에서 지냈던 군인 장교다. 이 장교 하나만 줄기차게 음식 맛에 감탄하며 외친다.

"파리에 있는 어느 식당에 솜씨가 아주 뛰어난 요리사가 있었어요. 이 음식은 그 요리사가 만든 음식과 아주 비슷해요. 정말 맛있네요!"

아무도 알아채지 못하지만, 그 요리사가 바로 바베트다.

그때부터 음식을 드는 모든 사람 얼굴이 점점 밝아진다. 굳이 음식이 맛있다는 사실을 숨길 까닭이 없다고 여겨서다.

모두 한껏 마음이 너그러워져서 앞으로 더욱 잘 지내기를 바란다는 말을 주고받는다. 심지어 서로 원수처럼 지내 온 이들까지도 마음이 풀어진다. 오랜만에 얼굴을 마주보고 따뜻한 말을 주고받는다.

"다시는 다투지 말고 서로 도와 가며 잘 지내자고요."

"참 좋은 말씀이세요!"

음식이 맛있으면 안 풀리는 일이 없다.

운동

날마다 등산

우리 마을 농부들은 농사일이 많은 봄여름과 가을엔 살이 찔 틈이 없다. 날마다 온종일 바빠 몸을 움직이기 때문이다. 마침내 가을걷이를 마치고 계절이 겨울로 접어들면 너나없이 살이 찐다. 서로 겨루듯이 불룩 튀어나온 배를 뽐낸다.

나는 지금껏 시골에서 살며 좀 야위었다는 소리는 들었어도 살이 쪘다는 소리는 듣지 못했다. 비결은 세 가지다. 늘 부지런히 움직이고 간식을 삼가고 덜 먹는다.

온종일 내가 걷는 거리는 도시에서 살 때보다 곱절이 훨씬 넘는다. 책 읽고 글 쓸 때를 빼고는 끝없이 움직인다. 열심히 쓸고 줍고 닦고 치운다. 하루에 열댓 번 마당에 나가 본다. 이것저것 나르고 옮기고 자르고 뽑다가 들어온다.

끼니때와 끼니때 사이엔 어쩌다가 과일 한 쪽을 먹거나 아무 것도 안 먹는다. 거의 군것질을 안 한다는 얘기다. 하루 세 끼를 꼬박 먹지만 배불리 먹지 않는다. 알맞게 먹어도 좀 있으면 배가 불러온다.

내가 늘 비슷한 몸무게로 사는 또 다른 비결은 등산이다. 등산은 우리 몸에서 가장 근육이 많은 허벅지를 튼실하게 만든다. 허벅지 근육은 어떤 근육보다도 지방을 많이 태운다. 그래서 허벅지 근육이 적은 사람은 살이 찌기 쉽다.

일 년 열두 달 날마다 뒷산에 오른다. 기온이 영하 이십 도 가까이 떨어진 날에도, 비가 주룩주룩 내리는 날에도 거르지 않는다. 추울 땐 귀마개 달린 모자를 쓰고 목도리를 두르고 두꺼운 잠바를 걸친다. 비가 올 때는 우산을 쓰거나 우비를 입고 산에 오른다.

잠에서 깨어나는 때는 동틀 무렵이다. 전날 밤 잠자리에 들며 커튼을 조금 젖혀 놓는다. 그러면 이튿날 새벽에 창문으로 흐릿하게 번지는 빛을 느낄 수 있다. 얼마간 가볍게 다리를 들어올렸다 내리며 허리와 배 운동을 한 뒤에 일어난다.

주방으로 가서 간단한 아침을 마련한다. 우리 집 닭이 낳은 달걀을 삶는다. 계절에 따라 고구마나 감자, 밤을 굽거나 삶는다. 명절을 지나서 떡이 생기면 냉동실에 얼려 두었다가 조금씩 떼어 내서 찜통에 찐다.

마실 것도 준비한다. 물을 끓여 녹차와 뽕잎차를 만들거나, 오디와 매실효소를 물에 타서 보온병에 담는다. 요구르트나 사과, 토마토, 오이도 빠뜨리지 않는다.

배낭을 지고 앞뜰로 나설 때쯤엔 온 세상에 푸른빛이 드리워진다. 손전등을 켤 때는 지났지만 책을 읽을 수 있는 밝기도 아니다. 겨울날엔 일곱 시, 여름날엔 다섯 시에 집을 나서 개울을 가로지른 다리를 건넌다. 어떤 때는 다리를 건너기 전에 아래쪽 논으로 내려

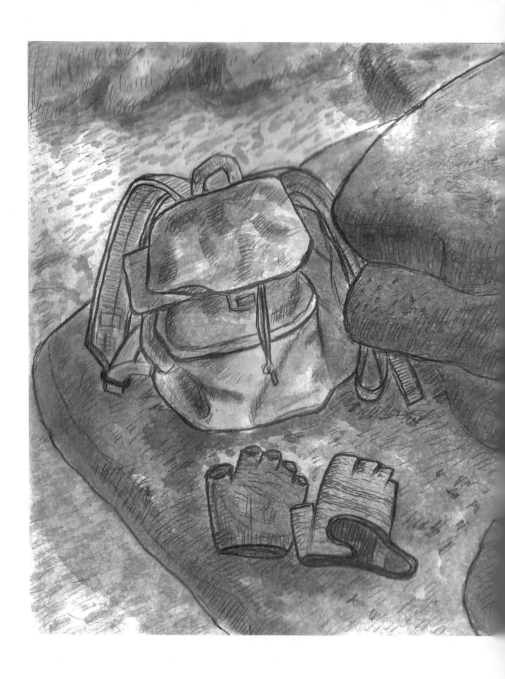

2015- 3
원재길

간다. 논둑길을 지나고 개울을 건너 곧바로 산으로 들어선다.

내가 오르는 산길은 그날그날 다르다. 열다섯 개쯤 되는 코스 가운데 하나를 고른다. 어제 걸었던 길을 오늘 또 걷는 일은 드물다. 밤에 잠자리에서 내일은 어디로 갈까 하고 미리 코스를 생각해 둔다.

그때 그렇게 기분이 설렐 수가 없다. 소풍을 하루 앞둔 날 밤에 잠을 설치던 어린 시절 같다. 밤마다 기분이 설레니까 날마다 소풍을 가는 셈이다.

모든 길이 내가 십여 년 동안 수천 번 오르내리며 만든 코스다. 산을 오르다 보면, 봄날 나물을 뜯거나 가을날 송이를 따는 사람들이 지나다녀서 생긴 길이 나타났다가 사라진다. 열흘 전에 내가 지나가면서 낸 발자국을 열흘 뒤에 볼 때면 기분이 참 야릇하다. 나는 내 발자국을 금세 알아본다. 오래 전에 산에서 잃어버린 장갑과 지팡이를 되찾기도 한다.

산 능선에 오르면 숨을 몰아쉬며 바위나 나무등치에 앉아 땀을 식힌다. 저 아래로 내가 사는 마을이 내려다보인다. 찬바람 쌩쌩 부는 한겨울에도 한 시간 남짓 쉬지 않고 걸으면 이마에 땀이 난다. 눈발이 날릴 때는 코앞이 눈에 잡히지 않는다. 바닥에도 눈, 허공에도 눈이다.

배낭을 열고 바위 쟁반에 음식을 차려 놓고 아침 식사를 한다. 소박한 식단이지만 꿀맛이다.

등산은 몸뿐 아니라 마음까지 건강하게 만들어 준다. 어쩌다가 늦잠을 자거나 게으름을 피워 산에 오르기를 거를 때가 있다. 그런 날엔 온종일 온몸이 찌뿌둥할 뿐 아니라 머릿속까지 무겁고 뒤숭숭하다.

산 능선에 올라 저 아래로 내가 사는 집을 내려다볼 때, 나는 누

구이며 내가 요즘 어떻게 살고 있는지 돌아보곤 한다. 저절로 마음
을 비우게 되면서 스스로를 낮추고 소박하게 사는 길을 더듬는다.

산을 탈 때 조심해야 할 일

그동안 산을 타면서 위험한 일을 많이 겪었다. 한 발 더 내딛었
다간 이십여 미터 절벽 아래로 떨어질 뻔한 적도 있었다. 길을 잃
고 가시덤불로 잘못 들어가 다리와 팔뚝을 긁혀 가며 두어 시간 헤
매기도 했다.

그래서 몇 가지 원칙을 세웠다. 그날 걷기로 마음먹은 길에서 벗
어나지 말자. 저만치 앞을 내다보며 느긋하게 슬렁슬렁 걷자.

이를테면 걷기 명상이라고 말할 수 있었다. 오로지 걷는 일에 온
마음을 모으면 온갖 자질구레한 생각이 사라지면서 머리가 맑아
졌다. 그리고 사뭇 기분이 좋아져서 저절로 콧노래가 나왔다.

어쩌다가 마음이 흐트러지면서 누군가를 떠올리고 원망하거나
나무랄 때가 있었다. 이상하게도 그때마다 반드시 일이 생겼다. 나
뭇가지가 얼굴을 탁 때리거나 돌부리에 걸려 엎어지거나, 발을 헛
딛고 미끄러져 엉덩방아를 찧었다.

마치 누군가 버럭 성내며 나를 꾸짖는 듯했다.

'네가 무얼 잘했다고 남을 탓해!'

이따금 집에서 아침을 먹었다. 이런 날엔 배낭을 놔두고 가벼운
차림새로 집을 나섰다. 음악을 들으려고 휴대폰을 손에 들었다. 여
느 때 같으면 키홀더와 휴대폰을 배낭 속에 넣었다. 그러나 배낭을
가져가지 않기 때문에 바지 호주머니에 그런 물건들을 넣은 채 산
에 올랐다.

어느 날 아침에도 배낭을 집에 놔두고 집을 나섰다. 새로운 코스

를 돌며 좀 오래 걷다 보니 점심때가 다 되어서야 집에 돌아왔다. 한여름 날씨에 지칠 대로 지쳐 흐느적거리며 마당으로 들어섰다.

호주머니에 손을 넣어 보고는 깜짝 놀랐다.

'어? 키홀더가 어디로 갔지?'

분명히 호주머니에 넣고 산에 올랐다고 생각했는데 감쪽같이 사라졌다. 자동차 열쇠와 집 열쇠를 함께 잃어버렸다.

마당을 왔다 갔다 하며 지팡이로 풀밭을 샅샅이 헤쳤다. 아침에 밥을 주러 들렀던 멍멍이 집과 닭장 둘레도 살펴보았다. 어디에도 키홀더는 없었다. 혹시 자동차 속에 놔두었나 했지만 차문이 굳게 잠겨 있었다.

'비탈길을 걸을 때, 호주머니에서 밖으로 빠져나간 모양이야.'

할 수 없이 네 시간 전에 처음 발을 들였던 길로 다시 올라섰다. 지팡이로 풀밭을 헤치느라 걸음이 느렸다.

'조금만 더 가면 있겠지. 골짜기 바위에서 쉴 때, 호주머니에서 꺼내 바위에 올려놓았을 수도 있어.'

줄곧 혼잣말하며 걷고 또 걸었다. 따가운 햇살이 나뭇잎을 뚫고 쏟아져 내렸다.

결국 키홀더를 찾지 못하고, 다시 네 시간이 지나서야 집에 돌아왔다. 이젠 앞으로 발을 내딛을 힘조차 남아 있지 않았다. 닭장 곁 벚나무 줄기를 손으로 짚고 서서 숨을 골랐다. 닭들과 멍멍이들이 걱정스러운 얼굴로 쳐다보았다.

먼저 집 자물쇠를 열 기술자를 불러야 했다. 자동차는 어떻게 해야 할지 알 수 없었다.

'견인차를 불러 시내로 끌고 나가야 하나?'

겨우 기운을 내서 다시 마당 곳곳을 돌며 풀숲을 샅샅이 뒤졌다.

또다시 땅이 꺼지게 한숨을 쉬며 돌계단을 밟고 앞뜰로 올라갔다.

단풍나무 아래 탁자로 다가가서 의자에 털썩 앉았다. 땀을 닦으려고 탁자에 놓인 수건을 집어 들었다.

바로 그때였다. 수건 밑에 놓여 있던 물건이 눈으로 확 빨려 들어왔다. 그토록 찾아 헤매던 키홀더였다. 아침에 집을 나설 때, 키홀더를 그곳에 놔두고 수건으로 덮어 두었던 듯했다. 그런데 전혀 기억나지 않았다. 아마도 그때 다른 생각에 깊이 빠져 있었나 보았다.

키홀더를 손바닥에 올리고 한참 멍하니 내려다보았다. 그날따라 유난히 반짝반짝 빛나 보였다. 어찌나 반가운지 눈물이 나오려 했다.

그러나 아무 일 없이 산에 잘 다녀왔더라도 마음을 놓아선 안 되었다. 산에서 보고 겪은 일을 다른 사람들에게 함부로 옮겼다간 무척 힘든 일을 겪을 수도 있었다.

그날도 아침부터 햇살이 따가웠다. 여러 날 비가 오다가 그친 뒤여서 공기가 아주 습했다.

'오늘은 짧은 코스로 한 시간 반쯤 걸어야겠어.'

집 안에서 좀 늑장을 부린 뒤라서 오솔길로 들어섰을 땐 이미 하늘에 해가 떠 있었다.

얼마만큼 산을 오르다가 숨을 헐떡이며 멈추어 섰다. 이제 그만 집에 돌아가려고 골짜기 쪽으로 내려갔다. 그런데 어쩌다 보니까 이십여 미터 높이쯤 되는 벼랑 끝으로 다가서게 되었다.

바위 사이로 소나무가 자라고 있었다. 소나무 줄기를 잡고 천천히 발을 옮기면 아래까지 잘 내려갈 수 있을 듯했다.

절벽 중간쯤 내려갔을 때였다. 무언가 눈앞을 웽 하고 스쳐 날아갔다. 작은 벌이었다. 벌이 날아간 쪽으로 고개를 돌렸다. 붕붕대며 바위틈으로 드나드는 여러 마리 벌이 보였다. 잠깐 쉬며 벌들과 바위틈을 살폈다.

'벌들이 바위 속에 모아 놓은 꿀을 석청이라고 한다잖아. 저곳에 석청이 있나 봐.'

바위가 생각했던 것보다 미끄러웠다. 겨우 골짜기로 내려서는데 다리가 후들거렸다.

집을 나선 지 세 시간 가까이 지나서야 마당으로 들어섰다. 아래쪽 논에 다녀오던 이웃집 형을 만났다. 그즈음에 비만 오면 서고 천장으로 빗물이 샜다.

"언제 저 좀 도와주세요. 서고에 빗물 새는 곳을 손봐야겠어요."

"미룰 거 있어요? 지금 합시다."

아주 성질이 급한 사람이었다. 함께 사다리를 타고 서고 지붕으로 올라갔다. 땡볕 속에서 산을 탄 뒤에 다시 따가운 볕을 쪼이려니 눈앞이 아득해졌다.

지붕이 한껏 달아올라 아래쪽 땅에 있을 때보다 훨씬 더웠다. 괜히 서고에 빗물 새는 얘기를 꺼냈다고 뉘우쳤지만 이미 늦었다.

그렇게 두어 시간 땀을 뻘뻘 흘리며 지붕에서 일했다. 나 먼저 내려와 집으로 들어가서 점심을 차려 앞뜰로 내왔다.

"많이 시장하시죠? 어서 와서 드세요."

이미 점심때가 한참 지난 뒤였다. 시원한 단풍나무 그늘에 이웃집 형과 마주 앉아 밥을 먹었다.

식사를 마칠 즈음에 별 뜻 없이 한마디 입에 올렸다.

"아까 산에서 바위를 타고 내려오는데, 바위틈으로 벌들이 드나들더라고요."

이웃집 형이 고개를 번쩍 들고 눈을 반짝거렸다. 그리고 대뜸 말했다.

"석청, 그거 엄청 귀한 꿀이에요. 나하고 같이 가 봅시다."

"예, 그러지요. 내일이나 모레 아침에요."

형은 이미 의자에서 일어나 있었다.

"아니요. 지금 가 봅시다."

"제가 오늘 좀 피곤해서 그러는데."

"석청, 그거 어마어마하게 귀한 꿀이에요. 자, 어서 가 보자고요."

형이 몇 발짝 걸어가며 나를 보고 어서 따라오라고 손짓했다. 서고 지붕을 고치는 일을 도와준 마당에 더는 뿌리치기 어려웠다.

어쩔 수 없이 오전에 다녀온 산을 다시 오르게 되었다. 두 발을 거의 질질 끌다시피 했다.

가까스로 절벽에 이르렀지만 좀처럼 그날 오전에 보았던 바위를 찾아내지 못했다. 처음 가 본 곳인데다가 머리가 어지러워서 어느 바위나 똑같아 보였다. 이 바위에서 저 바위로 아슬아슬하게 건너다니다가 도로 내려왔다.

"어딘지 잘 모르겠어요."

뜻밖에 이웃집 형은 그다지 실망한 얼굴이 아니었다. 크게 기대하지 않았다는 얘기였다. 그렇다면 아까 왜 그리 서둘렀는지 까닭을 알 수 없었다.

산에서 집으로 내려왔을 땐 이미 해가 서쪽으로 기울었다. 마당 절반을 앞산 그림자가 덮고 있었다. 그렇게 하루가 땡볕 속에서 흘러가 버렸다.

자전거 타기

가을엔 자전거를 자주 탄다. 덥지도 않고 춥지도 않아서 자전거를 타기에 딱 좋은 계절이다. 해가 서쪽으로 많이 기울었을 때 차에 자전거를 싣고 강으로 간다. 집에서 십여 분 언덕길을 내려가면 강이 나온다. 빈터에 차를 세우고 자전거를 땅에 내린다.

자전거를 타고 강을 따라 난 길을 달린다. 길가에 줄지어 핀 코스모스가 바람결에 살랑댄다. 천천히 허벅지와 장딴지 근육이 팽팽해진다. 그 느낌은 산길을 걸을 때와 사뭇 다르다. 핸들을 잡은 두 팔을 쭉 뻗으며 허리를 곧게 편다. 허리가 무척 시원해진다.

삼십여 분 달린 뒤에 자전거를 세운다. 강물을 바라보며 땀을 식힌다. 하늘에 붉은 노을이 덮인다. 온갖 색깔 물감이 번져 가는 구름은 더할 나위 없이 아름답다. 그 아래로 길게 이어진 검은 산등성이, 노을빛에 반짝이는 강물도 시원스럽고 멋지다.

예전엔 로드바이크를 탔다. 타이어 폭이 좁고 바퀴 지름이 넓으며 무게가 아주 가벼운 자전거다. 핸들이 밑으로 꺾여 있다. 자전거를 탈 때 윗몸을 앞으로 많이 구부리게 되면서 맞바람을 덜 맞는다. 다른 자전거보다 빨리 달릴 수 있어 한결 신바람 난다. 하지만 그런 만큼 더욱 조심해야 한다.

내 친구 하나는 이 자전거를 타다가 과속을 막는 턱에 걸려, 자전거와 함께 공중을 한 바퀴 빙글 돌았다. 이 사고로 앞니를 모조리 잃었다. 또 다른 친구는 동호인들과 함께 여행을 떠났는데, 첫날 한 사람이 길가로 새처럼 붕 날아가서 크게 다쳤다. 거기서 여행이 끝났고, 병원에 들렀다가 집으로 돌아오고 말았다.

그렇게 위험한 줄 알면서도 얼마간 로드바이크를 탔다. 어느 날 아랫마을 어느 집에 들렀다. 그 집 주인이 트럭을 몰고 뒤쪽으로 나아가다가, 자전거를 치어 아무렇게나 휜 엿가락으로 만들었다.

그 뒤로 지금껏 일반 자전거를 타고 있다. 산악 자전거처럼 타이어 폭이 넓고 두껍다. 그래서 한결 안정감이 있다. 물론 로드바이크를 탈 때보다 힘이 더 들어 제대로 운동하는 맛이 난다.

우리 집엔 미니벨로라고 부르는 소형 자전거도 있다. 안장이 낮아 어린이나 여자들이 타기에 좋다. 겉보기보다 잘 달린다. 가끔 강가에 이 자전거를 가져가서 탄다.

강을 바라보고 깊이 숨을 들이쉬며 얼마간 쉰 뒤에, 다시 자전거에 올라 더욱 짙어진 노을 속을 달린다. 아까 차를 세워둔 곳으로 돌아온다. 자전거에서 내려 두 다리로 땅을 딛고 선다.

그 사이에 온몸이 달라졌음을 느낄 수 있다. 모든 근육이 아주 단단해졌고 허리가 꼿꼿하게 펴져 있다. 그리고 군살이 덜 잡힌다.

그렇게 한층 건강해진 몸으로, 자전거를 차에 싣고 콧노래를 부르며 어둠이 내리는 산골 집으로 돌아간다.

 연습곡

후아이-엔 첸, 2006, 대만

대만은 땅 너비가 제주도 곱절쯤 되는 섬나라다. 동해보다 서해 쪽에 도시가 많이 몰려 있다. 제주도처럼 바다를 끼고 섬을 한 바퀴 도는 찻길이 있다. 요즘 자전거를 타고 이 길을 도는 여행자들이 부쩍 늘었다고 한다. 영화 한 편 때문에 벌어진 일이다. 이 영화가 바로 〈연습곡〉이다.

주인공 청년 밍(동명상)은 대학 졸업을 앞두고 홀로 여행을 떠난다. 어려서 청각을 잃고 보청기를 쓴다. 그러나 자전거를 탈 때는 보청기를 꽂지 않아서 소리를 전혀 듣지 못한다. 파도치는 소리와 바람 부는 소리를 못 듣는다. 지나가는 자동차에서 사람들이 외치는 소리를 못 듣는다.

영화 속에 여러 여행자들이 나온다. 저마다 여행하는 방식이 다르다. 도보 여행자는 두 다리를 번갈아 앞으로 뻗어, 걸음나비만큼 길을 당기고 또 당기며 나아간다. 자동차 여행자는 가만히 앉아 일정한 높이로 허공에 떠서 길 위를 날아간다. 자전거 여행자는 동그라미를 그리며 헛발을 짚는 몸짓을 하며 나아간다.

자전거 여행자는 어떤 여행자들보다 인기가 높다. 이 영화에서도 주인공이 자전거를 타고 지나갈 때면, 너나없이 손을 흔들며 외친다.

"젊은이, 기운 내!"

"정말 멋지구먼!"

자전거 여행이 무척 힘든 여행임을 잘 안다는 뜻이다. 그리고 자전거가 바큇살로 햇살을 되비치며 획획 달려 나가는 모습은 얼마나 눈부신가. 누구든지 눈빛을 반짝이며 바라볼 수밖에 없다.

주인공은 일주일에 걸쳐 섬을 한 바퀴 돈다. 영화를 찍는 사람들을 만나고 폭풍우를 만나고 마을 사람들을 만난다. 그러면서 온갖 뜻하지 않았던 일을 겪는다.

어쩌면 참된 여행은 우연히 낯선 곳에 들러 낯선 사람들을 만나는 일인지도 모른다. 이런 여행엔 설렘과 떨림이 있다. 만나기로 돼 있는 사람을 만나고, 겪기로 돼 있는 일을 겪는 여행엔 없는 감정이다.

어느 날 기차역을 지나던 주인공은 리투아니아 여자 리타를 만난다. 리투아니아는 폴란드 위쪽에서 러시아와 서로 맞닿은 나라다. 동양 청년과 서양 처녀는 바닷가로 내려가 바람을 쏘인다. 둘이 함께할 수 있는 시간이 얼마 되지 않는다. 성격이 무척 밝은 리타는 밍이 그림을 그리는 모습을 사진에 담고, 빙글빙글 돌며 한껏 즐겁고 멋지게 춤을 춘다.

리타는 밍에게 두 문장을 들려준다. 하나는 혼자 여행을 다니며 깨달은 진리다. 또 하나는 자기 나라 시인 체슬라브 밀로즈가 지은 시다. 한 사람은 기차를 타고 다른 사람은 자전거를 타고 아무런 기약 없이 서로에게서 멀어져 갈 때, 그 문장들이 아름답고도 쓸쓸하게 가슴속을 울린다.

'우리 모두는 세상에 태어나서 홀로 여행한다. 동행이 있다고 해도 저마다 자기 길을 갈 뿐이다.'

'꼭 나여야 하는 건 아니야. 내가 아니었더라도 누군가 여기 있었을 거야.'

처음 글을 발표한 지 올해로 꼭 서른 해가 되었다. 그해 어느 종합지 신춘문예에서 시 부문에 뽑혀, 오월 이맘때 여의도에 있는 잡지사에서 상을 받은 일이 떠오른다. 그 뒤로 십 년 동안 시를 열심히 썼고, 그 다음 십 년은 소설 쓰는 재미에 푹 빠져 살았다. 시골로 온 뒤부터는 다시 장르를 바꾸어 어린이 책을 쓰며 지냈다.

십 년 주기로 시와 소설과 어린이 책을 잇대어 쓰며 살아온 셈이다. 돌아보니 우연치고는 참 희한하다는 생각이 든다. 이런 우연은 아직 끝나지 않아서, 몇 해 전부터는 에세이를 쓰는 일에 재미를 붙여 이미 인물 평전 한 권을 써 놓았다. 원주에서 말년에 생명운동을 하신 무위당 장일순 선생님을 다룬 글이다. 한 번도 뵌 적이 없지만, 큰 스승님으로 모시며 늘 본받으려고 애쓰는 분이다.

다음으로 쓴 글이 바로 『시골 극장』이다. 처음엔 내가 지금껏 몸담고 살아온 이 시골이 보여주는 밝은 면과 어두운 면을 고르게 다루려 했다. 그러나 우리가 사는 세상이 가뜩이나 어둡고 어지러운 판에, 굳이 그늘이 드리워진 글을 보탤 까닭이 없어 보였다. 모든 빛엔 그림자가 따르기 마련이므로, 좀 더 밝고 즐거운 글로도 너끈히 그림자를 보여줄 수 있을 듯했다. 그래서 초고를 다듬는 가운데 어두운 내용을 원고지 삼백 매 넘게 덜어냈다.

『시골 극장』 중간부터는 가족 이야기를 거의 다루지 않았다. 가족을 넘어 온 마을로 폭을 넓히고 싶어서였다. 가족 이야기를 오롯이 담은 글은 이미 다른 출판사에서 책이 만들어지고 있다. 아내가 글을 쓰고 내가 그림을 그렸으며 딸내미가 편집 디자인을 맡았다.

올봄엔 이 글을 마지막으로 손보고 책에 들어갈 그림을 그리는 일에 또 다른 일이 겹쳐서 무척 바쁘게 지냈다. 올해 제대로 농사를 지어 볼 생각으로 오백 평에 이르는 밭 두 떼기를 빌렸다. 이미 밭 한 떼기를 갈아서 감자와 옥수수를 심었다. 이른바 재래농법으

로 농약을 안 치고 퇴비를 만들어 써 가며 농사를 지으려 한다.

언젠가 다시 메가폰을 잡아 『시골 극장』 후편을 만든다면, 글을 쓰면서 농사짓는 이야기를 다루지 않을까 싶다. 작가는 글씨라는 씨앗을 뿌려 글을 거둔다는 점에서 농부와 많이 닮았다. 일기 쓰듯이 요즘 살아가는 이야기를 글로 옮겨 블로그에 올리고 있다. 작가가 왜 농사일까지 넘보는지 궁금한 분들은 아래 블로그에 들어가 보시기 바란다. '원작가, 글 쓰고 농사짓는 이야기', http://blog.naver.com/wonsfarm

2015년 늦봄
봉림산 자락에서
원재길